ココナッツ・レイヤーケーキは
まどろむ

ジョアン・フルーク
上條ひろみ 訳

COCONUT LAYER CAKE MURDER
by Joanne Fluke
Translation by Hiromi Kamijo

mira

COCONUT LAYER CAKE MURDER

Japanese translation published by arrangement with Kensington Publishing Corp.
through The English Agency (Japan) Ltd.

Published by K.K. HarperCollins Japan, 2023

この本をメガトロニックに

ココナッツ・レイヤーケーキはまどろむ

COCONUT LAYER CAKE MURDER

おもな登場人物

ハンナ・スウェンセン――〈クッキー・ジャー〉経営者
ミシェル・スウェンセン――ハンナの一番下の妹。大学生
アンドリア・トッド――ハンナのすぐ下の妹。不動産会社勤務
ドロレス・ナイト――ハンナの母。ロマンス作家
ノーマン・ローズ――ハンナの友人。歯科医
マイク・キングストン――ハンナの友人。保安官助手
ロニー・マーフィー――ミシェルのボーイフレンド。マイクの部下
シリル・マーフィー――ロニーの父。車の修理工
リン・ラーチモント――ハンナの友人。女優
ブライアン・ポリンスキー――ロニーの友人
キャシー・ポリンスキー――ブライアンの妻
ダーシー・ヒックス――ロニーの元クラスメイト
デニー・ジェイムソン――ダーシーのボーイフレンド
ケイ・ホーレンキャンプ――ロニーの元クラスメイト。ウェイトレス
ジョー・ホーレンキャンプ――ケイの夫

1

ハンナ・スウェンセンがココア・クリスプ・クッキーの最後の天板を業務用オーブンから出していると、共同経営者のリサ・ビースマンがスイングドアを押し開けて、コーヒーショップを併設するベーカリー〈クッキー・ジャー〉の店頭から厨房《ちゅうぼう》にはいってきた。

「あなたに電話よ、ハンナ。ドク・ナイトから。話があるんですって」

「ありがとう、リサ」ハンナは業務用ラックの棚にクッキーの天板をすべりこませると、厨房を横切って壁の電話に急いだ。心臓が早鐘を打っているのは、電話のところまで走ったせいではなかった。ハンナはこの二日間、ドクの電話を待っていたのだ。ようやく検査の結果を教えてもらえるらしい。

「もしもし？」息を切らして電話に出た。

「やあ、ハニー」ドクの声は温かかった。これは何を意味するのだろう。「今から病院に来てもらえるかな？　会って話したい」

「ええ……もちろんいいけど、でも——」

「検査の結果が出た」ドクは予想される質問をさえぎった。「数分後に会おう。着いたらまっすぐ私のオフィスに来るように。待っているよ」

かちりと音がして電話は切られた。電話ではどんな質問にも答えるつもりがないらしい。ハンナは眉をひそめながら受話器を戻した。どうしてドクは教えてくれないのだろう？知りたいのは、イエスかノーという答えだけなのに……。検査結果から何か悪いことが発覚したのではないかぎり。

あらたな心配ごとを抱える必要はないわ、と理性的な心が告げた。

たしかにそうだけど、考えさえしなければ悪いことは起きないというわけじゃないでしょ、と懐疑的な心が反論した。何であってもおかしくないわ。肝炎、血液感染、ハネムーンのあいだに感染した不治の病……。

それを知るにはドクに会うしかない。急いで裏口に向かい、ドアの横のフックから防寒コートを取った。恐ろしい可能性についてこれ以上考えたくはなかった。そんなことをしてもきりがない。リサに出かけると告げてから、クッキー・トラックと呼んでいる愛車のサバーバンで病院に行って、ドクの話を聞こう。

レイク・エデン病院へ車を走らせながら、できるだけ前向きなことを考えようとした。駐車場にはいり、来訪者用の区画に車を停《と》め、各駐車スペースのまえに設置された柱の電源にブロックヒーターのプラグをつなぐこともせずに、院内に急いだ。

「こんにちは、ハンナ」受付デスクのボランティアに声をかけられた。「ドクがオフィスでお待ちですよ」

「ありがとう」ハンナは来訪者名簿にサインしたあと、内心ほど不安そうに見えないことを願いながら廊下を歩いた。ドクのオフィスに着くと、深呼吸をひとつしてから勇気を出してドアを開けた。

「こんにちは、ハンナ。奥の部屋へどうぞ」秘書のヴォニーが告げた。

ハンナはお礼を言って、部屋へつづくドアを開けた。ドクはデスクに座って医療刊行物の束をぱらぱらとめくっていた。

「座ってくれ、ハンナ」ドクはデスクのまえの椅子を示して言った。「返事はノーだ。きみは妊娠していない」

その知らせに眉間を殴られたような衝撃を受けた。「ほんとに?」とかろうじて返した。

「ああ、まちがいない」

ハンナは椅子の背に寄りかかり、自分の体をぎゅっと抱きしめた。「わたし……がっかりするべきなのかほっとするべきなのかわからない」

「そうだろうね。強いて言うなら、どちらも少しずつ感じているんじゃないかな」

「ええ」ハンナはのどにこみあげるかたまりをやりすごして言った。「でも、ドク……体調が悪いのはたしかなのよ」

「それはストレスのせいだよ」

「ストレス?」ハンナは驚いてドクを見つめた。

「ストレスは体に悪影響をおよぼす。ロスがレイク・エデンを出ていってからずっと、きみはたいへんなストレスを抱えていた。ストレスは体内時計を狂わせ、神経系を混乱させ、かかっているわけでもない病気の症状を模倣する。心臓発作だと思いこんでここに来て、不安発作だとわかる人が毎日のようにいるよ」

「でも、ドク……わたしはそこまでストレスを感じていないわ」

「きみはそう思うかもしれないが、たしかにストレスを感じているんだよ。それに、極度のストレスでほんとうに病気になることもありうる。だからロリと私は、きみに少し休暇を取ってもらうことにした」

「休暇?」ハンナはきき返した。頭が混乱してほかに言うことを思いつけなかった。

「そうだよ。昨日リン・ラーチモントからロリに電話があったんだ。トリー・バスコムのコンドミニアムを購入したいと申し入れたところ、町長とステファニーは承諾したらしい」

ハンナは何度もまばたきをして、この驚くべきニュースを理解しようとした。「それは……うれしい知らせだわ」

「ロリもそう言っていたよ。その話を聞いた私は、彼女に言ったんだ。リンに電話して、きみたちふたりが引越しの荷造りを手伝いに、ロサンゼルスに行くのはどうかと」

「つまり……母さんとわたしが？」

ドクはうなずいた。「そうだよ。昨夜ふたりぶんの飛行機のチケットを予約した。来週末までリンの家ですごすことになる」

「でも……」ハンナが口を開くと、ドクが手を上げて止めた。

「金曜日がバレンタインデーなのはわかっているが、マージとナンシーに話して、〈クッキー・ジャー〉できみの代わりを務めてもらうことになった。彼女たちなら何があっても対処できるとリサも言ってくれているし、ミシェルはきみのアパートメントに泊まってモシェの世話をしながら、進行中の内装工事を監督してくれるらしい。空港まではシリルがリムジンで送ってくれる」

ハンナはぽかんとドクを見つめるしかなかった。ドクは何から何まで考えてくれているようだ。

「これが処方箋だ」ドクは空欄のままの処方箋を差し出した。「私はきみに休暇を処方する。だからきみは行かなければならない。反論は受け付けないよ。きみは私の患者なんだから、私の助言に従うこと。それともうひとつ、愛しているよ、ハンナ」

ハンナの目に涙があふれた。ドクに愛されているのは疑いようがなかった。彼女は小さくうなずき、なんとか笑顔を作った。

「よし！」ドクは立ちあがってデスクをまわってくると、ハンナを抱きしめた。「じつは、問題はもうひとつあるんだ」

ハンナは不安を覚えて彼を見た。「どんな？」

「休暇が必要なのはきみだけじゃない」

このコメントを理解するには少し時間を要した。「つまり……あなたもロサンゼルスに行くの？」

「いいや、行くのはロリだよ。つまり、私は休暇をもらえる。きみには大きな借りができることになるよ、ハンナ」

ハンナは思わず噴き出した。母がドクと結婚してよかったと思うのはこれが初めてではなかった。

ドクは微笑《ほほえ》んだが、すぐにまじめな顔つきになった。「ロリがどんなにきみのことを心配していたか知らないだろう。きみやリンとカリフォルニアですごすことは、彼女の健康にもいいはずだ。それに、正直なところ、きみたちふたりがいないだけでも、このあたりのストレスはだいぶ軽減されるだろう」

「母さんはそんなに心配していたの？」

「そうだよ。行ってくれるね、ハンナ？」

「そうね……」ハンナは軽くうなずいた。「わかったわ、ほんとうにそうするべきだと思うなら」

「思うとも。リンの荷造りを手伝うことは、きみの気分転換になるし、ロリはもちろんカリフォルニアに魅了されるだろう。リンはブレントウッドというところに住んでいて、そこには有名人が大勢住んでいるらしいんだ。私が知らないと思っているだろうが、ロリはそういう有名人のゴシップ雑誌をいくつか購読している。これは私たちだけの秘密だよ、いいね?」

「わかった」ハンナは同意した。ここを離れてあらたな視点で人生について考えてみるのもいいかもしれない。

「リンはレイク・エデンに越してくることがとてもうれしいみたいだよ、ハンナ。本物の友人たちのそばにいられるのが楽しみでしかたがないそうだ」

ハンナは顔をほころばせた。「ええと……それで……出発はいつ?」

「金曜日の朝だ。〈クッキー・ジャー〉の働き手の問題は解決しているから、ミシェルに連絡して、必要なものをアパートメントから持ってきてもらうといい」

まったく予想もしなかったことだが、ハンナは興奮を覚えた。世界は突然それほど恐ろしくはなくなった。空は灰色でくもっていて雪が降りそうだったけれど。

「ありがとう、ドク。あとで母さんのところに寄って、何を持っていけばいいかアドバイスをもらうことにする」

2

「起きなさい、ハンナ」

母の声にびくっとして目覚めた。「疲れてるから学校は休む」ハンナは言い返した。ドロレスは笑い、別のだれかも笑った。やがて、そのだれかが言った。「お母さまがコーヒーを注文されましたよ。冷めるまえに起きてお飲みになってはいかがですか」

ハンナはぱっと目を開け、コーヒーがのったトレーテーブルに焦点を合わせた。コーヒーを手にしてひと口飲み、飛行機の通路に立っている客室乗務員《CA》を見た。「ごめんなさい。一瞬ここがどこかわからなくて」

「ギャレーが閉まるまえにもう一杯お持ちしますね」ＣＡは言った。「あと三十分以内で着陸しますので」

「ロサンゼルスに？」ハンナは窓際の席に座っている母にきいた。

「ええ。あなた、フライト中ずっと寝ていたのよ。ほんとうに疲れていたのね」

「そうみたい」ハンナはコーヒーを飲み干し、ＣＡにカップをわたした。

「もう二杯お持ちしましょう」ハンナが目を開けていられない様子なのに気づいて、ＣＡは言った。

コーヒーをさらに二杯飲んだあと、ようやく目が覚めた気がした。身を乗り出して窓の外を見ると、眼下の高速道路を走る車がミニチュアのようで、ハンナは微笑んだ。高速道路はすぐに見えなくなり、下は青一色になった。着陸の順番を待って、太平洋上を旋回しているのだろう。

きしりながらゴトゴト動く音がして、着陸装置がおりた。今は眼下に街路が格子状に広がっている。見ていると建物がどんどん大きくなり、飛行機が降下しているのがわかった。やがて建物は消え、アスファルトの滑走路が現れた。滑走路の上を飛ぶうちに、地面が近づき、衝撃とともに車輪が着地した。機体は一度跳ねあがったが、無事に着陸して、空港ビルに向かっている。

ハンナがシートベルトに手を伸ばすと、母は首を振った。「サインが消えるまで待ちなさい、ディア。ゲートに着いて搭乗ブリッジを接続するまで座っていなくちゃならないんだから」

「そうだったわ」ハンナはこれまでのフライトで覚えた手順を忘れていたことに気づいた。

「完全に止まるまでは。そうでしょ、母さん？」

「そのとおり」ドロレスは腕時計を見た。「時間どおりに着いたみたいね。送った予定表をリンが見てくれているといいけど」

「受け取っているわよ。リンはいつも時間厳守だし。彼女自身が迎えにきてくれるのかしら、それともタクシーで向かうの？」

「昨夜話したときは、来てくれると言っていたわ。予定外のことが起こったときは、車をよこしてくれるそうよ」

ゲートに着くまでは永遠にも思えるほど時間がかかり、搭乗ブリッジを定位置に設置するのにさらに何分か待たなければならなかった。ようやくシートベルトのサインが消え、ハンナは立ちあがって頭上の荷物入れを開け、荷物をおろした。通路の列に並び、すぐに搭乗ブリッジを歩いてターミナルに出た。

「わたしたちの荷物が出てくるのは七番のベルトコンベアだそうよ」ドロレスは手荷物受取所の方角を示す案内板を指さして言った。

乗客の荷物が流れてくるベルトコンベアが並んだ広々とした空間に出ると、ドロレスは立ち止まって、七番のベルトコンベアの横に立っている制服姿の男性を身振りで示した。

「リンが手配した運転手だわ。案内板を二枚持っているでしょ、一枚にはあなたの名前、もう一枚にはわたしの名前が書いてある」

「ご婦人がた」男性が声をかけてきた。「ミセス・ラーチモントの運転手のロビーです。フライトは快適でしたか？」ハンナとドロレスが快適だったと答えると、彼は荷物用カートを取ってきて荷物を引き取り、ふたりを空港ビルの外に導いた。さらに通りをわたってリムジンの駐車エリアに向かう。ロビーはハンナたちを車に乗せ、後部にスーツケースを積むと、エンジンをかけて空港をあとにした。

「すてきね」ハンナはまえにあるカップホルダーから水のボトルを取った。

「お水で大丈夫ですか、それとも別の飲み物がよろしいですか？」運転手がきいた。

「水でけっこうよ」ハンナは答えた。それはほんとうだったが、彼はほかにどんな飲み物を勧めるつもりだったのだろうと気になった。

「奥さまはいかがなさいますか？」運転手がドロレスに尋ねた。

「ほかには何があるの？」ドロレスが返す。

「後部座席のあいだにある小型冷蔵庫にジュースが何種類かはいっています。あとはペリエ・ジュエの小瓶も。奥さまのお好きなシャンパンだとミセス・ラーチモントからうかがっています」

「なんて気がきくのかしら！　もちろんいただくわ」

「それがよろしいかと、奥さま。小型冷蔵庫にはシャンパングラスもはいっていますので」

空港を出て、商店やオフィスが立ち並ぶ街路にはいった。しばらく無言のドライブがつづいたあと、ロビーがまた口を開いた。

「通常なら高速道路でブレントウッドのミセス・ラーチモントのお宅に向かうのですが、おふたりを簡単な観光にお連れするよう言付かっています。よろしいでしょうか？」

ドロレスはハンナを見て、うなずくのを確認すると言った。「ええ、かまいません。楽しそうだわ」

「承知いたしました。まだ空港から一キロほどしか離れていないので、サンルーフから空港に向かっている飛行機が見えるかもしれません。低く飛んでいますし、地上から見るととても大きいので驚かれますよ。車を停《と》めますから、ごらんになってみてください」

ロビーは前方のブロックの駐車スペースに車を停めた。「ジェット機は五分おきぐらいにこの上を飛びます」

一分もしないうちに、近づいてくる飛行機の音が聞こえた。音はどんどん大きくなり、ハンナとドロレスはサンルーフを見あげた。耳をふさぎたくなるほど音が大きくなり、影がおりたかと思うと、巨大な飛行機がリムジンのすぐ上を通りすぎた。

「すごい！」ドロレスは息をのみ、ハンナのほうを向いた。「今の見た？」

「ええ。ぶつかるんじゃないかと思ったわ！」

ロビーがくすっと笑った。「実際は百メートル以上離れているんですが、道路からだとそう見えるんですよ。初めて見るとみなさんびっくりされます」

「見せてくださってありがとう」ハンナのことばを聞いて、運転手はギアを入れて縁石から離れた。

「これだけではありません」ロビーは言った。「来週お仕事をされるスタジオを通るようにとミセス・ラーチモントに言われています。通行証をもらってあるので、敷地内を車で走ることができます」

ハンナは窓の外を眺めた。ロサンゼルスは不規則に広がった巨大な街で、見たこともないほど交通量が多かった。だれもが急いでいるようで、わずかな遅れにもクラクションが鳴らされた。

「なんてあざやかな緑なの！」ヤシの木が並ぶ通りを走っていると、ドロレスが言った。

「夏はもっと濃くなりますよ」ロビーが言った。「今は冬の緑なので、本来より淡い色なんです。春にはもっとあざやかな緑色になります」

「わたしたちはミネソタの冬に慣れているからそう感じるのかもしれません」ハンナが運転手に言った。「毎年四、五カ月は白黒の風景のなかで暮らしているから。色といったら空の青だけで、それも、くもっていないときにかぎります」

「冬の二カ月間は、大勢の人が旅に出るんですよ」ドロレスが会話に加わった。「避寒者《スノーバード》と呼ばれていて、雪が降りはじめると、フロリダやカリフォルニアに移住するんです。冬はひどく気が滅入《めい》りますからね。窓から見えるのは毎朝同じ景色なんですから。雪、雪、また雪で」

「それは退屈でしょう」ロビーが言った。「ここに来られてほんとうによかったですね。たまには変化もいいものですよ」

「ええ、そうですね」ハンナは同意した。やがて、立派な門のまえで車が停まり、息をのんだ。「ここは？」

「〈パラマウント・ピクチャーズ・スタジオ〉です。このあたりでいちばん古いスタジオのひとつですよ。ほかはほとんど名前が変わってしまいましたが、ここはまだパラマウントのままなんです」

「映画はすべてここで撮影されるの？」ドロレスが尋ねた。

「今はあまり撮影されていません。多くの制作会社がほかの州に移りましたし、カナダで撮られているものもあります。今ではトロントは映画の町として賑《にぎ》わっているんですよ」

「どうして移ったんですか？」ハンナがきいた。

「税金のせいです。カリフォルニアの税金はアメリカでもっとも高いんです。規制もたくさんありますしね。街路で撮影をしたければ、その場所を使用するための許可を取って使用料を払わなければならない。多くの映画やテレビ産業が離れていった理由のひとつがそれです」

「よく知っているのね」ドロレスが言った。

「ええ。ずっとリムジンの運転手だったわけではありませんので」

ハンナとドロレスは視線を合わせた。映画かテレビ番組でロビーを見たことがあっただろうか？　今の謎めいた発言はどういう意味かと尋ねたら失礼になる？

ハンナがかすかに首を振ると、ドロレスは同意してうなずいた。用心に越したことはない。彼のことを知らないと認めたら、気を悪くさせてしまうかもしれない。有名人だったとしたらとくに。彼の正体はあとでリンにきけばいい。

「あら、見て！」ハンナはからっぽの駐車場を示して言った。「どうして駐車場が青く塗られているのかしら？」

「あれは太平洋なんですよ」ロビーが言った。「少なくとも、第二次世界大戦を扱ったいくつかの映画では太平洋でした」

「どうしてそんなことができるの？」ドロレスが尋ねた。「戦争映画には戦艦や潜水艦が出てくるでしょ。あの駐車場は戦艦や潜水艦がはいれるほど広くないわ！」

「小型サイズの戦艦や潜水艦なら大丈夫なんです」ロビーは説明した。「セメントが青く染まっているのは、海上シーンを撮影するとき大量にペンキを流すからです。太平洋や大西洋、東シナ海や南シナ海にだってなります。でも言わせてもらえば、ここに駐車する人たちは、戦争映画の撮影のたびに駐車スペースを空けなければならないので、あまりうれしくなさそうですけどね」

撮影所をざっと見てまわったあと、ロビーはふたりをハリウッドに案内し、ロデオ・ドライブを進みながら、有名デザイナーの名前を冠した店舗を示した。ドロレスは明らかに魅了されていて、ショーウィンドウのディスプレーを残らず見ていく。

「車を停めてお店にはいる？」ハンナが尋ねた。

「いいえ、ディア。買いたいのはやまやまだけど、買えるかどうかわからないもの。〈トリ・カウンティ・モール〉とはちがうのよ。ほんとうにほしければ買うと思うけど……」

「けど、何？」ハンナは尋ねた。

「見て！」

ドロレスが指さす先を見た。宙に浮かぶ透明な泡のなかにはいった赤いエナメルのビキニが、トートバッグや日除《ひよ》け帽子とともにショーウィンドウに飾られていた。「あれを買おうと思っているわけじゃないわよね、母さん？」

「まさか！　ああいう贈り物をするほど嫌いな人がいたかしらと考えていたのよ」

「そろそろミセス・ラーチモントのお宅に向かってもよろしいでしょうか？」ロビーが尋ねた。

「わたしはいいけど」ハンナは答え、母のほうを見た。「母さんはどう？」

「もちろんいいわ」

「わかりました」ロビーは別の通りに出た。このあたりの家々は通りからかなり奥まった場所に建っているため、車からはよく見えなかった。「ここはロサンゼルスのなんという地域なの？」ハンナは尋ねた。

「ブレントウッドです」

「大きな家ばかりね」ドロレスが感想を述べた。

「ええ、寝室が六部屋以下の家はないと思いますよ。もちろん、母屋とは別に建つ客用の建物は別にしてですが」

ハンナとドロレスは顔を見合わせた。「リンの家もそんなに大きいの？」ハンナは彼にきいた。

「はい、寝室八部屋、バスルームが十カ所だったと思います。もともとはハーラン・コーネルのものだったお屋敷です」

またもや母娘《おやこ》は顔を見合わせた。ふたりとも聞いたことのない名前だが、きっとロサンゼルスではセレブのひとりなのだろう。ロビーがその名前をうやうやしげに口にしたところをみると。

「すごいわ」ドロレスは言った。

「ええ、ほんとうに」ハンナも言った。ミスター・コーネルがだれだかさっぱりわからず、おそらく母も同じだろうと思ったが。

「到着いたしました」ロビーはそう言って、さまざまな色の花が咲く植えこみに縁取られた弧を描くドライブウェイに車を進めた。「お屋敷はこの先です」

家をひと目見て、ハンナは母の手をにぎりしめた。リンの住まいは真っ白な大邸宅で、完璧に手入れされたどこまでも広がる芝生のまんなかに建っていた。敷地の境界には大きな木々が効果的に配されて近隣の家から隠され、別世界にいるような幻想を抱かせる。家そのものはコロニアルスタイルで、前面に並ぶ巨大な柱が二階のバルコニー部分を支えていた。

「なんてすてきなの！」ドロレスは印象的な建物を見あげて感嘆した。

ハンナはうなずくしかなかった。リンの家を見て驚きのあまり口がきけなかったのだ。見たこともないほど大きな家だった。部屋がたくさんあるから泊まってほしいとドロレスが言われたわけだ！

リムジンが玄関のまえに停まると、リンが迎えに出てきて車に近づいた。ロビーを待たずに車のドアを開け、ドロレスに手を貸してリムジンから降ろすと抱きついた。「来てくださってうれしいわ！　さあ、なかでくつろいで。荷物は気にしなくていいわよ。ロビーが運んでくれるから」

ロビーがハンナの側のドアを開け、降りる彼女に手を貸しているあいだに、リンは玄関の両開きの扉にドロレスを導いた。広いポーチを横切るふたりを追って、ハンナも家のなかにはいった。

「わあ！」玄関ロビーに下がる立派なシャンデリアに気づいてハンナは叫んだ。「すごいわね、リン！」

「でしょ。大学時代、シャンデリアのある家に住みたいってわたしがいつも言ってたのを覚えてる？」

「覚えてる」ハンナは答えたが、ほかの記憶については言わずにおいた。当時婚約していたリンとロスの小さなアパートメントを訪問するたびに、リンはシャンデリアへのあこがれを口にした。するとロスはリンの肩を抱いて、結婚したら最初の家にかならずシャンデリアをつけようと約束していたのだった。

「掃除がすごくたいへんなんじゃない？」ハンナがきらきら光るクリスタルを見あげてきいた。

「ええ、いつもきれいにしておいてくれるマリアがいなかったらお手上げよ。二カ月ごとにロビーがはしごを出してきて、チェーンやカットガラスの部品やクリスタルのペンダントを全部取り外すの。それをマリアが食洗機で洗ってくれるのよ」

「食洗機で？」ドロレスがひどく驚いた様子できき返した。

「ええ、洗浄コースでね。あとはエアドライ機能を使って。わたしがトムと結婚するまえからロビーとマリアは彼の使用人で、マリアは何年もそうやってシャンデリアをきれいにしてきたんですって。乾燥が終わったら、やわらかいコットンの布で磨くのよ」

ドロレスは感心したようだ。ドクが結婚祝いに買ってくれたペントハウスの玄関ホールにシャンデリアをつけたいのだろうか。本気でねだれば、妻に甘いドクは買ってくれそうだが。

「ああいうものをつけるにはうちの天井は低すぎるわ」ドロレスは言った。ハンナは控えめに笑みを浮かべた。あの顔はやはり羨ましかったのだ。

リンは荷物を持ってあとからはいってきたロビーを見た。「ハンナにはバラの間を使ってもらうわ、ロビー。ドロレスには金の間を」

「わかりました、ミセス・ラーチモント」ロビーは二階につづく幅広の階段のほうに向かった。

「ふたりが部屋にはいって落ちついたら遅めのランチに出かけるから」リンは彼に告げた。

「〈フレンチ・ルーム〉に予約を入れてもらえる、ロビー？　三時半でいいかしら？」

「かしこまりました、奥さま」ロビーはそう言うと、ハンナとドロレスのほうを見た。

「よろしければ、お部屋までご案内します」

ハンナとドロレスは、ロビーのあとからカーペット敷きの広い階段をのぼり、長い廊下を進んだ。いくつかのドアを通りすぎ、廊下の突き当たり近くの部屋のまえで立ち止まった。

「こちらがハンナさまのお部屋です」彼はドアを開けてハンナをなかに招き入れながら言った。

「すてきだわ！」リンが自分のために選んでくれた部屋にはいりながら、ハンナは声を張りあげた。壁は美しいバラ色に塗られ、カーテンは深みのある黄色だった。

「バスルームはこちらです」ロビーは別のドアを開けて、黄色の壁と、バラ色のカーテンとタオルを備えた広いバスルームにハンナを案内した。広いシャワールームと巨大なバスタブがある。バスタブの内側にはいくつもの噴出し口があるから、ジャクージになるのはまちがいない。

「そしてここがクロゼットです」ロビーはそう言って別のドアを開け、ウォークイン・クロゼットを見せた。「壁際にスーツケースを置くラックをご用意しましょう」

ハンナが見ていると、ロビーは荷物用のラックをふたつ広げ、クロゼットから少し離れた壁際に置いた。荷物を軽々とラックに置き、こちらに向き直る。「荷物を解きましょうか？」

「いいえ！　あの……けっこうです、自分でできます」ハンナは急いで言った。お気に入りの服をロビーに見られるわけにはいかない。数年まえに買ったものだし、ドロレスが〝口にすべきでないもの〟と呼ぶ下着のせいもある。ロビーは執事として訓練を受けてきたようだし、リンとトムがこれまでもてなしてきた客人たちは、ハンナが〈コストマート〉で買った白いコットンのものなどではなく、高価でおしゃれな下着を愛用していたにちがいない。

「では、お母さまのご案内をしてきます」ロビーはそう言ってドアに向かった。

「待って!」ハンナはあわてて言った。「〈フレンチ・ルーム〉のことをちょっと教えてもらえませんか?」

「もちろんです。何をお知りになりたいので?」

「とてもしゃれた名前のお店だけど」ハンナは慎重にことばを選んで言った。「ドレスアップが必要なレストランなのかしら?」

ロビーは首を振った。「いいえ。ミセス・ラーチモントはスタジオでのお仕事のあと、よくそこで軽くお食事をなさいます。たいていは気取らない服装で」

「ええ、でもリンの気取らない服装は、わたしのスーツケースふたつぶんの中身よりもお金がかかっているはずよ」

ロビーはくすっと笑った。「そうかもしれませんね、マアム。ミスター・ラーチモントはいつも奥さまが最高のものを身につけるのを好まれ、奥さまは最高級のブティックでお買い物をされていましたから」

ハンナは彼がくすっと笑ったことを心に留めた。どうやら彼女の返答をおもしろがってくれたようだ。「ハンナと呼んでください。母はマアムでいいと思いますけど、わたしはリンの大学時代の友人ですから」

ロビーは少し考えてから言った。「では、ミス・ハンナとお呼びしてもよろしいですか?　なれなれしすぎるとミセス・ラーチモントに思われるといけませんので」

「いいわ」ハンナはすぐに言った。「じつは、力になってほしいことがあるの、ロビー。今夜着る予定の服がふさわしいかどうか教えてもらえるかしら?　リンに恥をかかせることになるでしょう、わたしの服装が……」

「カジュアルすぎたら?」ロビーがきいた。

「ええ」

「そして、お母さまにも恥をかかせたくない、と」ロビーはにっこりして言った。「出すぎたことを申しましたでしょうか」

「いいえ。あなたの言うとおりよ」ハンナはスーツケースに近づき、母からプレゼントされたフォレストグリーンのパンツスーツを出した。「これで大丈夫だと思う?」

「はい、もちろんです。まったく問題ありません。あなたの髪に映えるいいお色です」

「ありがとう」ハンナは彼に微笑みかけた。「母の部屋に行ってください。いらいらしているかもしれないから」

ハンナはロビーが部屋を横切り、部屋から出てドアを閉めるまで待った。それから急いで荷ほどきをし、吊《つ》るす必要のあるものをベッドの横のクロゼットにかけ、スーツケースをクロゼットのなかに移動させた。そして、ロビーが太鼓判を押してくれた服に着替えようと、急いでシャワーを浴びにいった。

3

「まあ、ハンナ！　とってもすてきよ」階段をおりてきたハンナにリンが賛辞を贈った。

褒めことばはありがたく受け取るようにと母に言われたことを思い出し、ハンナはリンに笑顔を向けてお礼を言った。「ありがとう、リン。母さんが誕生日にくれたものなの」

「とてもよく似合ってるわ」リンはハンナが差し出すクッキー缶を受け取った。「これはクッキー？」

「いいえ、あなたのためにチョコレート・ピーナッツバター・タフィーを作ったの」

丸い缶のふたを開けてなかを見たリンは、満面に笑みを浮かべた。「わたしの大好きなお菓子だわ！　大学時代は毎年クリスマスにこれを作ってくれたわね」

「今年のはちょっとちがうの。〈ナビスコ〉のチョコレートクッキーが見つからなかったから」

「でも、上にチョコレートがかかってる」

「ええ。チョコレートをとかしてかけてみたの」

「いい感じね」リンはタフィーの小さなかけらをつまんでかじった。「チョコレートクッキーなしでも同じくらいおいしいわ、ハンナ。むしろこっちのほうがおいしいかも。チョコレートが濃厚で」

「こっちのほうがチョコレートをたくさん使っているからよ。クラッカーの上にチョコチップを重ねているの」

「塩味もする。いい味だわ」

「クラブクラッカーを使ったの。塩のついた面を上にすると、チョコレートの風味が増すのよ」

「ほんとね。すごくおいしい！」リンはもうひとかけら取ろうとして、ぎりぎりのところでやめた。「あとにしておいたほうがよさそう。レストランに着くまでおなかをすかせておかなくちゃ」

ハンナは母に気づいて階段を示した。「母さんが来たわ。髪を直したみたいね」

「マリアがやってくれたんでしょう。彼女、ロビーと結婚するまえは美容師だったの」リンが教えた。

口には出さなかったが、マリアならこのヘアスタイルをなんとかしてくれるだろうか、とハンナは考えた。馬用の櫛《くし》を使うべきかも、とよく冗談を言っているこの髪を。母の髪はダークブラウンだし、妹のアンドリアは明るいブロンド、『ライトブラウンの髪のジニー』（十九世紀のアメリカの作曲家スティーブン・フォスターによる楽曲。日本語の曲名は『金髪のジェニー』）という歌から昔はジニーと呼ばれていた下の妹のミシェルの髪はライトブラウンだが、ハンナは父から、言うことをきかない赤毛のカーリーヘアをその体格とともに受け継いでいた。ラース・スウェンセンは背が高くがっしりしていて太りやすかった。母や妹たちとちがって、ハンナは長身で、かつて母が気を使って言ったようにがっしりしていた。ドロレスは以前、ハンナはモールのキャンディストアにはいらずに、ウィンドウをのぞくだけにすれば何キロか落とせるのに、と言ったこともあった。

「待った？」ドロレスは部屋を横切ってふたりに近づきながらきいた。

「いいえ」リンが答えた。

「お待たせしました、ミセス・ラーチモント」ロビーが廊下に現れた。「お出かけの準備ができましたら、玄関まえに車をつけてあります」

「行きましょう」リンが言った。「ちょうどよかったわ、ロビー。機内食だけしか食べてないでしょうから、ハンナとドロレスはおなかがすいているにちがいないもの」

「あらまあ！」〈フレンチ・ルーム〉にはいってきた女性を見て、ドロレスは息をのんだ。

「あれって……」

「レスリー・タワーズ？」リンが予想した。

「そうよ！　『ピーチツリー・フォーエバー』の彼女はすばらしかったわ！　サインをたのんだら迷惑かしら？」

リンは首を振った。「いいえ、でもあれはレスリー・タワーズじゃないわ。みんな勘ちがいするけど、彼女の名前はグロリア・デニング、わたしのご近所さんよ」

ドロレスはがっかりしたようだが、すぐに抜け目がない顔つきになった。「彼女、わたしと写真を撮ってくれるかしら？」

リンは笑った。「レスリー・タワーズだとみんなに話すと約束すればね。グロリアはそれを楽しんでいるけど、サインをたのまれてもレスリーの名前を書くことはしないと決めているの。写真を撮れるように、ランチをいっしょにどうかときいてみましょうか？」

「ぜひお願いするわ！」

ドロレスはすかさず答え、ハンナはにやりとした。ドクが言っていたとおりだ。母は有名人が好きらしい。

「ちょっと待ってて」リンはそう言うと、立ちあがってご近所さんを引き止めにいった。

短い会話のあと、グロリアをテーブルに連れてきた。

「グロリアはランチをごいっしょできないそうよ」隣人を紹介したあと、リンは言った。

「せっかくなんですけど、人と待ち合わせをしていて」グロリアは説明した。「でも、写真を撮るのはかまわないわ。有名人のふりをするのって楽しいんですもの」

ハンナはリンがグロリアと母にポーズをとらせ、写真を撮るのを眺めた。母が心から楽しんでいるのは明らかで、帰ったらまっすぐ〈レイク・エデン・ジャーナル〉のロッド・メトカーフのところに行って、地元紙に写真を載せてくれとたのむのではないかと思った。「あなたは、ハンナ？」ドロレスとの写真を撮ったあとでグロリアがきいた。「いっしょに写真を撮る？」

一瞬ハンナはことばに詰まった。本物にしろそっくりさんにしろ、有名人と写真を撮ることに興味はないと言ったら、グロリアを傷つけることになるだろうか？　しかし運よく申し分のない答えを思いついた。

「そう言っていただいてすごくうれしいんですけど、せっかく母が感激しているのに水を差したくないんです。今日は母が有名人と写真を撮れただけで充分です」

食事はすばらしかったが、ブレントウッドに戻る途中、母の目が何度か閉じかけていたことにハンナは気づいた。「疲れたんじゃない、母さん？」家にはいると母に尋ねた。

「ええ、そうみたい。昨夜はドクが病院から帰るのを待って遅くまで起きていたし、よく眠れなかったのよ。あなたたちさえよければ、部屋で少し眠るわ」

「それがいいわ」リンが言った。「旅はとても疲れるものだし、おふたりにとっては長い一日だもの」

「では、用がなければそうさせてもらうわ」ドロレスはそう告げて、階段に向かった。

「あなたも疲れた？」リンがハンナにきいた。

「そうでもない。疲れてたけど、元気になってきたみたい。飛行機のなかでずっと眠っていたせいかもしれないけど」

「ドロレスほど疲れていないなら、シャンパンをもう一杯飲みましょうよ」

「いいわね、でも一杯だけよ」ハンナは言った。

リンは立ちあがってハンナを手招きした。「書斎に行きましょう。ここより居心地がいいの。デザートにあなたのチョコレート・ピーナッツバター・タフィーを食べてもいいわね。出かけるまえにそこに置いてきたのよ。シャンパンにもよく合うし」

ハンナはリンのあとから長い廊下を進んだ。リンが突き当たりのドアを開けた。「わたしはここでセリフを覚えるの。座って、ハンナ。シャンパンを持ってくるわ」

暖炉のまえにレザーチェアが二脚、小さなテーブルをはさんで置かれていた。ハンナは片方の椅子に座り、リンが小型冷蔵庫を開けてシャンパンボトルを取り出すのを待った。リンはボトルの栓を抜いてふたつのグラスに注ぎ、小さなテーブルに運んできた。「テタンジェよ。わたしのお気に入りのシャンパンなの。ドロレスがおりてきたら、ペリエ・ジュエを開けましょう」

「母さんの好きな銘柄よ」ハンナはうなずいて保証した。

リンはもう片方の椅子に座った。「あなたの好きなシャンパンはあるの？」

「とくにないわ。シャンパンのことはよく知らないの。ノーマンが目利きだから、飲むときはまかせてる」

「でも、ノーマンは飲まない……のよね？」

「ええ、それでも目利きなの」ハンナはノーマンがお酒をいっさい飲まない理由についてくわしく語るのを避けた。彼からは聞いていたが、だれにも言わないという約束を破りたくなかったのだ。「ノーマンが選んでくれるシャンパンはたしか……」ハンナは思い出そうとした。「フランス語で、〝未亡人〟と呼ぶ人もいるとか」

リンはうなずいた。「ヴーヴ・クリコね。その呼び名は夫からワイナリーを相続してシャンパンで成功した女性から来ているのよ。どっちのほうが好み、ハンナ？　ノーマンが選んだものとわたしのとでは？」

「わからない。両方飲み比べる必要があるわね。でも、あなたの選んだシャンパンもとてもおいしいわ」

「よかった。気に入ってくれると思ってた。暖炉に火を入れましょう。今日は少し冷えるわ」

ハンナは驚いた顔をした。ちょうどいい気温なのに、リンは長いことカリフォルニアに住んでいるせいで寒さに弱くなってしまったらしい。

「これ、すごく便利なのよ」リンはそう言って、テーブルの上からリモコンを取った。壁の薄型テレビを操作するためのものだろうとハンナが思っていたリモコンだ。だが、リンはテレビのほうに椅子を回転させようとはしない。

「テレビをつけるの？」ハンナはけげんに思ってきいた。

「いいえ、いいから見てて。きっと気に入ってくれると思う」リンはそう言うと、リモコンを暖炉に向けてボタンを押した。

暖炉の下のほうに見えている色とりどりのクリスタルガラスが輝きはじめた。すぐにガラスのあいだに小さな炎がつき、ガラスの色がさらに明るくなった。

驚きが残らず顔に出ているのがわかった。「きれいね！」ハンナは吐息混じりに言った。

「でしょ。トムがいないときはいつもここですごすの。彼がこの家にいることはあまり多くなかった。ダウンタウンの金融街に豪奢《ごうしゃ》なアパートメントを持っていて、旅に出ていないときはたいていそこで夜をすごしてたから」

「どうして？」と尋ねたあと、きくべきではなかったとハンナは思った。「ごめん。話したくなければいいのよ」

「大丈夫。話すわ」リンは深呼吸をしてつづけた。「どうしてアパートメントを買ったのかときいたら、仕事で遅くなってすごく疲れているときは、車でここまで帰る気になれないと言われたの。渋滞がひどいから」

ハンナは驚いた。「ここの渋滞はそんなにひどいの？」

「まあね。コンベンションやスポーツイベントがある日に、ダウンタウンから戻らなくちゃいけないときは」

「トムはあなたに部屋を見せてくれた？」

「ええ、最上階にあって、完全にリフォームされていたわ。すばらしい眺めなの」

「家具選びはあなたも手伝ったの？」

リンは首を振った。「いいえ、知り合いの株式仲買人から家具つきの物件を買ったのよ。ヘッジファンドで大儲《おおもう》けした人らしいわ。ロンドンに引っ越すから、向こうで新しい家具を買う予定だったみたい」

「なるほどね。家具を外国に送るにはかなりお金がかかるらしいし」

「そうなの。すべて信じたわ。トムにベッドルームを見せられるまでは」リンはシャンパンをひと口飲んだ。「最初に気づいたのは赤いベルベットのベッドカバーだった。トムは赤が好きじゃないの。いちばん嫌いな色よ。この家の家具を選ぶとき、赤いものは何も買うなと言われたんだから」

「赤いベッドカバーのこと、トムにきいてみた？」

「もちろん、見てすぐにね。買い替える時間がなかったと言ってたけど、彼がそこを買ってから三カ月もたっていたのよ。トムほど赤色を嫌っている人が、そんなに長くがまんできるなんて信じられなかった」

「仕事が忙しすぎたとか？」ハンナは言ってみた。

「彼はそう言い訳した。でも、そのあと鏡台の上にあった香水の瓶に気づいたの。部屋の持ち主だった株式仲買人がシャネルを使っていなかったのはまちがいないわ」

「ええっ！　トムを問い詰めたの？」

「いいえ、黙ってた」

「どうして？」

「知りたくなかったの、はっきりしたことはね。そのうち、トムがアパートメントですごすことがますます多くなって、うちでわたしとすごすことがますます少なくなったの。それで、わたしたちの結婚生活がだめになりつつあるとわかった」

「だからトムといっしょにレイク・エデンに行こうとしたのね？」

「ええ、ふたりで話し合って解決できるんじゃないかと思ったけど……そうはいかなかった。結婚したときトムからこの家をもらっておいてよかったわ。不動産エージェントに相談して、売ってもらうつもりよ」

「でも……引越しにはお金が必要なんじゃない？」

「いいえ、お金の心配はないの。わたしが出演したＣＭのほとんどは全国展開されているし、悪くない再使用料もはいってくる。〈ギブソン・ガール化粧品〉の契約金をトリー・

バスコムのコンドミニアムの頭金にしたわ」

「じゃあ、働く必要はないってこと？」

「あら、いずれは働きたいと思ってるわよ。でも、この引越しに必要なだけのお金はある。大きい家具は全部置いていくつもりなの。愛着のあるわずかなものだけ持っていく。ほかのものはすべて家といっしょに売却するわ」

「じゃあわたしたちはお皿とかそういうものの荷造りをすればいいのね？」

「ええ、あとは、とくに気に入っている美術品をいくつか持っていくつもり。コンドミニアムはここよりせまいから、すべてを置く場所はないってことを忘れないようにしなくちゃ。あなたとドロレスに来てもらって、手伝ってほしかった理由のひとつがそれなの。あなたたちはトリー・バスコムのコンドミニアムに行ったことがあるから、何が適切で何がそうじゃないか判断してもらえるでしょう」

　ハンナは少し考えてから言った。「わたしより母さんのほうが適任だと思う。トリーのコンドミニアムによく行ってたから。毎朝彼女とコーヒーを飲んでたし」

「そうよね。ドロレスから聞いたわ。でも、あなたにここに来てもらいたかったのにはもうひとつ理由があるのよ、ハンナ」

「どんな理由？」

「あんなことがあったあとで、まだ友だちでいてくれるかどうか知りたかったの。あなたに拒絶されて当然だもの」リンは深く息を吸った。ハンナは彼女が動揺しているのがわかった。「だってハンナ……夫のトムがあんな恐ろしいことをしたのよ。わたしったら自分の悩みで頭がいっぱいで、トムが関わっているなんて疑いもしなかった！」

「当たり前でしょ！」ハンナはリンの腕に手を置いた。「わたしだってトムを疑っていなかった。あの日、〈クッキー・ジャー〉ですべてのピースがはまるまで、トムだとはわからなかったんだから」

「じゃあ、警告しなかったわたしを怒ってないの？　身の危険に気づいてもらえるようなことを言わなかったわたしを？」

ハンナは首を振った。「もちろんよ！　わたしだってロスが何をしていたのか気づかなかったんだもの。結婚するほど愛して信頼している人を疑うなんて不可能よ」

リンは深く考えこんでいるようだった。「あなたの言うとおりだと思う。ごめんなさい、ハンナ。もし知っていたら、せめてわずかでも疑いを持っていたら、あなたに話していたんだけど」

「わかってる」ハンナは微笑んだ。「つまり、わたしたちはまだいい友だちってことね？」

「親友よ！」リンがうれしそうに微笑んだ。

「よかった。じつは、あなたにたのみたいことがあるの」

「もちろんよ。何かしら？」

「この暖炉を母さんに見せないで」

リンの顔を見れば困惑しているのは明らかだった。「どうして?」

「同じものをほしがるだろうから。ドクが注文してくれるまでしつこくねだりつづけるわ」

チョコレート・ピーナッツバター・タフィー

●オーブンを175℃に温めておく

材料　●米国の1カップは約240cc

クラブクラッカー……1パック（わたしは〈キーブラー〉のものを使用）

ミルクチョコチップ……2カップ（わたしは〈ネスレ〉のものを使用）

有塩バター……225グラム

ブラウンシュガー……1カップ（きっちり詰めて量る）

ピーナッツバターチップ……2カップ
（283グラム入り1袋。わたしは〈リーシーズ〉のものを使用）

刻んだ塩味のピーナッツ……1/2カップ
（ドライローストでないもの。刻んでから量る。
わたしは〈プランターズ〉のものを使用）

ハンナのメモその1：
〈キーブラー〉のクラブクラッカーは1箱に3パック入りだが、
使用するのは1パックのみ。もっと少ない量のものを買ってもいいけど、
クラッカーって何かと使うものでしょ？
クラブクラッカーがなくても、塩味のクラッカーなら
どんなブランドのものでも使える。
サクサクした塩味のものを型の底に敷き詰めるのが目的だから。

⑤ 熱々のタフィーを②にできるだけ均等に流し入れ、
耐熱のゴムべらかフロスティングナイフですばやく広げる。

ハンナのメモその4:
わたしは縦方向に何本か線を描くようにたらしたあと、
交差するように横方向にもたらす。下の層が完全に隠れなくても大丈夫。
オーブンで焼けばかなり広がる。

⑥ 型をオーブンに入れ、175度で10分焼く。

⑦ オーブンから型を取り出してワイヤーラックなどに置き、
ピーナッツバターチップを散らす。

⑧ アルミホイルか使っていない天板で型を覆う。
ピーナッツバターチップがとけるまで2分おく。

⑨ 覆いをはずし、耐熱のゴムべらか木べらかフロスティングナイフで
とけたピーナッツバターチップをできるだけ均等に広げる。

⑩ オーブンミットか鍋つかみを使って型を冷蔵庫に入れ、
覆いをかけずに少なくとも1時間冷やす。

⑪ 1時間たったら、残りのミルクチョコチップ1カップを
耐熱ボウルに入れ、電子レンジ（強）で1分加熱する
（わたしは〈パイレックス〉の2カップ用の計量カップを使用。
注ぎ口がついていてとても便利）。そのまま庫内に1分置いてから
取り出し、かき混ぜる。まだ完全にとけていないようなら、
電子レンジでさらに30秒加熱し、30秒おく。

準備：
① 25センチ×38センチの天板にアルミホイルを敷く。
もしあればロールケーキ用の浅い型が好ましい。
なければ天板を使い、アルミホイルを折り返して縁を作る。
② アルミホイルの上から〈パム〉などの
ノンスティックオイルをスプレーする
（タフィーが固まってからはがしやすいように）。

作り方

① 塩のついた面を下にしてクラブクラッカーを
型の底に敷き詰める
（きっちり詰められるようにクラッカーを割ってもよい）。

② クラッカーの上にミルクチョコチップ1カップを散らす。

ハンナのメモその2：
朗報！　このタフィーを作るのに温度計は必要ありません。

③ タフィーを作る。ソースパンに有塩バターとブラウンシュガーを
入れてよくかき混ぜる。

ハンナのメモその3：
わたしは曽祖母エルサの木のスプーンを使うが、
耐熱のゴムべらを使ってもよい。

④ ソースパンを強めの中火に5分間かけ、ぐつぐつさせる。
そのあいだかき混ぜつづけること。そうしないと焦げる。
ぐつぐつしすぎたら少し火を弱める。
5分間たつまでかき混ぜる手を止めないこと。
5分たったらソースパンを火からおろす。

⑫ 固まったタフィーを冷蔵庫から出し、
⑪のとかしたチョコレートをすばやくかける。
下のピーナッツバターの層が少し見えるようにすること。

⑬ その上に刻んだピーナッツを散らし、
冷蔵庫に入れてさらに2時間冷やす。

⑭ 完全に固まったら、アルミホイルからはがして
ランダムな大きさに割る。

ハンナのメモその5:
刻んだピーナッツを散らしてあるのでわかるとは思うが、
念のためピーナッツが使われていることをみんなに伝えること。
ピーナッツアレルギーは少なくなってきているけれど、
まだ注意が必要だから!

4

数日後、リン・ラーチモントの家

リビングルームに積みあげられた箱を見わたして、リンはうめいた。「持っていくものが多すぎる！　コンドミニアムにこれを全部収納する場所はないわ」

「だからテープで箱を閉じないでおいたのよ」ドロレスが言った。「ふたを開けておけば、あなたがもう一度確認して最終決定できるでしょ」

「ウォーターフォードのクリスタルのシャンパングラスは一ダースあれば充分ね」リンはため息をついて言った。「でないと……」彼女はドロレスを見た。「ねえ、残りの四ダースをもらってくださる、ドロレス？」

「なんですって！」ハンナは母の驚いた顔に気づいた。「うーん……すごくうれしいけど、代金は払わせて」

リンは首を振った。「いいえ、あなたにさしあげたいの。これはトムのクライアントからの結婚祝いだし、レイク・エデンではここでしていたように大勢をもてなすこともないでしょう。あなたにもらってほしいのよ、ドロレス。この五日間のお礼だと思えば安いものだわ」

「まあ……あなたがそう言うなら……」ドロレスは小さくうなずいた。「いただくわ。その代わり、わたしが開くディナーパーティにはすべて出席すると約束してちょうだい。あなたにふさわしくない人とはくっつけないと約束するから」

リンは笑った。「決まりね。ディナーパーティに出るのは大好きよ」そしてハンナを見た。「荷造りが終わったら、わたしが置いていくつもりのものを見てまわってね。ほしいものがあれば、トラックでレイク・エデンに運ぶ手配をするから」

「ありがとう、リン！」ハンナはリンの気前のよさに感激した。「ほかのものは全部売るつもりなんでしょう？」

「ええ、不動産エージェントが購入希望者に確認してくれることになってる。もし何かほしいものがあれば、適正価格を調べてそのぶんを家の価格に上乗せするそうよ。残りはすべてロビーとマリアのものになる。エステートセールを開いて、その売り上げを全額受け取ってほしいとお願いしてあるの」

そのとき携帯電話が鳴り、リンは電話を取ってディスプレーを見た。「エージェントからだわ。出たほうがいいみたい」

「あなたは何をもらうつもり、ハンナ？」リンが部屋から出ていくと、ドロレスがきいた。

「わからない。別に何も必要ないし」

「でも、ここにあるのはすてきなものばかりよ」

「それはそうだけど」ハンナは少し考えてから言った。「わたしにふさわしいものをリンに選んでもらうというのはどうかしら。きっと自分がとても気に入っているものを選んでくれるだろうから、あげたことをあとになって後悔しても、返してあげられるでしょ」

「なかなかいいアイディアね！」ドロレスがそう言ったとき、リンが部屋に戻ってきた。

「ほんとに申し訳ないんだけど、今日は予約していたランチに行けなくなったわ。最後のCM撮影のためにスタジオに行かなくちゃならないの。〈ギブソン・ガール化粧品〉は来月から放送する連続CMにもう一本追加すると決めたのよ」

「気にしないで」ハンナは急いで言った。「仕事を優先して、リン」

　ドロレスもうなずいた。「ええ、それに、ハンナが朝食に作ってくれたあのおいしいコーヒーケーキを三切れも食べたから、あまりおなかがすいていないし」

「わかってくれてありがとう。それと、ちょっとしたサプライズがあるの。CM撮影のあいだ、あなたたちもセットにいていいってディレクターが言ってくれたのよ。いっしょに行かない？」

「ええ、もちろん！」ドロレスはすぐに答えた。「ぜひ行きたいわ！」

「ハンナは？」リンは彼女を見た。「あなたも来るなら、ディレクターのためにあのコーヒーケーキを少し持っていってもらいたいんだけど。ホームメイドのお菓子が大好きな人なのよ」

「行くわ。コーヒーケーキを持っていくのも了解よ」とハンナは答えたが、心のなかでこう付け加えた。母さんをお行儀よくさせるにはわたしも行かないとね。有名人好きな母さんのことだから、目を光らせておかないと、だれかれかまわずサインをほしがるかもしれないし。

リンと母のあとから撮影スタジオにはいったハンナは驚いた。そこは巨大な倉庫で、奥のほうにあるセットをのぞけば何もなかった。高級デパートの化粧品カウンターを模したセットには、商品が並ぶ棚と、カウンターのまえでお客が化粧品を試すための椅子も用意されていた。

「もっと派手なのかと思ったわ」ドロレスがリンにこぼした。

「ここが撮影用セットよ」リンは説明した。「〈ギブソン・ガール化粧品〉はこのスタジオの一部を借りていて、自社のＣＭはすべてここで撮影するの」

ドロレスはまだ納得がいかないようだ。「でも……カチンコを持った人たちや、いろんな衣装をつけた俳優たちが走りまわっているのかと思ったわ」

リンは首を振った。「ここはちがうの。この防音スタジオはＣＭ撮影専用で、制作会社にはまた別のセットがあるのよ。ここは借りているだけ」

「そう」ドロレスはとても残念そうに言った。

「帰るまえにスタジオの食堂でランチにしましょう。重役用食堂のパスを持ってるの。そこは二階だから、食堂を見おろせるようにバルコニーのテーブルを確保するわね。フルメイクで衣装をつけた俳優たちがたくさんいるわよ」

「それは楽しそうね！」ドロレスは期待で興奮しているようだ。「でも、出演者たちはみんなフルメイクで衣装をつけて食事をするものなの？」

「ええ、ランチ休憩が短くて、そのあとすぐに撮影が再開される場合はね。メイクにはとても時間がかかるでしょう、手のこんだものはとくに。SF映画やファンタジー映画なんて、端役でも撮影がはじまる何時間もまえに来なければならないのよ」

「リン！」と呼ぶ声がした。ハンナが顔を向けると、長身痩躯《ちょうしんそうく》で黒っぽい髪の男性が急いでやってくるところだった。「早かったね！」

「ええ、ミネソタ州レイク・エデンから来た友人ふたりをあなたに紹介したかったの」リンはハンナのほうを示した。「こちら、ハンナ・スウェンセン。彼女の話はいつもしてるでしょ。そしてこちらはハンナのお母さまのドロレス・ナイト。ディレクターのデイヴィッド・ポールよ」

「ああ、ハンナ」ディレクターはわかっているようだった。「そしてドロレス。おふたりのことはリンから聞いていますよ。CM撮影を見学していきませんか？」

「よろこんで！」ドロレスがふたりを代表して言った。「本物の撮影スタジオにいるなんて、わくわくするわ！」

「毎日ここで働いているとそうでもありませんよ」デイヴィッド・ポールは笑って言った。「ただの巨大な倉庫ですからね。エアコンをつけても、ライトの下では暑くなるし」そのとき着信音が聞こえ、彼がポケットから携帯電話を取り出した。「ちょっとすみません」「何をやってるんだ、ハリー」歩いていきながらしゃべる声が聞こえた。「主役はもう来てるんだぞ」

リンとドロレスはこれから撮影するCMについて話しはじめた。ハンナは少し興味を惹《ひ》かれたものの、デイヴィッド・ポールの顔を見ているほうがずっと興味深かった。ハリーという名の人物との会話はいらいらするものだったらしく、顔をしかめている。

「もう彼女は使わないよ！」彼はそう言うと、携帯電話をポケットにつっこみ、ハンナたちのところに戻ってきた。

「シンシアが来られなくなった」デイヴィッド・ポールはリンに言った。「夫が病院の救急処置室にいるとかで。すまない、リン。わざわざ来てもらったのに……」彼はことばを切り、ドロレスに一歩近づいた。「ええとあなた、おいくつですか？」

「はあ？」ドロレスはまじまじと彼を見た。「レディは年齢なんて教えません！」

ハンナとリンが見ていると、デイヴィッド・ポールは笑みを浮かべた。「完璧だ！　あなたなら申し分なくやれるだろう！」

「わたしが何をやるですって？」ドロレスはちょっとむっとしながらきいた。

「CMでリンの母親を演じてほしいんです」

ドロレスはポカンと口を開け、びっくり仰天している。「わたしが？」

「そうです。ええ、あなたなら完璧です」デイヴィッド・ポールは不意に口をつぐみ、眉をひそめた。「全米映画俳優組合にははいってますよね？」

「ドロレスは女優じゃないのよ」ドロレスがことばを失っているようなので、リンがあわてて言った。

「問題ありません。あとでなんとかしましょう。彼女は役にぴったりだし、台本は書き直します。彼女をメイク用のトレーラーに連れていってくれるかな、リン。それと、目の下にたるみを作って、髪にグレーの筋を入れるようにジュリアに伝えてくれ。今のままだと年齢的に不自然だから」

ハンナは息が詰まりかけた。早く何か言わないと、今日はずっと「母さんの髪はまったく自然に見えるし、染めているとはだれも思わない」と母に言い続けることになる。

「グレーの筋はいいですね」ハンナはうなずいて言った。「母はもっと年上に見えなくちゃいけないんでしょう？」

「そうなんだ」デイヴィッド・ポールは急いで同意した。「もう少し老けた感じにしないと、リンの母親とはだれも思わないだろうから」

「たしかにそうね」ドロレスは明らかにうれしそうだ。「それは気がつかなかったわ」

母が笑顔になると、ハンナは安堵《あんど》のため息をついた。リンがドロレスを連れて建物から出ていくのを見送りながら、ハンナはデイヴィッド・ポールに言った。「うまくいきましたね。見事な立ち直りぶりでした」

デイヴィッド・ポールは笑った。「ありがとう！　きっかけをくれて助かったよ。思ったことをそのまま言ってしまいがちなんだが、いつもそれがいいとはかぎらないからね。コーヒーでも飲んでくるよ。きみもどう？」

「いいですね」ハンナは答え、彼のあとから建物の隅に向かった。そこにはコーヒーポットが置かれた長いテーブルと椅子があった。「おなかはすいてますか？　アプリコット・コーヒーケーキを持ってきたんです」

「うれしいね！　朝食にドーナツを買うつもりだったんだが、今朝は遅くなってしまって、ドーナツショップに寄る時間がなかったんだ。それはどこで買ったコーヒーケーキ？」

「今朝焼いて、朝食に出したものの残りなんです」

「きみが焼いたの？」

ハンナは声をあげて笑いそうになった。手製と聞いてデイヴィッド・ポールは衝撃を受けたようだった。「ええ、わたしが焼きました。ミネソタ州のレイク・エデンでベーカリー兼コーヒーショップを経営しているんです」ハンナはコーヒーケーキのラップをはずしてテーブルに置いた。そして、持ってきたトートバッグから、紙皿、プラスチックのフォーク、ナイフを取り出した。「ひと切れ食べてみてください。わたしは今朝もう食べたので」

ハンナが大きくひと切れ切り分けると、デイヴィッド・ポールは笑顔になった。「私を太らせようとしているのかい？」

「いいえ、でも朝食をとる時間がなかったと言ってましたよね。それに、朝食は一日のうちでいちばん重要な食事ですよ。おなかがすいてるんでしょう？」

「ああ、ますます空腹になったよ。きみのコーヒーケーキはすごくおいしそうなにおいだね、ハンナ」

「ええ。共同経営者のおばさんにもらったレシピなんです。ナンシーおばさんのレシピで作るとどれもほんとうにおいしいんですよ」ハンナはまたトートバッグに手を入れて、やわらかくしたバターの容器とプラスチックのナイフを取り出した。「コーヒーケーキにバターをつけますか？」

「普段はあまり……」デイヴィッド・ポールは言いかけてやめ、にやりとした。「まぁ、いいか。バターをもらおう。きみが切り分けてくれたその分厚いコーヒーケーキを見ただけで、もう一日ぶんの摂取カロリーを超えているだろうし」

コーヒーケーキを食べてしまうと、デイヴィッド・ポールは椅子に寄りかかって満足げにため息をついた。「うまかったよ！　私も住みたいもんだな……ええと、なんという町だっけ？」

「レイク・エデンです」

「いい名前だ。もしその町に住んでいたら、毎朝きみのコーヒーショップに行くだろうな」

「光栄です」とハンナは言ったが、心のなかでは別の返事をしていた。派手やかなパーティや殺人的スケジュールや、わくわくすることが二十四時間つづくこの街からレイク・エデンに引っ越したら、引越しトラックが家具を運んでくるまえに、飛行機に飛び乗ることになるでしょうけどね！

「ほんとうにありがとう、ドロレス」デイヴィッド・ポールは彼女のグラスに二杯目のワインを注《つ》ぎながら言った。「今日はあなたのおかげで助かりました」

「わたしからもお礼を言うわ」リンが続いた。「スケジュールを変更することになっていたら、最後のＣＭ撮影の時間は作れなかったと思うから」

「お役に立ててうれしいわ」とドロレスは返したが、ハンナは母がバルコニーの手すりの向こうに目をやって、下の食堂にはいってきた俳優のグループを見ようとしているのに気づいた。「あそこにいるのは『あの気分をもう一度』のキャストじゃない？」

「そうですよ」デイヴィッド・ポールはドロレスに微笑みかけた。「サインをもらいたければ、トロイにここに来るようたのみましょうか？」

「ぜひお願いしたいわ！」ドロレスは満面の笑みを浮かべた。メイク係のジュリアが施してくれた撮影用のナチュラルメイクが、スタジオを出るまえにひび割れるのではないかと、ハンナは心配になった。

「彼にメールしてみましょう」デイヴィッド・ポールは携帯電話を取り出して言った。

ハンナが見ていると、すぐ下にいるハンサムな俳優が携帯電話を手にしてディスプレーを見たあと、椅子をうしろに引いて立ちあがった。そして、つぎの瞬間には重役用食堂につづく階段をのぼっていた。その迅速な動きを見ながら、ハンナはCM撮影のあいだオフにしていた携帯電話の電源を入れ忘れていたことに気づいた。急いで電源を入れてディスプレーを見ると、この一時間にミシェルが三回も電話してきて、毎回メッセージを残していることに気づいた。どの発信にも緊急のマークがついている。レイク・エデンで何かとんでもなく悪いことが起こったにちがいない。

「ちょっと失礼するわ」とみんなに言って、携帯電話をポケットに戻し、ハンナは立ちあがった。「折り返し電話しないと」

「何か問題でも?」ドロレスがすぐに尋ねた。

テレビ界のスターに会うという母の楽しみに水を差したくなくて、ハンナはジョークで返した。「〈クッキー・ジャー〉の砂糖がなくなったんですって」

ドロレスは一瞬ぽかんとハンナを見たあと、すぐに笑いだした。「冗談よね、ディア?」

「ええ、すぐに戻るわ、母さん」

部屋の奥の案内板を見て、女性用化粧室に向かった。そこならひとり静かにミシェルに電話できるだろう。ハンナはドアを開けてなかにはいった。鏡つきの長いメイク用テーブルのまえに椅子が並んだ部屋にはだれもいないとわかって微笑んだ。椅子に座って携帯電話を取り出し、ミシェルの番号を出した。

「姉さん!」ミシェルは一度目の呼び出し音で出た。「電話してくれてよかった! すぐにレイク・エデンに戻ってきて! 緊急事態なの!」

ハンナは血圧が上がるのを感じた。「モシェに何かあったの?」

「ううん、モシェは元気よ。今はノーマンのところにいる。姉さんのアパートに連れていこうとしたんだけど、なかにはいりたがらないの」

「わたしがいないから?」

「それもあると思うけど、外階段の下に来ると鳴きはじめて、抱きあげてもずっと鳴いてるの。階段をのぼりかけたけど、あの子がすごく震えているから引き返して車に乗せたの。

これはあくまでもわたしの考えだけど、あの部屋に関してはモシェも姉さんと同じ気持ちなんだと思う。あのなかで恐ろしいことがあったから、もうはいりたくないのよ」

猫と人間をいっしょにしないでよ、と思ったが、ミシェルの言うことにも一理ある。ハンナがモシェを抱いて階段をのぼっていたらちがったのかもしれないが、リフォームが終わって実際にやってみるまではわからない。

「じゃあ、モシェは母さんとドクのところに戻ったの?」ハンナは尋ねた。

「ううん、母さんはいないし、ドクは一日じゅう病院だから寂しいだろうと思って。ノーマンに電話したら、すぐに迎えにきて、家に連れていってくれたわ」

ハンナは安堵のため息をついた。「ああ、よかった! モシェはカドルズと遊ぶのが大好きだものね。まだそこにいるんでしょ?」

「うん、ノーマンの話だと、モシェとカドルズはほとんど休みなしに遊んでいるみたい。こっちはみんな問題ないわ、姉さん」ミシェルは涙声になり、咳払いをした。「ロニー以外は」

「ロニーがどうかしたの? 病気なの?」

「ううん。ロニーの高校の同級生のダーシー・ヒックスが殺されたの。そしてロニーは……」ミシェルはまたのどを詰まらせたあと、泣きだした。

「落ちついて、ミシェル」動揺を覚えているものの、できるかぎり落ちついた声でハンナは言った。「ロニーがどうしたのか話して」

「もう最悪なのよ、姉さん！」

「わかるわ」とハンナは言ったが、何が最悪なのか話してくれないかぎりわかりようがなかった。「なんであれ大丈夫よ。わたしが必要なら、できるだけ早い飛行機に乗って、レイク・エデンに戻るから」

「そうなの！　姉さんが必要なの！　力になれる人は姉さん以外にいないのよ！　わたしひとりじゃどうやればいいかわからないんだもの！」

「やるって何を、ミシェル？」

「ロニーを助けるのよ！」

妹がヒステリー状態に近いのはわかったが、まだ何が困ったことなのか話してくれていない。

「わかったわ、ミシェル。ロニーを助けると約束する。すぐに帰ってなんであれできることをするわ。でもまずは何があったのか話してくれないと」

「えっ！」ミシェルはぎょっとしたように言った。「ごめん！　そうよね！　とにかくすごく動揺してるの、姉さん。ちょっと……待ってもらっていい？」

「必要なだけ待つわ。水を飲んで、落ちつきなさい。それから何があったのか話して。まずは電話を置いて、水を飲むのよ。戻ってくるまで待ってるから」

ミシェルが電話を置く音が聞こえた。そして、椅子をうしろに押しやる音。戸棚の扉がバタンと開き、水の流れる音がする。ミシェルはハンナのアパートメントのキッチンにいるらしい。椅子がきしる音がして、ミシェルがふたたび座ると、深呼吸をするのが聞こえた。もう一度深呼吸をして電話を取った。

「お待たせ」その声はまえより落ちついていた。「まだ聞いてる、姉さん？」

「ええ、聞いてるわよ。さあ話して」

「ロニーの元クラスメイトのダーシー・ヒックスが殺されたの。そしてロニーは……」ミシェルはごくりとのどを鳴らし、もうひと呼吸してから、なんとかことばを絞り出した。

「ロニーは第一容疑者なのよ！」

5

荷造りにそれほど時間はかからなかった。ハンナがクロゼットから出した衣類をマリアがたたんでスーツケースに入れたあと、三十分もしないうちにロビーの運転する車で空港に向かっていた。座席のまえのカップホルダーにロビーが用意しておいてくれたボトルの水をひと口飲んで、ミシェルに電話をかけた。

ミシェルはすぐに出た。「帰ってきてくれるの、姉さん?」

「ええ、いま空港に向かっているところ」

「母さんも?」

「いいえ、リンの旅行エージェントが家族の緊急事態だからとたのみこんでくれて、ひとりぶんだけ飛行機のチケットが取れたの。母さんは明日の午後帰るわ。大丈夫、ミシェル?」

「うん、姉さんが帰ってくるなら。ロニーはほんとに困ったことになってるの。彼を責めるつもりはないけど、こっちも明るくふるまうのがむずかしくなってきてる。ブライアンとキャシーに会いにいった夜、ロニーはすごくうれしそうだった。ふたりは赤ちゃんを亡くしてから仲たがいしてしまって、つらい日々をすごしていたの」

「赤ちゃんを亡くした？」

「ええ、ＳＩＤＳでね。乳幼児突然死症候群」ミシェルは重いため息をついた。「キャシーはそれまで二度、流産を経験していたの。でも、産まれたばかりのメレディスは元気で健康に見えた。ロニーは病院に会いにいって、あんなに幸せそうなキャシーとブライアンを見たのは初めてだと言ってたのに」

「かわいそうに！　赤ちゃんはどれくらい生きられたの？」

「生後五週間になるところだった。ある朝キャシーが目覚めると、メレディスはまだ眠っていたから、起きてコーヒーを淹れにいったそうよ。でも、戻ってきたら、赤ちゃんは……メレディスは冷たくなっていたの！　ふたりは死ぬほどつらい思いをしたのよ、姉さん。一カ月ほどファミリー・グリーフ・カウンセリングを受けて、ブライアンには効果があったようだけど、キャシーはわが子の死を乗り越えられなかった。彼女はブライアンと離れて、新しいカウンセラーにかかるようになったんだけど、それは効果があったみたい。キャシーはなんとか悲しみを乗り越えて、ブライアンのもとに戻ったの。そこにまたあらたな悲劇が起きたのよ。しかも、ふたりと友人のロニーがダーシー殺人の容疑をかけられているんだから！」

「落ちついて、ミシェル。マイクは優秀な刑事よ、ロニーのお兄さんのリックもね。きっとロニーの容疑を晴らしてダーシーを殺した犯人を見つけてくれるわよ」

「でも……姉さんはわかってないのよ！　さっきは全部話せなかったけど、保安官事務所は大きな問題を抱えているの」

「どういうこと？」

「この事件を担当できる刑事がひとりもいないの。だから姉さんが必要なのよ」

「なんでそうなるの？　マイクはどうしたのよ？　彼が捜査することになるんじゃないの？」

「できないの。マイクはロニーのパートナーだから、保安官事務所の規則のせいで、ビルは彼を捜査からはずさなくちゃならないのよ。パートナーだといろいろ問題があるんですって。冷静さを失って正しい判断ができなくなるから」

ハンナは少し考えてから言った。「たしかにそうね。ロニーのお兄さんのリックはどうなの？　彼も刑事だから捜査できるんでしょう？」

「ううん、それについても規則があるの。近親者が殺人事件の容疑者になった場合、家族は捜査に携わってはいけないのよ」

「じゃあ……だれが残ってるの？」

「ビルと、新人の助手がひとり。それだけなのよ、姉さん。それが姉さんに戻ってきてほしいもうひとつの理由」

「わかった。今夜じゅうには着くから、帰ったら話しましょう」

「ほかに知っておきたいことはある？」ミシェルがきいた。

「ひとつだけ。レイク・エデンに戻るための足はだれか用意してくれてる？　飛行機は今夜六時十分に着く予定なんだけど」

「それならもう手配ずみよ。ノーマンが姉さんを空港に迎えにいって、アパートまで送ってくれることになってる。それともうひとつ……」ミシェルは一度ことばを切ってからつづけた。「どう言えばいいかわからないけど……アパートに帰っても大丈夫そう？　寝室はまだリフォームが終わってないけど、客用寝室は使えるわよ、わたしはソファで寝るから」

ハンナは大きく息をついた。正直、アパートには戻りたくない。寝室にはいる必要はないにしても……。「わからない。着いてから話しましょう」

「わかった。もう切るわね、姉さん。〈レッド・アウル〉で買い物をしてこないと」

「ノーマンに電話して、わたしを迎えにくるときモシェを連れてきてと伝えてくれる？」

ハンナは尋ねた。「すごくあの子に会いたいの」

「いいけど、ノーマンはもう出発したわよ」

「こんなに早く？　交通渋滞がなければ、飛行機が着くまで少なくとも一時間半は待つことになるわよ」

「それはわかってるけど、早めに出て、ジュディとダイアナのところに寄りたいんですって」

ハンナは微笑んだ。ノーマンはほんとうにいい人だ。元婚約者のドクター・ベヴが産んだダイアナが実の娘ではないとわかった今でも、その子の祖母のジュディ・ソーンダイクとまだ連絡をとっているのだから。自分に会いたくなったらいつでも遊びにくるようにとふたりに伝えていた。

「それならいいわ、ミシェル」ハンナは急いで言った。「アパートに戻るまえにノーマンの家に寄ってモシェを連れてきてもらうから」

「うーんと……わかった」

ハンナはミシェルの声にためらいを聞き取った。「何か問題でもあるの？」

ミシェルは電話越しのハンナにも聞こえるほど大きなため息をついた。「そういうわけじゃないけど、とにかくロニーのことが心配なの。姉さんに話を聞いてもらうことでぴりぴりしてるのよ。姉さんが来るまで長いこと待たされるようなら、ますます落ちつかなくなると思う」

「わかった」ハンナは急いで言った。「まっすぐアパートに送ってもらう。モシェはあとで迎えにいけばいいわ。母さんのペントハウスからもそれほど遠くないし、どうせあそこに泊まることになるだろうから」

「ええ……でも……それはやめておいたほうがいいかも」

「どうして？　わたしはずっとあそこに泊まってるのよ、あの……」ハンナは落ちつこうと深く息を吸った。「ときから」

「そうだけど、ドクは帰ってこないと思うから、姉さんはひとりきりになるわよ」

ハンナがため息をつく番だった。いちばん早いフライトで母が帰れなかったことを残念に思いはじめていた。念のためにきいた。「どうしてドクは帰ってこないの？」

「病院に詰めてるから。昨夜ハイウェイで大きな事故があって、重体の患者が三人入院しているの」

「まあ、なんてこと！」ハンナはたちまち同情した。「地元の人たち？　わたしの知ってる人？」

「ううん、ミシガンから来た家族。両親と三歳の息子さん」

「何があったの？」

「居眠り運転のセミトレーラーがセンターラインを出て、ＳＵＶと正面衝突したのよ。母親と息子は助かりそうだけど、父親はむずかしいみたい」

「セミトレーラーの運転手は？」

「助からなかった。今はハイウェイを通行止めにして、車を迂回《うかい》させてる。ロニーとマイクとリック以外は全員その手伝いに行ってるの。車のなかに足止めされた人たちのために、アンドリア姉さんとわたしでコーヒーとクッキーを届けたわ」

「ハイウェイはたいへんな夜だったみたいね」

「ええ。姉さんが発《た》ってから、巨大寒波がやってきたの。逃れられて運がよかったわね。カリフォルニアはどんな感じ？」

「暖かくて快適よ。天気も申し分なし」

「そのいい天気を持って帰ってきて」しばらく沈黙が流れ、ミシェルがまた口を開いた。

「そっちに住みたいと思ったことある、姉さん？」

「暴風雪や竜巻や洪水について耳にしたときだけね。わたしはレイク・エデンが好きよ、ミシェル」

「天気が悪かったりしても？」

「ええ、天気が悪かったりしても」

ミシェルは笑った。「わたしも。帰ってきてくれることになってうれしい。姉さんが恋しかったし、姉さんがいないアパートは寂しかった」

「恋しがってくれるのはうれしいけど……」

「わかってる。アパートに泊まれるかどうかわからないんでしょ。心配しないで。姉さんが戻ってきても大丈夫だと思えるようになるまで、ここはわたしが守るから。姉さんはあの現場を見たけど、わたしは見なかった。だからわたしは平気なんだと思う」

　ハンナは微笑んだ。「ありがとう、ミシェル。アパートがいやなわけじゃないの。ただ、記憶が……」ハンナはふさわしいことばを探した。「鮮明すぎて」

「わかるわ。ていうか、わからないけど、理解はできる」

　ありがたくて涙が出た。ほんとうにすばらしい家族だ。たとえドロレスがハリウッドスターに執着し、実年齢よりも若く見られるとしても。化粧品のCMのことを早くミシェルに話してあげたい！　きっと大笑いすることになるだろう。

「もう切るわね、姉さん。何か夕食を作るつもりなの。ロニーはやさしく世話をしてあげる必要がある。彼は強い人だけど、今は……なんて表現すればいいのか……」

「不安定？」ハンナは妹が探していると思われることばを口にした。

「そう、不安定になってる。精神的にすごくまいってるの。こんな大ごとじゃなかったら姉さんに電話しなかったんだけど」

「わかってるって。ロニーの無実を証明するためにできることはなんでもするから」

「そうしてくれるのはわかってる。じゃあね、姉さん」

「待ってて、ミシェル。わたしの代わりにロニーをハグしてね」

「お客さま？」

ハンナは心地よい女性の声に起こされた。目を開けると、制服姿の若い女性にのぞきこまれていたのでまばたきをした。

「お休みのところ申し訳ありませんが、まもなく到着です。着陸のまえにコーヒーを一杯お持ちしましょうか？」

「はい？」

一気に目が覚めた。ハンナは飛行機の座席に座り、シートベルトをして、雑誌を膝にのせていた。帰りの飛行機で寝るとは思っていなかったが、どうやら、機内カートが飲み物といっしょにミックスナッツだかプレッツェルだかを運んでいたあいだ、ずっと眠っていたらしい。機内食が出たときも眠っていたらしく、飛行機は着陸しようとしていた。

「着陸まであとどれくらいですか？」ハンナは尋ねた。

「コーヒーを二杯飲む時間はありますよ、もしよろしければ軽食も」客室乗務員《CA》が答えた。

「コーヒーをお願いします。必要みたいだから」

CAは微笑んだ。「そのようですね。飛行機がゲートを離れるまえからお休みになっていましたから。お声がけせずにいたら、着陸するまでお休みになっていたかもしれません」

「起こしてくれてよかったわ！」ハンナは言った。心から感謝していた。「すぐにコーヒーを持ってきてもらえます？」

「かしこまりました。すぐにお持ちします」

ハンナが化粧室の小さな個室から急いで戻ってくると、約束どおりCAがコーヒーカラフェとカップを持って通路を歩いてきた。「ごいっしょにスイートロールはいかがですか？」ときく。

「いただきます」

「シナモンとキャラメルがありますが？」

ハンナはしばし考えた。「シナモンにします」べたべたのキャラメルが手についてしまったら、また席を立って化粧室に行き、手を洗わなければならなくなるかもしれない。

すぐにシナモンロールが運ばれてきた。ハンナはコーヒーをひと口飲み、シナモンロールを取って、完璧にまん丸で完璧にフロスティングがかかったパンをかじった。もぐもぐとかんで飲みこんだあと、航空会社のためにシナモンロールを焼くという新しい仕事を開拓できるかもしれないと思った。シナモンロールは完璧に形成され、シナモンの量も完璧だが、その味はまったく印象に残らなかった。チャンスがあればキャラメルロールも食べてみたかったが、感想はほぼ同じなのではないかとひそかに思った。

「バターはいかがですか？」金色のホイルに包まれたバターの小皿を持って、CAがまた現れた。

「いただきます」ハンナは小皿をありがたく受け取った。シナモンロールの上にバターを塗ってもうひと口かじり、眉をひそめた。バターは無塩で、ソルトシェイカーも塩の小袋も見当たらない。酪農がさかんでない州の人たちは、どうして無塩バターがそんなにエレガントだと考えるのだろう？　それに、どうして世界じゅうのシェフやパティシエは無塩バターをありがたがるのだろう？　かなり大量の塩を使うレシピでさえそうなのだ。それはハンナのいらいらの種だった。どうせ塩を加えるレシピなのに、どうして値段の高い無塩バターを使うのか、まったく意味がわからない。

ＣＡがまたハンナの席にやってきて、バターの小皿とシナモンロールがのっていた皿を下げた。「コーヒーを飲まれるならお急ぎください」彼女は助言した。「あと五分で機長がシートベルト装着のサインを出すので、テーブルの上のものはすべて片付けさせていただくことになります」

「知らせてくれてありがとう」ハンナはそう言って、カップにコーヒーのお代わりを注いでくれたＣＡに微笑みかけた。「急いで飲むわ」

ＣＡは笑顔で歩き去り、ハンナはコーヒーカップを手にしてシートに背中を預けた。シナモンロールは食べられなくはなかったし、コーヒーもなんとか飲めるものだった。眠っているあいだに出された食事も、完璧に準備されたまずまずのものだったのだろう。それはまちがいない。もしやる気があれば、機内食の開発というあらたな仕事を得られるかもしれない。だが、それにはまったく食指が動かないことを心からありがたく思った。

　ＣＡがまた近づいてきたので、ハンナは急いでカップのコーヒーを飲み干した。カラフェにはカップ半分ほどのコーヒーが残っていたので、ＣＡが下げにくるまでになんとかそれも飲み干した。

「ごちそうさま」ハンナはコーヒーカラフェとカップを彼女にわたした。「着陸まえに起こしてくれてほんとうにありがとう」

「どうかお気になさらないでください。お客さまの旅が快適になりましたら何よりです」

ＣＡは訓練所で習ったと思われる返答をした。そして微笑み、わずかに身を寄せてきた。

「空腹でいらっしゃったんですね。この便でシナモンロールを残さず召しあがったのはお客さまだけです」

　ハンナは笑い、着陸に備えてシートに身を預けた。隣の窓際に座っている男性が窓の日除けを上げると、飛行機は雲の層を抜け、遠くにミネアポリスの街が現れた。飛行機が急速に高度を下げると、家やビルがどんどん大きくなり、ミニサイズのトラックや乗用車が走るフリーウェイが見えた。暗闇のなかでヘッドライトがきらめき、光る真珠が連なっているようだ。

「あとほんの数分ですよ」窓際の男性が言った。「ゲートに直行できれば時間どおりに着きそうだ」

「よかった」とハンナは返した。

「お疲れだったんですね。あなたはずっと眠っていた」

ハンナは微笑んだ。「そのようです」

男性はまた窓のほうを向き、ハンナはまえの座席の下にしまった機内持ちこみ用の手荷物から携帯電話を取り出した。着陸したらすぐノーマンに電話して、到着を知らせよう。ノーマンのことを思うと明るい気分になり、また笑みを浮かべていた。早く彼に会いたかった。これまで気づいていなかったが、ノーマンが空港に迎えにきてくれるのがとてもうれしかった。離れていたのは五日間だけなのに、彼との再会が待ち遠しかった。

「ここだよ、ハンナ！」ハンナが荷物引き取り用のベルトコンベアに近づくと、ノーマンの声がした。

彼を見た瞬間に顔がほころび、近づいていくにつれ満面の笑みになった。

「ハンナ！　お帰り！」

抱き寄せられて、ハンナのなかによろこびがめぐった。こんなにもノーマンが恋しかったのだとあらためて感じた。

「さあ、行こう」彼はそう言うと、ベルトコンベアから荷物を取り、先に立って出口へ向かった。「かなり疲れてる？」

「そうでもないわ」スーツケースを車のトランクに積んでもらいながらハンナは言った。

「飛行機でずっと寝てたから。着陸の直前にCAさんに起こされたの。どうしてそんなことき くの？」

「ロニーがきみのアパートで待っているから。もし疲れているなら、明日の朝にきみを連れていくとミシェルとロニーに話すよ」

ハンナは感謝した。「やさしいのね。でも、わたしなら大丈夫よ。何があったのかすごく知りたいの。知らずにいたら今夜は一睡もできないと思う」

「ミシェルから聞いてないの？」

「きちんとは。かなり動揺してて、ロニーが高校の同級生殺しの第一容疑者だってこと以外、ろくに話してくれなかったから。マイクとリックが捜査からはずされたから、ロニーの無実を証明しに帰ってきてほしいと言われたの」

「なるほど」ノーマンは言った。「今はそれだけわかっていればいいと思う」

ノーマンは車を発進させて出口に向かい、料金所で止まって駐車料金を払った。そして空港をあとにすると、ハイウェイに乗った。車の流れに合流し、正しい車線に落ちついたあと、彼はまたハンナのほうを見た。「アパートに泊まっても大丈夫そう？」

「うーん……わからない」ハンナは認めて言った。「着いてみないと」

「そうだよね。居心地が悪いと思ったら、ぼくのうちに行こう。客用寝室の準備はできてるし、きみに会えば猫たちもよろこぶよ」

ハンナはありがたさをかみしめた。ノーマンはいつも心の支えになってくれる。「ありがとう、ノーマン。うれしい提案だわ。そうさせてもらうと思う。ほんとうはあんまりあのアパートに泊まりたくないの。ミシェルの話だと、ドクは今夜病院に詰めることになるらしいし、ひとりきりでペントハウスですごすのもあまり気が進まなくて」

「わかるよ」ノーマンは言った。「家に手を加えている途中なんだけど、きみのための場所は充分にあるから。もちろん見返りは求めないよ、わかっていると思うけど」

「わかってる《アイ・ドゥ》」

ノーマンの顔にいたずらっぽい笑みが広がった。「その響き、すごくいいよ、ハンナ。もう一度言う練習をしてみたら？」

「それは去年、充分なほど言ったから、練習する必要はなさそう」

一瞬なんのことかと思ったが、自分が〝I DO《アイ・ドゥ》（結婚式の誓いのことば）〟と言ったことに気づいた。

ノーマンはハンナの手を取ってそっとにぎった。「きみのせいじゃないよ、ハンナ。あんなことになるなんて知りようがなかったんだから」

「そうね」ハンナはわずかにのどを詰まらせながら言った。「ありがとう、ノーマン」

ノーマンは会話が深刻になりすぎているのに気づいたらしく、咳払《せきばら》いをした。「アパートでの用事がすんだら、ペントハウスにきみの車を取りにいく？ それとも、明日の朝ぼくが町まで送っていこうか？」

「あなたの車で帰るわ」ハンナはすぐに決断して言った。「わたしの車は旅に出てから動かしていないし、ミシェルから聞いたけど、こっちはすごく寒かったんでしょ。エンジンがかからないかもしれない」

「たしかに。明日はドクター・ベネットにクリニックをまかせるつもりだから、きみを〈クッキー・ジャー〉に送ったあと、ペントハウスに行ってきみの車のエンジンをかけてみるよ。それなら問題があったとしても、シリルに電話して整備工をよこしてもらう時間はたっぷりある」

「助かるわ。ありがとう、ノーマン」ハンナは微笑みかけた。「空港に迎えにきてくれたことも。これで今夜の心配ごとは解決よ」

ふたりは何キロか黙っていた。やがて、ハンナはまたノーマンのほうを見た。「殺人事件の夜、何があったか知ってる？」

「少しなら知ってるけど、ロニーからすべてを聞いたほうがいいと思う。彼は現場にいたんだし、信用できるのは彼の話だけだから」

「それもそうね」

「座席に寄りかかって、もう少し休んだらいい」ノーマンが助言した。「アパートに着いたら忙しくなるよ」

ハンナは驚いて彼を見た。「みんなアパートに来るの？」

「みんなじゃないよ。ドクは病院だし、きみのお母さんはまだカリフォルニアのリンのところにいるだろう。ミシェルとロニーだけだと思うけど、あとでアンドリアも来ることになってる。アンドリアはずっとミシェルの力になってるんだ」

「でも、ビルは来ないわよね？」

ノーマンは首を振った。「彼は来られないんだ。この事件の主任捜査官だからね。不本意だろうけど、保安官事務所で事件に直接関わっていないのは彼だけだ。厳密にはビルも捜査するべきじゃないんだけど、経験のある捜査官は彼しかいないしね。捜査にあたれる刑事がマイクのチームにいないことは知っているだろう？」

「ええ」ハンナはうなずいた。「これってすごく妙な状況ね、ノーマン。殺人事件の捜査に民間人が首をつっこむと保安官事務所はいつもいやがるのに、今回はわたしを必要としているなんて」

ノーマンは少し笑った。「たしかに。ある意味、皮肉だね。今回はぼくたちに真犯人をつかまえてくれ、身内の容疑を晴らしてくれというんだから。これはなかなかないことだよ」

ハンナは少しのあいだ黙りこんでこの事件の状況について考えた。そして、ノーマンの腕をぽんとたたいた。「この事件の調査を手伝ってくれる？」

「うん、必要とあれば」

「もちろん必要よ！　いつだってあなたがいなくちゃ困るわ、ノーマン」

「うれしいな。ぼくもロニーのことは好きだし、彼の容疑を晴らしたいと思っている。彼が人を殺すなんて信じられないよ」

「わたしも。ほかのだれかがやったに決まってるわ。それがだれなのかを明らかにできるかどうかはわたしたちにかかってるのよ！」

まだ疲れているとは思っていなかったが、レイク・エデンに戻る車のエンジンのモーター音となめらかな走りは、ハンナを深い眠りへと誘った。共同住宅の入り口にある木製のアームがきしりながら上がり、車が敷地内にはいるまで、ハンナは目を覚まさなかった。

「着いたよ、ハンナ」曲がりくねった道をハンナの部屋がある建物に向かいながらノーマンは言った。「きみを降ろしたら、ビジター用の駐車場に車を停めてくる」

ハンナは首を振った。「その必要はないわ、ノーマン。クララ・ホーレンベックのスペースに停めて」と指示した。「マーガリートとクララは教会の修養会で二週間留守にしているの。クララの車で出かけたから駐車スペースは空いてる」

「わかった」ノーマンは地下の住民用ガレージにつづく傾斜路をおりた。「でもほんとうにいいの？」

「ええ。母さんとロサンゼルスに出発する前日、マーガリートがドライブに持っていくクッキーを買いに〈クッキー・ジャー〉に来たの。ミシェルもその場にいて、あの子はわたしの部屋に泊まることになっていたから、マーガリートとクララの部屋に気をつけておくと約束していたわ」

「オーケー」ノーマンはクララの駐車スペースに車を停めた。「準備はいいかい、ハンナ？」

「ええ、大丈夫よ、ノーマン。部屋に行きましょう。ロニーと話をしなきゃ」

ふたりは急いで階段をのぼり、ハンナが玄関ベルを押した。ほとんどすぐにミシェルがドアを開け、ハンナをぎゅっと抱きしめた。「ああ、姉さん！　帰ってきてくれてすっごくうれしい！」

「ぼくは？」ミシェルに微笑みかけて、からかっていることを知らせながらノーマンがきいた。

「もちろんあなたにも会えてうれしいわよ、ノーマン」ミシェルは軽く笑ったが、ハンナの耳には弱々しく聞こえた。「はいって！　体が温まるスープがあるわよ」

ミシェルはハンナを引っ張ってなかに入れ、ノーマンもつづいた。「さあ、防寒コートを預かるわ。ふたりともテーブルにどうぞ。ロニーはあと三十分くらいでピザを持ってここに来るから、待っているあいだミネストローネをいただきましょう」

「ミネストローネを作ったの？」ハンナは防寒コートを脱いでミシェルにわたしながらき

いた。

「うん、スロークッカーで。大学にいたとき考案したレシピで、ルームメイトたちから大好評だったの」

「ミネストローネか、いいね」ノーマンは言った。ミシェルに防寒コートをわたし、ハンナの隣に座る。「自家製のミネストローネは食べたことがないな。作るのは時間がかかるの？」

ミシェルは首を振った。「時間がかかるけど手間はかからないレシピで、材料のほとんどはスロークッカーに入れておくだけなの。あとは最後にサヤインゲンとキドニービーンズを入れるだけ。最初から入れておくとどろどろになっちゃうから」

「それだとだめなの？」

「ええ、味は問題ないけど、食感が悪くなる。ミネストローネは具がゴロゴロしてないと」

ハンナは微笑んだ。まんなかのアンドリアとちがって、末っ子のミシェルは料理やお菓子作りに興味を持っているのでハンナはうれしかった。だが、これはアンドリアにとってフェアな評価ではないかもしれない。たしかに結婚当時、アンドリアが作れる唯一の料理はピーナッツバターとジェリーのサンドイッチだった。不運なことに、ハンナがランチに呼ばれたとき、妹はフルーツのジェリーを切らしており、ミントジェリーでお得意のサンドイッチを作ったのだ。

ミネストローネが出され、ノーマンといっしょにその味を褒めたあとも、ハンナは話題をロニーからそらすことにした。「わたしが留守にしていたのはせいぜい一週間だけど、アンドリアはそのあいだにまた新しいホイッパースナッパーのレシピを考案したの？」

「ええ、そうなの！　ナンシーおばさんとリサのためにね。追加で焼いたぶんをあとで持ってくるわよ、きっと。今はくわしく言わないでおくけど、試食したらすごくおいしかった。今まで作ったなかでいちばんだと思う」

「今回はなんのケーキミックスを使ったの？」そうききながら、ハンナはスープをもうひとさじ口に入れた。ほんとうにおいしくて、イタリアのスパイスと風味のバランスが完璧だ。

「ファンフェッティ（レインボーカラーのスプリンクルがちりばめられたケーキ）」

「ファンフェッティのケーキミックスがあるの？」ハンナは驚いた。レイク・エデンの〈レッド・アウル食料雑貨店〉では見たことがないが、フローレンスはすべてのケーキミックスを店に置いているわけではない。特別なものがほしければ、発注してもらうしかなかった。

「うん、フローレンスがアンドリア姉さんのために仕入れてくれたの。ケーキミックスにホワイトチョコチップとココナッツを入れたクッキーは絶品よ。いつものホイッパースナッパーと同じように軽くてふわっとしてるけど、トロピカルな味なの」

　クッキーのレシピとは無関係だが、質問がもうひとつ頭に浮かんだ。「アンドリアはあとで来るって言ったわね？」

「ええ、クッキーを持ってね。別の理由もあるけど」

「どんな？」ノーマンが尋ねた。

「ビルが夕食をとりに帰ってきたら、ブリーフケースからドクの検死報告書を拝借するつもりなのよ。ビルはいつも保安官事務所に戻るまえに軽く仮眠をとるから、そのあいだに報告書をコピーして、気づかれるまえにブリーフケースに戻しておくんですって」

　ハンナは微笑んだ。「さすがわたしの妹ね！　ビルのブリーフケースから何かをこっそりくすねることができるのはアンドリアだけだもの」

　ミシェルはノーマンのほうを見た。「スープのお代わりは、ノーマン？」

「たくさんあるならもらおうかな」

「スロークッカーで作ったし、食べるのはアンドリアを入れて五人でしょ。ひとりにつき一リットルぐらいはあるけど、そんなにたくさんは食べられないもの」

「それなら大丈夫だね」

「仕事に出かけるまえに仕こんでおけば、帰ってきてすぐに夕食に出せるレシピなの。ガーリックブレッドを添えれば立派な食事になるしね。おなかがいっぱいになったらロニーが持ってくるピザを食べられなくなるから、今夜は用意してないけど」

　ハンナはナプキンを口に当てて口元に浮かんだ笑みを隠した。そんな心配はいらないのに。今日のランチに食べたのはスモールサラダだけだし、飛行機では眠っていたから機内食を食べ損ねてしまった。今朝起きたのはカリフォルニア時間の午前七時。今はミネソタ時間の午後九時で、夕食も食べ損ねている。朝から食べたのはコーヒーケーキをひと切れとスモールサラダ、そして飛行機で出たあまりおいしくない小さなシナモンロールだけだ。こんなにおなかがすいているのも無理はない！

お肉たっぷりミネストローネ
(スロークッカー用レシピ)

ハンナのメモその1:
ヴィーガン向けにしたければ、肉を使わず、
ビーフブロスの代わりにベジタブルブロスを使う。

材料

刻んだタマネギ……1カップ(小2個または大1個分)

刻んだセロリ……1カップ(約5本分)

生のイタリアンソーセージ……3~4本
(わたしはマイルドなものを使用。お好みでスパイシーなものを使っても)

刻んだズッキーニ……中1本分

刻んだ黄色ズッキーニ……中1本分

皮をむいて刻んだニンジン……1カップ
(わたしはクリンクルカットの冷凍のものを解凍して刻む)

パルメザンチーズ……5センチ四方

ニンニクのみじん切り……小さじ1~2(瓶詰めのものでも)

ビーフブロス……397グラム入り2缶(わたしは〈スワンソン〉のものを使用)

パスタソース……680グラム入り1瓶(わたしは〈プレゴ〉のビーフ入りを使用)

水……1カップ(パスタソースの瓶をすすぎながら加える)

スライスマッシュルーム……170グラム入り2缶(軸つきのものでもよい)

らせん形の乾燥パスタ……1カップ(ショートパスタならなんでもよい)

塩コショウ……適量

⑤ 全体がよくなじむまでスプーンでかき混ぜてからふたを閉じ、
低温にセットしてスイッチを入れる。

ハンナのメモその3：
設定温度に注意すること。一度確認するのを忘れて、
低温だと思ってスイッチを押したところ、帰ってきて見たら、
低温ではなく保温にセットされていた。それからは調理温度を
2度確認するようにしている。

⑥ 6時間、または野菜がやわらかくなるまで
そのまま低温調理する。

⑦ スプーンでひと混ぜしたあと、スライスマッシュルーム、
ショートパスタを加える。

⑧ スロークッカーに余裕があり、材料を追加したければ
ここで入れる。

⑨ かき混ぜて全体がなじんでいることを確認し、
ふたを閉じてさらに1時間低温で調理する。
すぐに食べられるが、さらに2時間、必要ならそれ以上
スロークッカーに入れたままでも大丈夫。

⑩ 食べるまえに味を確認し、必要なら塩コショウで味を整える。

⑪ レードルですくい、スープボウルに入れて、
お好みでおろしたパルメザンチーズ（分量外）を散らす。
小さめのグリーンサラダと、パリパリのイタリアンブレッドか
ガーリックブレッドを添えれば立派な食事になる。

追加の材料

ハンナのメモその2:
スロークッカーの容量にもよるが、予想外のお客さまがあって
スープを増やさなければならないときに加えるもの。

サヤインゲン……1カップ（刻んでおく。わたしは冷凍のものを解凍して使った）

キドニービーンズ……425グラム入り1缶

トマトジュース……1カップ

ビーフブイヨンのキューブ1個を水1カップでといたもの

準備:
・パルメザンチーズをおろしておく。
・スロークッカーの内側に〈パム〉などのノンスティックオイルをスプレーする
（こうしておくと洗うのが楽!）。

作り方

① スロークッカーにタマネギ、セロリ、ひと口大に切った
イタリアンソーセージ、ズッキーニ、黄色ズッキーニ、
ニンジンを入れて、パルメザンチーズを散らす。

② ニンニクのみじん切りを加え、清潔な手で全体を混ぜる。

③ ビーフブロス、パスタソースを加える
（ソースが瓶の内側に残ってしまっても大丈夫）。

④ 水1カップをパスタソースの瓶に入れ、ふたを閉じて振り、
底に残ったソースをとかしてからスロークッカーに入れる。

6

「すみません、ハンナ」ハンナとノーマンのいるテーブルにつくと、ロニーは謝罪を口にした。「すぐに帰ってきてもらわなくてもいいとミシェルには言ったんです。せっかくの休暇を台無しにしたくなかったから」

ハンナは彼に微笑みかけた。かわいそうに、ロニーはみじめな様子だ。「何も台無しにしてないわよ、ロニー。そろそろ戻ろうと思っていたの。リンの荷造りはほとんど終わって、引越し用トラックを呼ぶところだったし」

「ドロレスはいつ帰ってくるんですか？」

「明日じゅうには。緊急用の飛行機のチケットが一枚しかなくて、わたしが使わせてもらったの」

ハンナはコーヒーをひと口飲んでからノーマンのほうを見た。ディナーをすませ、楽しい会話が一段落したところだった。そろそろ本題にはいらなければ。「記録を取ってくれる、ノーマン？」

「いいよ」ノーマンはハンナがキッチンテーブルに置いた新しいメモ帳とペンを手にし、最初のページを開いて言った。「オーケー。準備はできた。携帯電話で録音もしよう」

「じつは、ちゃんと話せるかどうかわからないんです」ロニーはそう言って、長々とため息をついた。「昨夜は何があったのかあんまり覚えてなくて」

「大丈夫よ。まずはミシェルにかけた電話からね。電話で何を話したの？」

「食事と映画に誘いました」

「それでミシェルは……」ハンナが先をうながした。

「ミシェルには無理だと言われました。春の芝居のオーディションがあるし、そのあとはアパートに戻って期末試験の採点をしなくちゃならないからって。一杯飲みに寄らないかと誘われたので、あとで寄るかもしれないと伝えました」

「でもそうしなかった」ノーマンが言った。

「はい。通話を切った直後に友人のブライアン・ポリンスキーから着信があったんです。妻のキャシーの誕生日を祝うために出かけるところで、彼女が〈ダブル・イーグル〉でぼくに会いたいと言っていると。それで、軽く食べてから合流すると言いました」

「どこで食べたの？」ハンナは尋ねた。

「〈ハル＆ローズ・カフェ〉でローストエンド・サンドイッチを食べました」

「ローストエンド・サンドイッチ？」ノーマンがきいた。

「ローズはそう呼んでます」ロニーは説明した。「大きなローストビーフをディナー用にスライスするとき、ローズは外側のカリカリした部分を切り取って、鍋に入れておくんです。ぼくはその部分が大好きなので、取っておいてもらって、ローストエンド・サンドイッチが作れるくらいたまると電話してもらいます。ライ麦パンにあのカリカリした部分をのせて、少量のホースラディッシュとケチャップを添えるとすごくおいしいんですよ」

「それはおいしそうね」ハンナは言った。「サンドイッチを食べたあとどうしたの?」

「ミシェルにまた電話して、ブライアンとキャシーの誕生日パーティに合流することになったと伝えました。すると、〈クッキー・ジャー〉に寄って、キャシーにバースデーケーキを持っていくように言われました」

「それで、そうしたと?」ノーマンがきいた。

「はい、〈クッキー・ジャー〉に寄って、バースデーケーキを買ってから〈ダブル・イーグル〉に行きました。リサがケーキにキャシーの名前を書いてくれて、ろうそくまで立ててくれていました」

「〈ダブル・イーグル〉に行ってからは何があったの?」ハンナがきく。

「入り口から三列目に運よく車を停めることができました。駐車場は満車でしたが、ちょうどピックアップトラックが出ていくところで、そこに停められたんです。店内ではバンドが演奏していて、ドアを開けるまえから音が聞こえていました」

車から降りると寒かったので、ロニーは上着のジッパーを上げてから、ケーキの箱を持って店の入り口に向かった。〈ダブル・イーグル〉はあまり好きではなかったが、ブライアンとキャシーには長いこと会っていなかった。ビールを一杯だけ飲んで、一時間ほど話をしたら、ミシェルのいるアパートに向かうつもりだった。

ドアを開け、店内に入るとすぐに、大音量の音楽が襲いかかってきた。バンドはたいしてうまくなかったが、音量はものすごかった。一段高くなったステージで演奏するバンドのまえのダンスフロアで五、六組のカップルが踊っており、ロニーは少しのあいだ彼らを眺めた。それから、ブライアンとキャシーを探して店内を見わたした。

バンドのそばのテーブルにはいないようだった。よかった。あんな近くに座ったら、耳が聞こえなくなってしまう。壁と同じ長さの木のバーカウンターのほうに目を向けると、ブライアンがいた。ブライアンは見つけやすい。高校時代はフットボールチームのラインバッカーだったので、身長はゆうに百八十センチ以上、体重は百四十キロ近くある。彼は空いている二脚のスツールの隣に座っており、ロニーは人混みのあいだを縫ってバーに着くと、ブライアンの肩をたたいた。

「やあ、キャップ」ロニーは言った。ブライアンがジョーダン高校のフットボールチームのキャプテンに選ばれたことで獲得したニックネームだ。

ブライアンは振り返って笑みを浮かべた。「やあ、ロニー」そして、自分の右側のスツールをたたいて言った。「座れよ」

ロニーはスツールに腰掛けた。かなり背が高くて筋肉質なブライアンの横にいると、いつも彼にまとわりつく子どものような気分になる。ロニーはバーカウンターにケーキの箱を置いて、空いているスツールを示した。「キャシーは？」

「姉さんの車に乗せてもらってここに向かってる」ブライアンはケーキの箱を指さした。「それはケーキ？」

「そうだよ。キャシーがまだココナッツ・レイヤーケーキを好きだといいんだけど」

「大好きだよ。バースデーケーキを持ってきてくれるなんてやさしいんだな、兄弟」

「たまたま〈クッキー・ジャー〉に寄ったから。リサがケーキの上にフロスティングで名前を書いて、ろうそくを立ててくれたんだ」

「おれが用意するべきだったのに、思いつかなかったよ」ブライアンは少し恥じているようだった。「ネックレスとイヤリングだけは用意した。彼女の姉さんに選ぶのを手伝ってもらってね」

「キャシーは気に入っただろう」

「まだわたしていないんだ。家に帰ってからにしようと思って」ブライアンは飲み物を取ってひと口飲んだ。「何を飲む、兄弟？　おごるよ」

ロニーは少し考えた。「生ビールを」と答えると、ブライアンは手を上げてバーテンダーに向かって指を一本上げながら叫んだ。「ロニーに生ビールを一杯」〈ダブル・イーグル〉にはいるまえから、飲むのはビール一杯だけと決めていた。そのあとは普通のコーラに切り替えよう。今夜は公式には待機中の身ではないが、緊急事態になれば呼び出される可能性はあった。今夜レイク・エデンを通るハイウェイは凍結しているので、だれかが運転を誤れば玉突き事故が起こるかもしれない。

「まだミシェル・スウェンセンとつきあってるのか？」ブライアンは尋ねた。

「ああ」

「もう長いよな？」

ロニーはうなずいた。「二年かな」

「真剣なんだ？」

ロニーは肩をすくめた。大きなお世話だったが、そう言うわけにもいかないので、うまくごまかした。「そうかもしれないし、そうじゃないかもしれない」

いつもなら察しの悪いブライアンだが、笑みを浮かべて言った。「言い換えれば、おせっかいはやめろってことか」

ロニーはどう返せばいいかわからなかったが、そこに〈ダブル・イーグル〉で長年バーテンダーをしているアルヴィン・ペンスキーがビールを持ってきたので、何も言わずにすんだ。

「やあ、ロニー」アルヴィンが声をかけてきた。「とんとご無沙汰《イン・ア・クーンズ・エイジ》だったな」

この古い言い回しを口にする人たちはほとんどが〝とても長い間〟という意味で使っているので、ロニーは笑いを押し殺しながら、野生のアライグマ《ラクーン》の平均寿命《エイジ》は二、三年だと知ったらアルヴィンはなんと言うだろうと思った。「そうだね、アルヴィン」とロニーは返した。「たしかに久しぶりだ」

「ああ。保安官事務所であの楽な仕事をするようになってからお見かぎりだよな」

ロニーはむっとしたが、アルヴィンがいなくなるまでにこやかな表情をくずすまいとした。アルヴィンとレニーの兄弟は、多くの客たちが飲みすぎるまで酒を提供し、まともではない状態で車の運転をさせて、保安官助手たちにさんざん面倒をかけていた。〈ダブル・イーグル〉は交通事故やけんかの温床であり、暴力全般の逸話に事欠かなかった。オーナーは反省しているふりをして罰金を払うだけで、店はウィネトカ郡のトラブル源でありつづけた。

「キャシーが来た」ブライアンが言った。顔いっぱいに笑みが広がる。それを見てロニーはうれしくなった。ブライアンとキャシーは一時期別れていたが、結婚したときと変わらず、ブライアンが高校時代の恋人に首ったけなのは明らかだった。

ロニーはブライアンのために笑みを浮かべた。それほどキャシーが好きだったことはないが、ブライアンはいい友人だし、友人の恋人や妻のことは好きなふりをしなければならない。たとえ好きではなくても。

「ロニー」キャシーが客を押しのけながらバーカウンターに近づいてきて言った。「やだ！　すごく久しぶりね。このあたりにはもう顔を出さないの？」

「あんまりね」相手の両頬に控えめにキスしながらロニーは言った。「元気そうだね、キャシー」

「ありがとう」キャシーはブライアンのほうを見た。「ねえ、ハニー。飲み物を買ってきてくれる？　今夜はテキーラ・サンライズの夜でしょ？」

ブライアンはたちまち顔をほころばせた。「そうだよ。フライトを注文しようか？」

「フライトって？」ロニーが尋ねた。

キャシーは笑った。「知らないの？　三杯ぶん注文することよ。三杯飲むと宙に浮かんでいるような気分になるからフライトと呼ばれているの」彼女はロニーにさらに近づき、両腕をまわしてぎゅっと抱きしめた。「気が利いてるでしょ？」

「そうだね」友人たちが飲みすぎないでくれるといいが、と思いながら、ロニーはケーキの箱をキャシーのほうに押しやった。

「あたしに？」キャシーは箱のふたを開け、笑顔になった。「あたしの誕生日だってよく覚えてたわね」

「ここでお祝いをするって教えたんだ」ロニーが答えるより先にブライアンが言った。

「それできみにココナッツ・レイヤーケーキを持ってきてくれたんだよ」

「大好きなケーキよ！」キャシーは満面の笑みでロニーに腕をまわし、もう一度抱きしめた。「ろうそくが立ててあるし、あたしの名前まで書いてあるのね！」ロニーを放してブライアンのほうを見る。「ろうそくに火をつけてくれる、ベイビー」

「いいよ」ブライアンはライターを取り出して、ケーキを箱から出し、ろうそくに火をつけた。「誕生日おめでとう、キャシー」彼は言った。「歌わないけど、いいよな？」

「ありがたいくらいよ。それこそプレゼントだわ！」キャシーが笑って言い返す。「あなたの歌はうるさいだけなんだもの」

「知ってるよ。ずっと言われてきたからね」

ブライアンの声にはやや棘《とげ》があり、ロニーは急いであいだにはいった。

「ぼくも歌わないと約束するよ」ロニーはキャシーに言った。「高校の男声コーラス隊の入隊テストを受けて落ちたんだ」

「おれはテストを受けるまでもなかったよ」ブライアンは笑って言った。「自分のことはよくわかってるからね。だからバンドにはいった」

「きみはドラムをやってたよね？」ロニーが彼にきいた。

「ええ、上手だった」キャシーがあわてて言った。「あたしのベイビーはものをたたくの

「それは上手なの」

ブライアンは性的な意味にもとれる発言に少し困惑したようだが、結局は笑った。ロニーも笑った。そうするのが正しいという空気だったからにすぎないが。キャシーはブライアンに身を寄せてキスをした。

ロニーはほっとして息を吐いた。キャシーはいつもやたらとべたべたしてくるので、少しどころではなく気まずくなるのだ。彼女は昔から男癖が悪く、ブライアンと結婚してからもそれは変わらなかった。

「フライトをふたりぶん注文するつもりだったけど、三人で分けたほうがいいかもね。あたしに二杯、あなたに二杯、そしてロニーに二杯」

「ぼくは遠慮するよ」ロニーは車の鍵を振りながら言った。「ありがたいけど、呼び出しが来るかもしれないから強い酒は飲めないんだ」

「わかった、それならあなたはビールをあと二杯飲めばいい」

「これを飲んだらコーラに変えるよ」ロニーは半分からになったグラスを示して言った。

キャシーはいらいらとため息をついた。「もう、しらけるわね！」そして、ブライアンに向き直った。「ロニーにコーラを注文して。あたしたちはテキーラ・サンライズを分けましょう」

「きみが二杯でおれが一杯？」ブライアンがにやりと笑ってきいた。

「いいえ。あたしが一杯で、あなたが二杯よ。もしあなたがつぶれても、あたしは運転できる」彼女はまたロニーのほうを見た。「いいわよね、保安官助手殿？」

「問題ないよ」ロニーは身振りでケーキを示した。「願い事をどうぞ、キャシー。フロスティングが焦げるまえにろうそくを吹き消さないと」

キャシーは目を閉じてじっと考えているように見えた。目を開けると、彼女は微笑んでいた。「いいわよ。願い事はした。実現するかどうか楽しみだわ」

ロニーは、キャシーがケーキの上にかがみこむのを見守った。彼女は吸いこんだ息を吹き出して、ろうそくの火を一本残らず消した。

「お見事！」ロニーは彼女を褒めた。「何をお願いしたんだい？」

キャシーは首振った。「言えないわ。実現しなくなるから」

「きみが何を願ったか、知っているよ」

「そうかもしれないし、そうじゃないかもしれない」キャシーはロニーの腰に腕をまわし、ぎゅっと抱きついてから体を起こした。

「ねえ、あたし、こっちに座ったほうがいいかも」彼女はロニーの逆どなりのスツールに座りながらブライアンに言った。「ロニーのガールフレンドは今夜いないし、あたしに言い寄れるでしょ！」

「今夜はその心配はないよ、キャシー」ロニーは急いで言った。キャシーは自分を男が放っておかない女だと思いこんでいるのだ。

「そうなの？」キャシーはあだっぽくロニーを見た。「どうして？」

「たぶん呼び出されることになるから」ロニーはすかさず答えた。「ここに来るとき、道路の状態はまだ悪かった？」

「ひどかったわ！　姉さんは二度もすべって道からはずれそうになったのよ！　だからのろのろ運転でここまで来たの」彼女はブライアンに向き直った。「今夜は飲みすぎないようにしましょうね、ベイビー。ロニーの言うとおり、道路はひどい状態よ」

「心配いらないよ。おれはあと二杯で終わりにするから。運転はおれがする。帰るまえにブラックコーヒーを二杯飲むつもりだし。だからきみは運転しなくていいよ、ハニー。うちに帰ったら、取っておいた結婚式のときのシャンパンを開けよう」

「すてき！」キャシーは彼にまばゆい笑みを向け、また立ちあがった。「厨房に行って、お皿とフォークをもらってくるわ」

「皿が四枚？」キャシーが戻ってきて、バーカウンターに持ってきたものを置くと、ブライアンがきいた。

キャシーはうなずいた。「ひと切れ持っていってあげると料理人に約束したのよ。残りはロニーが持って帰ればいいわ。ジーンズがきつくなってきてるから、少し体重を落としたいの」

「でも、きみはこれが大好物じゃないか」ブライアンが反論した。

キャシーは笑って、彼のおなかをたたいた。「あなたもでしょ。ふたりとも控えたほうがいいわ、ベイビー。ケーキの残りをうちに持って帰ったら、真夜中までに食べ尽くしちゃう」

切り分けられたケーキがなくなるころ、ロニーの携帯電話が鳴った。仕事の呼び出しであることを期待するようにディスプレーを見たが、発信者のＩＤには〝スパムの疑いあり〟と表示されていた。とにかく出てみると、ソーラーパネルのセールスの録音メッセージが流れた。ロニーはすぐに通話を切り、携帯電話をポケットにしまった。

キャシーとブライアンが夫婦の話をしていたので、ロニーは洞窟のような〈ダブル・イーグル〉の内部を見わたした。店内は巨大な納屋のようで、テーブル席から階段を二段のぼったところにはボックス席が設置されている。ボックス席はすべて埋まっていたが、一階のテーブルにはまだいくつか空きがあった。テーブルに視線をめぐらせていると、あるカップルが目を引いた。女性のほうはどこかで見たような気がしていたが、何度か見るうちにだれだかわかった。ダーシー・ヒックスだ。彼女も元クラスメイトだった。

「あれはダーシーじゃないか？」そのテーブルのほうを示しながらブライアンとキャシーにきいた。

「あら、ほんと」キャシーが言った。

「やっぱり。いっしょにいる男はだれだろう？　見たことないな」

「同じ学校じゃなかったからだよ」ブライアンが説明した。「ウプサラのやつで、名前はデニー・ジェイムソン。あいつもフットボール選手だった」

「ああ、思い出した」ロニーは言った。「クォーターバックだったよね？」

キャシーはうなずいた。「そう、とてもいい選手だった。うちの高校はホームゲームで負けたのよ」

「そうだった。あいつはプロに行くだろうとみんな言ってた」

ブライアンは首を振った。「でも行かなかったんだ。ドラフトで選ばれなかったときはひどい落ちこみようだったらしい。それで酒を飲むようになって、体重が増えた。気をつけないと酒は太るからな。しかも、やつは大酒飲みだった」

キャシーはうなずいた。「先月免許証を再取得したばかりだって聞いたわ」そこでロニーを見た。「彼を逮捕するつもりじゃないわよね？」

ロニーは首を振った。「今は勤務時間中じゃない。彼に酒を出さないほうがいいとアルヴィンに伝えるかもしれないけど」

キャシーはほっとしたようだった。「オーケー。それならいいわ。婚約したばかりの彼が逮捕されるのを見たくないし」

「婚約したって、今夜？」ブライアンは驚いた顔をした。

「ちがうわよ、先週。職場の人から聞いたの。すぐに婚約破棄しそうだけど」

「そうかもしれない。たしかにあんまり幸せそうには見えないね」ロニーが言った。

ブライアンもうなずいた。「どうも雲行きがあやしいな。彼はすごく怒っているように見える。げんこつでテーブルをたたいたぞ。ダーシーは泣いてるみたいだ」

「ぼくが行って、何があったのかたしかめたほうがいいかな?」ロニーがきいた。

キャシーは首を振った。「やめたほうがいいわ。あの様子じゃまともに話なんか聞かないだろうし、彼はあなたより体が大きいんだから」

アルヴィンがトレーにのせた飲み物を運んできて、キャシーのまえに置いた。「テキーラ・サンライズのフライトだよ。ブライアンとシェアするのかい?」

キャシーはうなずいた。「あたしは一杯だけ。あとの二杯はブライアンのよ。それと、ロニーがビールを飲み終えたらコーラをお願い」

「だと思った」アルヴィンはうなずくと、横に移動してカウンターのなかのソーダサーバーからグラスにコーラを注ぎ、戻ってきてロニーのまえに置いた。「今夜は出動になりそうなのかい、ロニー?」

「うん。ハイウェイの状態がよくないから、いつ呼び出されるかわからないんだ」

「たしかにそうだな。コーラは店のおごりだよ。うちのボスは法執行官の味方だからな」

それが事実でないことはわかっていたが、ロニーはうなずいた。オーナーがいちばん店に来てほしくないのは、〈ダブル・イーグル〉から帰る途中のお客を逮捕するかもしれない法執行官だから。

「午後四時に出勤したときもひどかった」アルヴィンが言った。

「今もまだひどい」ロニーも言った。

「そうらしいな。客たちがみんな言ってるよ。州外のばか者がブレーキを踏んだら最後、たいへんな……おやおや！」

「どうした？」ロニーはアルヴィンが見ている方角を見た。

「六番テーブルでトラブルだ」アルヴィンは言った。テーブル番号を知らないロニーでも、アルヴィンが何を目にしているのかわかった。

「ダーシーだ」ロニーが言うと、それを合図にキャシーとブライアンも振り向いた。

ダーシーは手にした飲み物をごくごくと飲んでいた。デニーは顔をしかめ、自分の飲み物を彼女の顔にぶっかけてやりたそうにしている。ダーシーとフィアンセの口論がエスカレートしているのは天才でなくてもわかった。

ロニーはアルヴィンに向き直った。「そのようだね」

「彼女はそれほど飲んでない」アルヴィンは言った。「まだ一杯目だし、軽いものにしてくれとウェイトレスにたのんでた。でも、デニーにはもう酒を出さないほうがいいな。ほろ酔いどころじゃない。おれが行って警告するべきかな？」

ロニーは首を振った。「大丈夫だ、アルヴィン。ふたりとも知り合いだから、ぼくが行こう」

「恩にきるよ、ロニー！」

アルヴィンは心からありがたがっているようで、そそくさとウェイトレスたちのいるほうへ行ってしまった。ロニーが見ていると、アルヴィンはバーテンダーをしている兄弟のレニーと短い会話をした。そして、ふたりともロニーに向かって親指を上げて見せた。

ロニーはあいさつを返した。アルヴィンがデニーに面と向かって意見したくないのも無理はない。ペンスキー兄弟は大柄ではないし、どちらもびしょぬれの状態でさえ六十キロあるかあやしいだろうとロニーは思った。デニーはそれよりおそらく五十キロ近く重いはずだし、まだ好戦的な態度のままだ。

「力を貸そうか？」ブライアンがロニーにきいた。ロニーとアルヴィンの会話を聞いていたらしい。「やつはおまえよりずっとガタイがいいぞ、兄弟」

「ありがとう、でも大丈夫だ。ただ、ぼくがあそこに行ったら気をつけて見ていてほしい。そして、手を上げたら助けにきてくれ」

キャシーがスツールからおりた。「あたしも手を貸せるわよ、ロニー」

「きみが？」ブライアンは疑わしそうだ。「きみに何ができるんだい、キャシー？」

「ふたりのテーブルに行って、ダーシーを化粧室に誘うわ。そして、しばらくそこに引き止めておく。そうすれば彼女のいないところでデニーと話ができるでしょ」

「それはいいアイディアだ」ブライアンが褒めた。「彼女は誘いに乗るかな？」

「もちろんよ。女はひとりで化粧室に行かないもの。たいてい一緒に行くって気づかなかった？」

ロニーは考えてみた。「考えたことなかったけど、言われてみればそうだね、キャシー。どうして一緒に行くの？」

「お互いのデート相手について意見交換するためよ」

ブライアンとロニーは目を合わせた。お互い同じことを考えているのではないか、とロニーは思った。百歳まで生きたとしても、女性をほんとうに理解することはできないだろう、と。

「ダーシーと話すのに一分ちょうだい」キャシーはロニーに言った。「彼女があたしと化粧室に向かったあと、デニーのところに行ってやるべきことをやるのよ」

ロニーとブライアンは、キャシーがふたりのテーブルに行ってダーシーとフィアンセにあいさつするのを見守った。短い会話のあと、ダーシーが立ちあがってキャシーのあとから店の奥に向かった。そして、化粧室のある廊下に姿を消した。

「キャシーのやつ、やるな」ブライアンは驚いたように言ったが、誇らしげでもあった。

「たしかに」ロニーも同感だった。

ブライアンはほとんどからになったロニーのグラスを見た。「のどが渇いてたんだな。あっという間に飲み干した」

「ああ。サンドイッチといっしょに食べたフライドポテトに塩をかけすぎたみたいだ」

「ここで食事をしたのか？」

ブライアンはぎょっとしたらしく、ロニーは笑った。「まさか！　そんなばかなことはしないよ。〈ハル&ローズ・カフェ〉に寄って食べてきたんだ」

「よかった。少なくともおまえのために救急車を呼ぶ必要はないな」ブライアンはにやりとして言った。「カウンターでコーラをもう一杯注文しておくよ」

「ありがとう。これを飲んだら、デニーに話をしにいく。キャシーのおかげで助かったよ。ダーシーがいなければずっと楽に事態を収められる。デニーに注意していてくれよ」

「わかった。おれのことなら心配するな。いざとなったらすぐに行くから」

ロニーが立ちあがってバーカウンターをあとにしようとしたとき、ブライアンに腕をつかまれた。「ちょっと待て！　デニーが席を立った。トイレに行くつもりじゃないといいが」

「もしそうなら、ぼくが止めるよ」ロニーが言った。

ふたりが見ていると、デニーはウェイトレスのほうへ向かった。短い会話のあと、デニーは財布を取り出して、ウェイトレスにいくらか金をわたした。彼女はうなずき、カウンターに行ってレニー・ペンスキーに金をわたしたあと、お釣りを持ってデニーのところに戻ってきた。デニーはそこから少し取って残りを彼女にわたし、ドアに向かった。「帰ることをダーシーに伝えたのかな」

「あいつ、帰るぞ！」ブライアンはひどく驚いた声をあげた。

「もしそうなら、たぶん彼女はキャシーに話すよ」ロニーが見ていると、ウェイトレスはチップをエプロンのポケットに入れ、トレーを手にして、だれもいないデニーとダーシーのテーブルに飲み物を運んだ。

「デニーは飲み物の代金を払ったのに、飲まずに帰った。それでも運ぶようにとウェイトレスにたのんだんだ」ブライアンは気づいたことを口にした。

「ダーシーのテーブルに行くべきだと思う」ロニーは意見した。「もしデニーが帰ることを彼女に伝えていなかったら、だれもいないテーブルに戻ってきたとき動揺するだろうから」

ブライアンはうなずいた。「そうだな。おれたち、あっちのテーブルに移動しよう。ウエイトレスをつかまえて、おまえのコーラを注文したら、これを――」そう言ってテキーラ・サンライズのグラスを示す。「ダーシーのテーブルに運んでもらうよ。ケーキの残りも忘れずに。ダーシーはおいしいケーキをやけ食いしたくなるかもしれないから」

準備:
直径20〜23センチの丸いケーキ型2個の内側に
小麦粉入りの〈パム・ベーキングスプレー〉を吹きかける。
〈パム・クッキングスプレー〉を吹きかけてから小麦粉を入れ、
底とサイドにいきわたらせて、余分な粉を払い落としてもよい。

ハンナのメモその1:
焼き型に粉をまぶすには、
小麦粉を入れてキッチンのゴミ箱の上で型をたたき、
型の内側に粉をいきわたらせる。

作り方

① ボウルの上にストレーナーを置き、クラッシュ・パイナップルの缶を開けて中身をぶちまける(そう、「ぶちまける」は料理用語です)。そのまま置いて水気を切る(汁はとっておいて朝食のオレンジジュースに混ぜても)。

② ココナッツロングをフードプロセッサーに入れ、中力粉大さじ2を加えて、断続モードで細かくしてからボウルに移す。

③ ホワイトチョコチップまたはバニラベーキングチップをフードプロセッサーの断続モードで細かくする。別のボウルに入れておく。

ハンナのメモその2:
このケーキは泡立て器やゴムべらなどを使って作ることもできるが、
スタンドミキサーを使えばずっと簡単。

④ スタンドミキサーのボウルに卵を割り入れ、色が均一になるまで低速でかくはんする。

ハンナのココナッツ・レイヤーケーキ

●オーブンを175℃に温めておく

材料

クラッシュ・パイナップル……227グラム入り1缶
（わたしは〈ドール〉のものを使用）

ココナッツロング……2カップ（きっちり詰めて量る）

中力粉……1/8カップ（大さじ2）

ホワイトチョコチップまたはバニラベーキングチップ……340グラム入り1袋
（312グラム入りでもよい。わたしは〈ネスレ〉のものを使用）

卵……大4個

植物油……1/2カップ

冷たい牛乳……1/4カップ

ラム酒……1/4カップ
（わたしはココナッツ・リキュール入りのマリブ・カリビアン・ラムを使用）

ココナッツエキストラクト……小さじ2

サワークリーム……227グラム入り1パック
（わたしは〈クヌーセン〉のものを使用）

ホワイトケーキミックス……1箱
（22センチ×33センチのケーキ、または2段のレイヤーケーキが作れる量のもの）

ココナッツプディング・ミックス……144グラム入り1パック
（わたしは〈ジェロー〉の半カップのプディングが6個できるものを使用）

⑫ あいだをあけてオーブンの同じ段に入れ、
直径20センチの場合は175度で35分、
直径23センチの場合は175度で45分焼く。

⑬ オーブンから出すまえに、竹串やケーキテスターを
ケーキのまんなかに2.5センチほど刺す。
何もついてこなければ焼きあがり。
生の生地がついてくるようなら、さらに5分焼いてケーキテスターを
刺し、生地がついてこなくなるまでこれを繰り返す。

⑭ ケーキが焼けたらオーブンから取り出し、
型のままワイヤーラックなどに置いて15分冷ます。

⑮ ケーキと型のあいだにテーブルナイフをすべらせたあと、
オーブンミットか鍋つかみで型を持ち、
オーブンシートを敷いた天板の上でさかさまにする。
型の底をそっとたたいてケーキを落とし、慎重に型をはずす。

⑯ ケーキをアルミホイルでふんわり包み、
冷蔵庫で少なくとも1時間冷やす。
ひと晩冷やすとケーキがしっかり固まるのでなおよい。

⑰ ココナッツ・レモン・フロスティングを塗る。
火にかけずに作れるフロスティングのほうがよければ、
ココナッツ・レモン・クリームチーズ・フロスティングを塗る
（どちらのフロスティングのレシピもこのあと紹介）。

とってもおいしくて濃厚なケーキ、少なくとも8切れ分。
バニラアイスクリームをのせるのもお勧め。
トールグラスに入れた冷たい牛乳か、濃いコーヒーとともに召しあがれ。

⑤ 植物油、冷たい牛乳、ラム酒の順で加え、
その都度低速でかくはんする。

ハンナのメモその3：
お酒を使いたくなければ、冷たい牛乳1/4カップで代用できる。

⑥ ココナッツエキストラクト、サワークリームを順に加え、
その都度低速でかくはんする。

⑦ すべてがよく混ざったら、ホワイトケーキミックスの
半量を加える（量はだいたいでよい）。
1度に入れてしまうと、ケーキミックスがキッチンじゅうに
飛び散ることになる（どうして知っているかはきかないで）！
低速でかくはんし、ホワイトケーキミックスの残りを加えて
さらに混ぜる。

⑧ 粉末のココナッツプディング・ミックスを加え、
低速でさらにかくはんする。

⑨ 細かくしたココナッツとホワイトチョコチップ、
またはバニラベーキングチップを加え、低速でよく混ぜる。

⑩ ストレーナーで水を切っておいたクラッシュ・パイナップルを
スプーンの腹で押し、さらに水分を出す。
ペーパータオルを押し付けて、できるかぎり水気を拭き取る。
これをミキサーのボウルに加え、低速で完全に混ぜこむ。

⑪ ミキサーのボウルの内側をこそげ、最後に手でひと混ぜしたら、
ゴムべらでボウルのなかの生地をケーキ型2個に移し、
できるだけ表面を平らにする。

④ 火を止め、上側の鍋をはずして火のついていないこんろに置く。
ココナッツエキストラクトとレモンゼストをすばやく入れて混ぜる（少し跳ねるかもしれないので気をつけて）。

⑤ 有塩バターを加え、とけるまでかき混ぜたら、
冷めてちょうどいい固さになるまでかき混ぜつづける。

ココナッツ・レモン・クリームチーズ・フロスティング

材料

やわらかくした有塩バター……112グラム

やわらかくしたクリームチーズ……227グラム
（ホイップタイプではなく四角いもの）

ココナッツエキストラクト……小さじ1

レモンゼスト……レモン1個分

粉砂糖……4カップ（大きなかたまりがなければふるわなくてよい）

作り方

① 有塩バターとクリームチーズを混ぜる。

② ココナッツエキストラクトとレモンゼストを加えてよく混ぜる。

ココナッツ・レモン・フロスティング

材料

ホワイトチョコチップまたはバニラベーキングチップ……2カップ
（312グラム入り1パック）

塩……小さじ1/4（チョコレートの風味を引き立てる）

コンデンスミルク……396グラム入り1缶

ココナッツエキストラクト……小さじ1

レモンゼスト（レモンの皮をすりおろしたもの）……小さじ1

有塩バター……大さじ1

甘いココナッツフレーク……1カップ（仕上げ用）

ハンナのメモ：
二重鍋を使うと失敗しない。
厚手のソースパンを弱火から中火にかけても作れるが、
木のスプーンか耐熱のへらでつねにかき混ぜて焦げつかないようにしなければならない。

作り方

① 二重鍋の下側の鍋を水で満たす。
上の鍋底につかないようにすること。

② 上側の鍋にホワイトチョコチップまたはバニラベーキングチップ、
塩を入れ、水を入れた鍋の上に置き、二重鍋を中火にかける。
ときどきかき混ぜながら、ホワイトチョコチップまたは
バニラベーキングチップをとかす。

③ コンデンスミルクを加え、つねにかき混ぜながら、
フロスティングがつややかになり、塗り広げられる固さになるまで
約2分、火にかける。

ハンナのメモ：
つぎの工程は室温でやること。
有塩バターとクリームチーズをやわらかくするのに温めた場合は
冷めたのを確認してからつぎに進むこと。

③ フロスティングがちょうどいい固さになるまで粉砂糖を
半カップずつ加える（ほぼ全量の砂糖を使うことになるはず）。

ココナッツ・レイヤーケーキの仕上げ：

① 焼いて冷ましたケーキを冷蔵庫から出し、
1段目のケーキをさかさまにしてケーキ皿に置く。

② フロスティング用ナイフでケーキの表面に
フロスティングを塗る。

③ その上に2段目のケーキを普通にのせ、
手で1段目に押しつけて安定させる。

④ フロスティング用ナイフでケーキの側面に
フロスティングを塗る。
ナイフの刃でフロスティングの表面をならしてなめらかにする。

⑤ 残りのフロスティングを2段目の上面に塗り広げ、
表面をならしてなめらかにする。

⑥ フロスティングが乾くまえに、ケーキの上面と側面に
すばやくココナッツフレークをまぶしつける。
お好みで水平に半分に切ったマラスキーノチェリーか、
茎つきのマラスキーノチェリーをケーキの上にぐるりと丸く飾る。

⑦ 食べるときまで冷蔵庫で冷やしておく。

7

　ハンナはテーブルの上のポットからロニーにコーヒーのお代わりを注いだ。彼は殺人のあった夜を追体験しているにちがいない。顔は青ざめ、目は焦点が合わず、まるでトランス状態だ。

「ロニー？」ハンナは声をかけた。「もっとコーヒーを飲む？」

「えっ？」ロニーは何度かまばたきをしたあと、ふうと大きなため息をついた。「すみません、ハンナ。あの夜の〈ダブル・イーグル〉に戻ってました」

「そうみたいね。大丈夫？」

ロニーが返事をするまで少し時間がかかった。カップを取って、コーヒーをごくごく飲んでからうなずいた。「ええ、大丈夫です」

「その先のことを話してもらえるかな？」ノーマンがきいた。

「は……はい。全部知る必要があるんですよね？」

「思い出せることはすべて」ハンナが念を押す。「気づいたことをなんでもいいから話して。重要じゃないと思うことでも。どんな小さなことでもかまわないから」

「きみはうまく話してくれているよ、ロニー」ノーマンが言う。「きみとブライアンとキャシーといっしょにバーにいるような気分になった」

ロニーは微笑んだ。「あなただけじゃないですよ。ぼくも追体験しているような気分だ」

「上出来よ」ハンナは彼の肩をたたいて言った。「その先を聞かせてくれる、ロニー？」

「はい、このコーヒーを飲んでしまったら、つづきを話します」

ロニーは残りのコーヒーをごくごく飲むと、椅子の上で姿勢を正した。「よし。ブライアンとぼくが別れて、ぼくがダーシーのテーブルに行ったところまででしたね。すごくのどが渇いていたのを覚えています。コーラがまだ残っていればよかったのにと思ったことも。ブライアンが注文カウンターでレニー・ペンスキーと話しているのが見えました。レニーはブライアンが言ったことに笑い、背後に手を伸ばしてグラスをもうひとつ取りました。そのとき、トレーを持ったウェイトレスがブライアンに近づいて……」

そこでまた間をおき、ロニーは目を閉じた。あの夜何を感じたか、いかにバンドがうるさかったかを、耳障りな話し声がどんどん大きくなっていったことを思い出しているのだ。やがて彼は、すべてが起こったあの夜にまた戻っていた。

ロニーは飲み干したコーラのグラスの下に紙幣を置いて立ちあがった。行く手を阻む人たちをよけながらダーシーのテーブルに行くには少し時間がかかった。テーブルに着くと椅子を引いて腰をおろした。さっきまでロニーとブライアンが座っていたテーブルに、ウェイトレスが急いで向かうのが見えた。チップに気づくと顔をほころばせ、紙幣をエプロンのポケットに入れ、トレーにテキーラ・サンライズのフライトをのせた。そして、ブライアンが注文したロニーのコーラを取りにカウンターに戻った。

ロニーはごくりとのどを鳴らした。一刻も早くコーラを飲みたかった。早く持ってきてもらえるといいのだが。そのとき、入り口のドアが勢いよく開いたので、だれが来たのだろうと目を向けた。デニーが思い直して、ダーシーが化粧室から戻るまえに戻ってきたのだろうか？　もしそうなら、デニーの席に自分が座っていることをどう説明すればいいだろう？　ロニーがこの問題について考えていると、ウェイトレスが飲み物を運んできた。

「ハイ、ロニー。ブライアンから飲み物をここに運ぶようにとたのまれたの。このコーラはあなたのよ」

「ありがたい！」ロニーはグラスをつかんでごくごくと飲んだ。もうひと口飲むと、グラスのコーラが半分なくなった。

「はい」ウェイトレスは水のはいった大きなグラスを彼のまえに置いた。「これもどうぞ、ロニー」

ロニーは飲み物を置く彼女をよく見た。見覚えがあるような気がするが、どうしても思い出せない。

ウェイトレスは見つめられているのに気づき、くすっと笑った。「どこかで見たことがあると思ってるんでしょ……ちがう？」

「ああ」ロニーは白状した。

「でも、はっきりと思い出せない」

「そうなんだ。でも、きみはぼくを知ってるみたいだね」

「ええ。思い出して、ロニー。ジョーダン高校の歴史の授業を。わたしはあなたのうしろに座ってた」

ロニーは教室を思い浮かべようとしたが、うしろにだれが座っていたかは思い出せなかった。女子だったのは覚えてるけど、だれだったっけ？

うそをついて覚えていると言いたいところだが、ぐっとこらえた。あなたの顔は開いた本みたいだと、ミシェルにいつも言われているのだ。わかっていないと悟られてしまうだろう。「うーん……ええと……」と言って時間をかせいだ。

「いいのよ」ウェイトレスはテーブルの上の飲み物を置き替えながら言った。「わたし、あのころとだいぶ見た目が変わったから。ヒントをあげましょうか。クラス委員で、楽団でフルートを吹いてた」

「ケイ？」信じられないという声が出てしまったが、そうせずにはいられなかった。「きみの髪は茶色だったのに。それに……」

「太ってた」ロニーが口ごもると、ケイは笑ってつづけた。「そう、わたしは太ってた。髪は茶色のままだけど、今はブロンドのハイライトを入れてるの」

ロニーはあらためて彼女を見つめた。「きれいになったね、ケイ！」彼は心から言った。

「ありがとう。結婚もしてるのよ。あなたは？　ミシェル・スウェンセンとつきあってるって聞いたけど」

「そうだよ。つきあってる」

「ミシェルっていい子よね。いつもいっしょにランチを食べてた。真剣なつきあいなの？」

ロニーはうなずいた。「ぼくは真剣だけど、将来についてはまだ何も話し合ってないんだ」ほかの人とミシェルのことを話すのはなんだか気が引けたので、話題を変えた。「だんなさんはぼくの知ってる人？」

「ええ、ジョー・ホーレンキャンプと二年まえに結婚したの」

「ジョーはいい人だけど、彼……その……」

「わたしよりずっと年上って言いたいの？」ケイは明らかにおもしろがっている。

「うん……まあ」

「たしかにジョーはうんと年上よ。わたしたちより二十五歳上だもの。でも、年の差なんて関係ないわ。ジョーほど親切で、やさしくて、思いやりのある人には会ったことがなかった。彼のこと、めちゃくちゃ愛してるの」

「幸せそうだね、ケイ」

「幸せよ」だが、ケイは少し気まずそうに見えた。「ねえ、ダーシーがもうすぐ戻ってくるわよ。キャシーといっしょに化粧室に行ってるの。どうしてここにいるのかときかれたら、どう説明するつもり？」

「ほんとうのことを話すよ。ブライアンとキャシーといっしょにバーカウンターにいたら、彼女がデニーとけんかしているのに気づいたって。彼が出ていったとき、彼女には精神的に支える友だちが必要だとぼくたちは判断したんだ」

ケイは微笑んだ。「申し分ないわ」

「デニーは戻ってこないよね？」ロニーは気になっていることをきいた。

「大丈夫、絶対戻ってこないわよ。ふたりの飲み物を持っていこうとしていたら、彼に呼び止められたの。飲み物はそのままテーブルに持っていくようにと言ったけど、お会計をすませて出ていったから」

「戻ってくるようなことは言ってなかったんだね？」

ケイは首を振った。「何も言ってなかった。あの人、めちゃくちゃ怒ってたのよ、ロニー。だいたい、デニーはすごいかんしゃく持ちでしょ。ふたりがなんでけんかをしてたのかは知らないけど、デニーがダーシーに激怒していたのはたしかよ」

「ダーシーはひとりでここに来たのかな？　それともデニーといっしょに？」

「デニーといっしょに来てた。わたしが車に忘れ物を取りにいったとき、デニーの車が駐車場にはいってきて、すぐ隣に停まったの。それで、わたしはあのふたりといっしょに歩いて店に戻ったのよ」

「じゃあ、ダーシーは帰る車がないんだね？」

　ケイは首を振った。「デニーが頭を冷やして戻ってこないかぎりね。その可能性はかなり低いと思う。全財産を賭けようとは思わないけど」

「わかった。教えてくれてありがとう、ケイ。ぼくならいつでもダーシーを送っていくよ。レイク・エデンに戻る途中で彼女の家のまえを通るから」

　ケイはよろこんでいるようだった。「あなたっていい人ね、ロニー。ダーシーはここに来るまえから飲んでたみたいなの。最後の飲み物を運んでいったとき、かなり酔っているように見えた。だから、ここの常連には彼女を送らせたくないのよ」

「デニーのことを教えてくれ。出ていくとき、彼は酔っていた？」

「わかるほどは酔ってなかった。マルガリータを二杯飲んでたけど、デニーは大柄でしょ。それに、二杯飲んだあと、これでやめておくと言って、コーラに切り替えたの」ケイはテーブルに置いた飲み物のひとつを示した。「このマルガリータはダーシーのよ。あとはブライアンとキャシーが注文したフライトの一部。コーラはあなたのとデニーのだけど、デニーはここにいないから、両方飲んでいいわよ」

「よかった、そうさせてもらうよ。今夜はすごくのどが渇いてるんだ」ロニーはコーラのグラスをひとつ取って、ごくごく飲んだ。「いろいろ教えてくれてありがとう、ケイ」

「ダーシーのことを気にかけてくれて感謝してる。彼女、かわいそうな人なのよ」

「どうして？」

「いつもだめな男を選んじゃうの。あれは一種の才能ね。高校時代でさえ、うちの母が〝不良〟と呼んでたようなやつとつきあってた。一度彼女を説得しようとしたことがあるの、既婚者とデートしようとしたときにね。自分を安売りするのはやめなさい、彼はあなたを利用してるだけよって」

「彼女はなんて？」

「そんなのどうでもいいって言ってた。彼はわたしを愛してるし、奥さんと別れてわたしと結婚すると約束してくれたって」

「でも、そうはならなかったんだよね？」

「ええ、彼は結局ダーシーと別れて奥さんのところに戻った」

ロニーは高校時代を思い返した。「その人のことは覚えてないな」

「でしょうね。ダーシーは秘密にしてた。もし父親にバレたら殺されるから」

「きみはダーシーのことが好きなんだね？　彼女のやることに賛成はできないけど」

ケイはうなずいた。「まあね。彼女には子どもみたいなところがあるのよ。だれでも信用しちゃうし、男に言われたことはなんでも信じちゃう。トラブルに巻きこまれないようにわたしが送っていければよかったんだけど、今夜は掃除当番で、二時すぎまであがれないのよ」

「心配しなくていいよ。ぼくが代わりに送っていくから」注文カウンターのほうを見やったロニーは、ブライアンがそこに立っていないのに気づいて眉をひそめた。「ブライアンがどこに行ったか知らないか？」

「化粧室のまえの廊下でキャシーとダーシーを待つと言ってたわよ。化粧室のなかのソファに座って、おしゃべりに花を咲かせてるだろうから」注文カウンターの窓口を見たケイは、レニーが手招きしているのに気づいた。「行かなきゃ」彼女はそう言うと、ロニーの肩をぽんとたたいた。「ダーシーの面倒をみると言ってくれてありがとう、ロニー」

「いいんだよ。彼女を車で送るぐらいどうってことない。それに、みんなで助け合わないとね。ダーシーはクラスメイトだったんだから」

ケイはうなずいた。「そうよね。みんなもあなたみたいに考えてくれればいいのに」

ケイがいなくなると、ロニーはしばらくそこに座って、ダンスフロアのカップルを見ていた。ダンスコンテストで優勝できそうなカップルはひと組もいなかったし、体をひねったりくるくるとまわったりしているあるカップルなどは、まだ筋をちがえていないのが不思議なくらいだった。アルコールの摂取で気持ちの抑えがきかなくなるということをロニーが疑っていたとしても、その光景を見れば納得しただろう。彼らがフレッド・アステアとジンジャー・ロジャースの子孫のつもりになって、先祖の十倍の才能を受け継いでいると思っているのは明らかだ。

ロニー以外は気づきもしなければ気にもしない不協和音で演奏を終えたバンドは、つぎの曲を演奏するまえに急いで一杯飲むためにステージをおりた。

「やあ、ロニー」耳のそばで声がして、ロニーは振り向いた。声の主はレニー・ペンスキーで、彼は空いている席にすべりこんだ。「少しのあいだここに座ってもいいかな？　休憩中なんだ」

「お好きなように、レニー」

「デニーのコーラを飲んだのか？」

「罪を認めるよ。これはただのコーラだよね？」

「そうだよ。ケイから聞かなかったか？」

「聞いたよ。念のためだ。待機中じゃないけど、今夜何か起こったときのために、頭をはっきりさせておかないといけないから」

「たとえば……つまり……」レニーは少し気まずそうに言う。「ダーシーとどうにかなったときのためってことだ。呼び出しが来るだろうから、はっきりした頭で出動しないと」

「ちがうよ！　玉突き事故みたいなことが起こったときのためってことか？」

「そうか。変なこと言ってごめん。そんなわけないよな。まだミシェル・スウェンセンとつきあってるんだろう？」

ロニーはうなずいた。「ああ、今夜もあとで彼女のところに行くことになってる。でも、ケイによるとデニーは戻ってこないらしいから、ダーシーはぼくが送っていくよ。それだけだ」

「ケイの言うとおりだ。デニーは戻ってこないだろう。ふたりのけんかを見てたけど、やつが冷静になるまでに少なくとも二日はかかるだろうな。永遠に姿を現さないかもしれない。そういうことって予測できないだろう？　ダーシーが気の毒になったんだろう、ロニー。でも、彼女はデニーにぞっこんなんだ。あいつは怒りっぽいのを別にすればいいやつだしな。いったいけんかの原因はなんだったんだろう」

「なんにしろ、ひどくやりあってた」

「ああ。気の毒に、あの子はほんとうに男運がないんだ」レニーは店の奥に目をやり、椅子をうしろに押して立ちあがった。「うわさをすれば影だ。彼女、顔色が悪いぞ、ロニー。すぐに家まで送って、もう出かけさせないほうがいい」

ロニーはレニーが示したほうに目を向けた。ブライアンとキャシーとダーシーが廊下から現れて、客のあいだを縫いながら歩いてくるところだった。よろめいたダーシーの腕をブライアンがつかんで支えている。ケイは、ダーシーが店に来たときすでに酔っていたと言ったが、彼女の様子を見れば、そう思ったのも無理はない。ダーシーが注文したのはアルコール度数の低い飲み物一杯だけで、ケイがグラスを下げたとき少なくとも三分の一は残っていたという。その程度のアルコールであれほど酔うわけがないので、ケイは正しかったのだろう。

見れば見るほどそう思えてきた。今夜は早めに引きあげることにして、ダーシーがまだ歩けるうちに送っていくべきだろう。ダーシーが父親から相続した家まで、彼女を抱えて雪の積もった前庭を歩くという考えにはそそられなかった。早く帰ったほうがいい。

「ハイ、ロニー。コーラをひと口もらっていい?」キャシーがにこやかにきいた。ブライアンはダーシーがテーブルにつくのに手を貸していた。

「どうぞ、キャシー」ロニーはコーラを彼女にわたした。

「ありがとう」キャシーはそう言ったあと、ダーシーを見た。「あなたもノンアルコールのものに切り替えたほうがいいわよ」そして、水のグラスをダーシーのほうに押しやった。

「今夜はもう充分飲んだでしょ!」

ロニーはコーラを返してもらって飲み干し、立ちあがった。「なあ、おふたりさん、車のなかで飲むから、もう一杯コーラをたのんでくれるかな」

　手洗いに向かいながら、ロニーはほっとしていた。テーブルに戻ったらダーシーを送っていこう。ブライアンとキャシーが彼女を車に乗せるのを手伝ってくれるだろう。

「ありが……とう……ロニー」車に乗るとダーシーは言った。「デニーは……どこ？　わたし……のこと……怒ってる？」

　変だな、とロニーは思った。酔っ払いはたいていろれつがまわらなくなるものだが、ダーシーはそうではなかった。ただ、やけにゆっくりしゃべっている。ロニーには理由がわからなかった。ドラッグのせいだろうか？　ダーシーがドラッグをやっていると聞いたことはなかった。

「デニーは……どこ？」ダーシーはもう一度きいた。シートに体を預け、ロニーにシートベルトのバックルを留めてもらいながら。

「彼は用事があって帰ったから、ぼくが送っていくよ」ダーシーが納得してくれることを願いながら、ロニーは言った。

「やさ……しい……のね。その……箱は……何？」

　一瞬、ロニーはなんのことかと思ったが、ダーシーがダッシュボードの上のケーキの箱を見ているのに気づいた。「〈クッキー・ジャー〉のココナッツ・レイヤーケーキだよ」

「あの……ケーキ……好き」ダーシーはにっこりしようとしたが、できなかった。「ケーキ……食べて……いい？」

「きみの家に着いたらなかまで運んであげるから、ひと切れ食べるといい」とロニーは約束した。そして、自分のシートベルトのバックルを留めて車を発進させ、バックで駐車スペースから出ると、駐車場を横切って出口に向かった。「シートに寄りかかって楽にしているといいよ、ダーシー。きみのうちまで送ってあげるから」

「オーケー……ロニー」

まえの車が出ていくのを待つあいだ、ロニーはダーシーのほうを見た。彼女は目を閉じており、今にも眠りこみそうに見えた。眠らないでくれるといいのだが。家まで抱えて運ぶより、歩いてくれるほうがずっと楽だから。

ダーシーの家までは三キロほどで、車ならすぐだった。除雪作業員のアール・フレンズバーグの除雪車が出動していたので、田舎道でも状態は悪くなかった。

ダーシーの家のドライブウェイにはいってエンジンを切ろうとしたとき、ダーシーが首を振った。「待って」バッグを開けてなかを探っている。ガレージのドアのリモコンを見つけ出して掲げた。「これを押して」と彼に言った。

ロニーがボタンを押すと、ガレージのシャッターが上がった。ダーシーの車はなかったので、そこに車を入れた。「きみの車は？」と彼女にきいた。

彼女は「シリル」とだけ言った。

さいわい、ロニーは彼女の言いたいことがちゃんとわかった。シリル・マーフィーのガソリンスタンドと車の修理工場とリムジンサービスは、ここから二キロも離れていない場所にある。車は点検か修理のためにそこにあるのだろう。車のエンジンを切り、リモコンを押してガレージのシャッターを閉じた。

「そっちにまわって降りるのに手を貸すよ」ロニーは手を伸ばしてダーシーのシートベルトのバックルをはずした。「家まで歩ける？」

「わか……らな……い」単調な口調が少しゆらいだ。「気分が……よくない……の……ロニー」

「だろうね。飲みすぎたんだよ。手を貸すから家にはいってすぐ寝るといい。ぐっすり眠れば朝には気分がよくなってるよ」

ロニーが助手席側にまわってくるのを待って、ダーシーはダッシュボードに注意を向けようとした。「ケーキ」と彼女は言った。

「あとで持っていくよ。キッチンカウンターに置いておく。明日の朝に食べるといい」

「うん」

ダーシーの声は無感情だったが、かすかにうれしそうでもあった。ロニーはダーシーを支えて車から降ろし、簡単な作業ではなかったが、なんとか玄関まえの階段をのぼらせた。

「ドアに鍵は?」と彼女にきいた。

「ない。鍵……なくした」

ロニーは片腕でダーシーを支え、もう片方の手でドアノブをまわした。ドアはすぐに開き、彼女を半ば引きずり、半ば脇に抱えるようにしてなかにはいった。彼女がゴミ箱やモップといった床の上の障害物につまずかないように気をつけながら、キッチンを通り抜けた。「ベッドルームは?」

「廊下の……最初の部屋が……わたしの」

ほとんどささやくような声だった。意識を失うまえに急いでベッドルームに連れていかなければ、とロニーは思った。脚がゼリーのようになった彼女を歩かせて廊下を進み、最初のベッドルームにはいった。

「着いたよ、ダーシー」彼女をベッドの上に寝かせて言った。「上掛けの下にはいれる?」

「無理ーーー」

「じゃあ毛布をかけてあげよう」ロニーはベッドの足元にあった毛布をつかんで彼女にかけてやった。「眠るんだ、ダーシー。朝には気分がよくなってるよ」

「ケーーーキ」

ロニーは笑いたくなったが、代わりに出たのは涙だった。かわいそうにダーシーはひどい状態だ。「車から取ってきて、きみのドレッサーの上に置いておくよ。いいから目を閉じて眠るんだ。ケーキは明日の朝食べられるよ」

言ったとおり、ロニーは部屋を出ると急いでガレージに向かった。ダッシュボードからケーキの箱を取り、ダーシーの部屋に戻ってドレッサーの上に置いた。すると箱のふたが開いて、ふたの内側にテープで貼られたカードが見えた。カードのおもてにはキャシーの名前が書いてあった。バースデーカードだ。どうしてキャシーはカードを取らなかったのだろう？　そのとき、ほとんど抗しがたいほどの眠気が彼を襲った。

「だめだ」と言って、マットレスのダーシーの隣に倒れこみたいのをこらえた。よろよろと部屋を出て廊下を進み、リビングルームに出た。そこにはえび茶色の大きな張りぐるみのソファがあった。抵抗できないほどそそられる眺めだ。このまま車を運転して帰るのは無理だ、と自分に言い聞かせた。そんなことをすれば、運転しながら眠りこんでしまうかもしれない。突然鉛のように重くなった足でソファに向かい、ふかふかのベルベットに倒れこむと、闇に意識が吸いこまれ、彼は深く眠りこんだ。

8

まぶしい光が目に当たっていた。朝日から逃れるため、ロニーはベッドの上で寝返りを打とうとしたが、何かがじゃまをした。手を伸ばすと、詰め物がされたやわらかい、古いベルベットのようなものに触れた。こんなものはぼくのベッドルームにはないはずだ。ここはどこなんだ⁉

目を開けるのは苦痛だったが、無理やり開けた。最初に見えたのは、目のまえにあるコーヒーテーブルの上の車のキーと、ガレージのシャッターのリモコンだった。だが、ロニーはガレージのシャッターのリモコンなど持っていない。いつも車から降りて、手動でガレージを開けているのだ。しかし、コーヒーテーブルの上のキーはたしかに自分のものだった。小さな金属のタグに刻まれたイニシャルがそれを示している。つまり、車でここに来たことになるが、ここはいったいどこだ？

もう一度目を閉じて目がまわらなくなるまで眠りたかったが、答えの出ない疑問がロニーを苦しめた。ガレージのリモコンが車のキーの横にあるのだから、ガレージを開けて車を入れたのだろう。シャッターが上がっていく光景をぼんやりと覚えていた。そして、だれかが車から降りるのに手を貸したことも。あれはだれだったのだろう？　その人は、そしてぼくは今どこにいるのだろう？

頭がスローモーションで働きはじめ、ロニーは集中した。するとようやく、最初はゆっくりと、そのあとは一気に、前夜の記憶がよみがえった。

〈ダブル・イーグル〉でブライアンとキャシーに会って、いっしょにビールを飲んだ。ビールを一杯だけ。こんなひどい頭痛がするほどの量ではない。

キャシーの誕生日のために持ってきた〈クッキー・ジャー〉のココナッツ・レイヤーケーキをふたりと食べた。

ダーシーとデニーが自分たちのテーブルでけんかしているのを見た。なんとかして場を収めないと、悪いことが起こりそうな気がした。

その後、キャシーが急いでふたりのテーブルに行き、ダーシーを化粧室に連れていくのを見守った。

デニーが勘定を払い、ダーシーを置いて〈ダブル・イーグル〉から出ていくのを見た。

ダーシーたちがいたテーブルに行き、偶然にもそこでウェイトレスをしていた元クラスメイトのケイから、ダーシーの帰りの足がないと聞いた。

それで、ダーシーを車で送った。だれもが彼女は酔っていると思った。彼女の話し方は回転数をまちがえたレコードのようにひどくゆっくりしていたが、ことばはとてもはっきりして明瞭だった。

そのとき稲妻に打たれたように気づいた。ダーシー！　それが今いるところだ。彼女が父親から相続した家のリビングルーム。運転できる状態ではないと思ってダーシーのソファで眠ってしまったのだ。ダーシーはベッドルームにいる。半ば引きずり半ば抱えるようにして運んだ場所に。そのあとロニーは頭をはっきりさせるために少し仮眠をとろうとして眠りこみ、どうやら朝まで寝てしまったらしい。

体を起こしたロニーは、たちまち両手で頭を抱えた。とてつもない頭痛に襲われた。

数分後、ロニーは立ちあがった。まだ少しふらふらするが、頭ははっきりしていた。ダーシーがベッドで無事に眠っているかどうか、たしかめにいかなければ。

「廊下を歩いてダーシーの部屋に行ったぼくが見たのは……」

ロニーの顔が真っ青になったのに気づいて、ハンナは小さく息をのんだ。コーヒーカップを持つ手がひどく震えていた。もしコーヒーが残っていたらこぼれていただろう。先をつづけさせるのは無理だ。まずは落ちつかせなければ。

「大丈夫、ロニー？」ハンナは彼の腕をたたいて声をかけた。

「見たのは……」ロニーはそこまで言うと、目をしばたたかせた。「ああ、ハンナ！」

「コーヒーのお代わりは？」ハンナはできるだけ自然な笑顔できいた。「少し休憩したほうがいいわ、ロニー」

「そうですね。ありがとう、もう少しコーヒーをいただきます。あの部分になると、なんだか頭のなかがカーッとしてしまって」

「コーヒーを持ってこよう」ノーマンが椅子から立ちあがって、コーヒーポットのところに行った。「ピザをもう一枚どうだい、ロニー？」

ロニーはうなずいた。「ええ、いいですね」

ノーマンはハンナが注げるようにコーヒーポットを運び、残りもののピザを電子レンジで温めた。それを紙皿にのせてロニーに出した。「さあどうぞ」

ロニーはピザを数口でがつがつと食べた。今までとても食べる気分ではなかったのだろう、とハンナは思った。自分の人生を大きく変えてしまった夜のことをすべて話さなければならないと思いつめ、緊張しすぎていたのだ。

「大丈夫かい、ロニー？」ノーマンがきいた。

「なんとか」ロニーは短く答えた。「どういうわけか、急にことばが出なくなってしまって」

「少し休憩してコーヒーを飲んで。話はもう少しで終わりよ、ロニー」

「わかってます。先をつづけたかったのに……」

「チョコレート」ハンナはそう言って立ちあがった。「あなたに必要なのはチョコレートよ、ロニー。まだ顔が真っ青だもの」

ロニーは疑わしそうだった。「それはあまり関係ないとドクは言ってますけど」

「そうだけど、効くのはたしかよ。あなたを元気にして話をつづけさせてくれるものはチョコレート以外にないわ。戸棚にあるもので何か作れるか見てみるわね」

ハンナは戸棚に急ぎ、なかをのぞいてにっこりした。「数分もあればできるから」と言って、材料を取り出しはじめた。

最初は中力粉で、グラニュー糖、ココアパウダー、ベーキングパウダー、塩、牛乳、植物油、バニラエキストラクト、ヌテラ、粉砂糖とつづいた。

「材料を混ぜるボウルを出そうか？」ノーマンが尋ねた。

「いいえ、これはマグで作るチョコレートケーキなの。必要な材料はあとひとつ」

すぐにチョコチップのパックがカウンターの上の材料に加わり、三百五十ミリリットル入りの耐熱コーヒーマグも用意された。

「オーケー、はじめるわよ」ハンナはそう言うと、粉類を量ってマグに入れた。それから中央に小さなくぼみを作り、液体の材料を注ぎ入れてかき混ぜたあと、ヌテラを混ぜこんだ。

あとは仕上げだ。生地の上にミニチョコチップを散らし、マグを電子レンジに入れ、

〈強〉で九十秒加熱した。ハンナの電子レンジはそれほどパワーがないので、さらに二十秒追加加熱してからオーブンミットを使ってマグを取り出した。

「うっとりするほどいいにおいだ！」笑顔でマグを見ながらロニーが言った。「食べるのが待ちきれない……」そこで、ハンナが使っていないこんろの上にマグを置いたのに気づいた。「何をしているんですか？」

「少なくとも一分は冷まさないといけないの。今食べたら口をやけどするわよ」

「それでもかまわないわ」ミシェルがキッチンにはいってきて言った。「何を作ったの、姉さん？　アパートじゅうチョコレートのにおいでいっぱいよ」

「マグで作るチョコレートケーキよ」ハンナは言った。

「そんなの聞いたことない！」

ハンナはくすっと笑った。妹は食べたくてたまらないらしい。「あんたにも作ってあげたいけど、アンドリアが新作のホイッパースナッパー・クッキーを持ってくるって言ってなかった？」

「そうだけど、あれはチョ、い、い、チョコレートじゃないもの！」

「これはロニーのだから、わたしもノーマンも食べないわよ」

ノーマンはにやりとした。「それはどうかな。きみが作るのを見ていたから、手順はちゃんと覚えている。ぼくが自分のぶんを作るまえに材料をしまったほうがいいよ」

「まあ、座って、わたしたちといっしょにコーヒーを飲みなさいよ」ハンナはアンティーク一歩手前の合成樹脂のテーブルのまえにある椅子を、ミシェルに示した。「ロニーがチョコレートケーキを食べたら、聞き取りを再開するけど」

ミシェルはハンナと目を合わせた。チョコレートが必要になった経緯を察したのだろう。彼女はロニーの隣の椅子に座って彼に微笑みかけた。「ケーキをひと口食べさせてくれる?」

ロニーは笑みを返した。「食べさせてあげるに決まってるだろう。いいことはいつでも分け合ってるんだから。それに……たぶん……悪いことも」

「当然よ」ミシェルはロニーの肩に腕をまわして軽く抱き寄せた。そしてハンナのほうを見た。「もうケーキは冷めたんじゃない?」

「ええ、そうね」ハンナは言った。ずっと時計を見ていたので、少なくとも一分たったのはわかっていた。立ちあがってマグの側面に触れ、小さくうなずいた。「充分冷めてる。スプーンを持ってくるわね」

「スプーンは二本ね」ミシェルが言った。

「三本だ」ノーマンが訂正した。

「わかったわよ。じゃあ四本にする」ハンナはカトラリーの引き出しを開けて、四本のスプーンを持ってきた。「あなたからどうぞ、ロニー」

ロニーはマグにスプーンを入れ、チョコレートケーキをすくうと、それをミシェルにわたした。「きみが先だよ」

ハンナがノーマンと目を合わせる番だった。彼もロニーの無償の行為に気づき、ロニーが心からミシェルを愛しているのだとわかったようだ。

「最高！」ケーキを味わって、ミシェルは言った。「あなたの番よ、ロニー」

ロニーはケーキをスプーンですくって食べると、ため息をついた。「うーん、なんておいしいんだ！」

「つぎはぼくだ」ロニーがふた口目を食べるまえに、ノーマンがスプーンをつっこんだ。

ハンナはノーマンがケーキを食べるのを見守った。そして、うっとりした表情が浮かぶのを見て微笑んだ。「すばらしくおいしいよ！」

「自分の舌で確認するまで、あなたたちの褒めことばは額面どおりに受け取れないわ」ハンナはそう言うと、マグにスプーンを差し入れて、瞬く間にできたケーキを味わった。

「どう？」ノーマンがせかす。

「うん、たしかにおいしい」ハンナは答え、ロニーにマグを返した。「ケーキの残りを食べて、コーヒーを少し飲むといいわ。そのあとで聞き取りを終わらせてしまいましょう」

ロニーがあっという間にケーキを食べてしまうと、ハンナはカップをゆすいでシンクに置き、テーブルに戻った。「さてと」と言って、ミシェルのほうを見た。

「アンドリア姉さんに電話して、何時ごろ来るかきいてみる」ミシェルはハンナの目つきに気づき、口に出さない要望を正確に理解した。席を立ってロニーに腕をまわして抱きしめると、ハンナに向かってうなずいた。「ケーキの味見をさせてくれてありがとう、ロニー」と言うと、体を起こしてテーブルをあとにした。「わたしが必要なときはリビングルームにいるから」

末の妹が出ていくのを見ながら、ときに目だけで多くのことが伝えられるのはなんてすばらしいのだろう、とハンナは思った。ロニーはいずれミシェルにダーシーの家での夜のことをすべて話すことになるだろうが、今ミシェルが同席すれば気が散ってしまう。

「コーヒーを飲んで、ロニー」ハンナは彼のほうを見て言った。「それから作業に戻りましょう」

マグで作るチョコレートケーキ
(電子レンジで作るひとり分のケーキ)

ハンナのメモその1：
このケーキを作るには容量350ミリリットル、
またはそれより大きな耐熱のコーヒーマグが必要。

材料

中力粉……大さじ4（1/4カップ）

グラニュー糖……大さじ3

ココアパウダー……大さじ2（わたしは〈ハーシー〉のものを使用）

ベーキングパウダー……小さじ1/2

塩……小さじ1/8

チョコレートミルク（または牛乳）……大さじ3

植物油……大さじ1

バニラエキストラクト……小さじ1

ヌテラ（またはほかのチョコレート・ヘーゼルナッツ・スプレッド）……大さじ1

*

電子レンジに入れるまえに塗る追加のヌテラ（お好みで）……適量

電子レンジに入れるまえに散らすミニチョコチップ（お好みで）
……15〜20粒

電子レンジで加熱後に振りかける粉砂糖（お好みで）……適量

電子レンジで加熱後に添えるバニラかチョコレートか
コーヒーのアイスクリーム（お好みで）……1すくい

電子レンジで加熱後に添える甘いホイップクリーム（お好みで）
……1すくい

⑤ オーブンミットを使って電子レンジからマグを取り出す。
とても熱くなっているので気をつけること。

⑥ 使っていないこんろかワイヤーラックにマグを置いて、
少なくとも1分冷ます。そのあとお好みのトッピングをのせ、
幸運なお客さまにお出しする。

ハンナのメモその3：
1度に1個ずつ加熱するのがいちばん簡単。
そんなに時間はかからないし、どうせ食べるまえに冷まさなければならない。
2個以上を1度に加熱する場合は調理時間が変わる。

ミシェルのメモ：
2個以上のマグ入りチョコレートケーキを作る場合、
先に材料をすべて混ぜてしまってからそれぞれのマグに入れ、
1個ずつ電子レンジにかける。
最後のケーキを電子レンジにかけているときも、最初のケーキはまだ温かい。
長い時間温かさとねっとりしたおいしさが持続するケーキ。

ハンナのメモその2:
ヌテラの代わりにピーナッツバター、
カシューバター、アーモンドバターを使ってもよい。
フォークで生地を混ぜたあと、カップのまんなかのくぼみに
マシュマロクリーム大さじ1を入れたり、
レギュラーサイズのマシュマロ1個を押しこんでも。
入れる場所さえあれば何を入れるのも自由。
想像力を使って。

リサのメモ:
ナンシーおばさんのために作ったときは、
ヌテラがなかったので、種を取ったラズベリージャム大さじ1を
生地に混ぜこんだら、気に入ってもらえた!

準備:
350ミリリットル以上はいるマグカップの内側に
〈パム〉などのノンスティックオイルをスプレーする。
小麦粉入りのベーキングスプレーを使ってもよい。

作り方

① 中力粉、グラニュー糖、ココアパウダー、ベーキングパウダー、
塩をマグカップに入れ、フォークで混ぜる。

② チョコレートミルク、植物油、バニラエキストラクト、ヌテラを加え、
粉類と混ぜる。

③ 生地が完全に混ざったらトッピングを選ぶ。
追加でヌテラなどを使う場合はここで表面に広げる。
ミニチョコチップを使う場合はここで表面に散らす。

④ 電子レンジ(強)で90秒から2分加熱する。
ケーキがマグからあふれないように気をつけて見ていること。

9

ロニーはコーヒーを飲み干して長いため息をついた。そして、ハンナとノーマンに言った。「オーケー、先をつづけますね。立ちあがったときめまいがしたのを覚えています。ソファにまた倒れこみそうになったけど、コーヒーテーブルにつかまってこらえました。実際にそうだったのかどうかはわからないけど、リビングルームに射《さ》しこむ光があまりにもまぶしくて、サングラスがあればいいのにと思いました。顔をしかめながら窓に近づいて外を見ると、まぶしいほど真っ白でした」

ロニーは話を止めて目をこすった。外はまだ暗いが、ダーシーのリビングルームで目を閉じていたあの場所に戻っているのだろう。

夜のあいだに雪が降ったらしく、ロニーはダーシーの家の前庭を覆う、きらめく白い雪の毛布から目をそむけた。見ていると頭痛がしたからだ。一瞬ガレージまで行って、車からサングラスを取ってこようかと思った。窓に背を向け、ゆっくり二歩ほど進んだだけでへとへとになってしまい、ため息をついた。二度もガレージまで歩きたくなかった。まずダーシーの部屋に行って彼女の様子を確認しよう。彼女が起きていたら、ほしいものを持っていってやり、それから自分の車で帰ろう。

ミシェル！　廊下を歩いていると彼女のことが頭に浮かび、軽くよろめいた。昨夜はあまり遅くならなかったらアパートに行くと伝えていた。遅くなったからと言い訳することはできるが、愛する女性にうそをつきたくなかった。彼女が学校に出勤するまえに〈クッキー・ジャー〉に行って、ダーシーとデニーのいざこざに巻きこまれ、ダーシーを送ると申し出たのだと話して謝ろう。きっと理解してくれるはずだ。ミシェルほど理解のある女性はほかにいない。自分がすべきなのは、何があったのかを説明することだけで、ひとりで帰れない人を進んで助けたのだから、彼女はきっと許してくれるだろう。

アパートに会いにいかなかったことの言い訳にミシェルがどう反応するか、ほんのわずかに不安を覚えながら、ロニーは廊下を進んだ。ダーシーのベッドルームのドアは開いていたので、立ち止まってなかをのぞいた。ダーシーは枕を顔にのせてベッドの上に伸びていた。おそらく彼女も輝く真っ白な雪に目がくらみ、枕を顔の上に引きあげたのだろう。

ロニーはそっと部屋にはいり、ダーシーの顔から慎重に枕をどけた。枕をベッドの上に置き、ベッドの脇に立って一瞬彼女を見おろした。なんの動きもなく、陽《ひ》の光が顔に当たっているのに、まぶたはぴくりとも動かない。

恐ろしい予感が体じゅうに走った。これは普通ではない。何かがひどくおかしい。そのままさらに一、二分彼女を見つめ、呼吸とともに胸が上下するのを待った。

動きはなかった。ダーシーは頭の横に置かれた枕と同じくらいじっと動かず、高校の両開きの扉のまえに設置されているレイク・エデンの創設者、エゼキエル・ジョーダンの像と同じくらい固まり、微動だにしない。その姿はまるで……。

死人。そのことばがロニーの頭にぱっとひらめいた。信じられずにうめき声がもれた。まさか！　ダーシーが死んでいるわけがない。昨夜ベッドに寝かせたときは、酔っ払っているかドラッグでもやっているようだったが、死んでいるなんてありえない！

背を向けて急いでガレージに行き、さっさと帰って何も見なかったふりをしたかったが、立ち去るわけにはいかないとわかっていた。ごくりとつばをのみこんだ。もう一度。そして、ダーシーの手首に触れて脈を調べた。

脈はなかった。もっと強く押してみた。やはり脈はない。かがみこんで彼女の口のまえに手のひらをかざした。口は開いており、かすかな息が感じられないかとしばらくそのまま待ったが、死んでいるのではないことを示す空気の動きはまったくなかった。

どれくらいそこに立って彼女を見おろしていたのかわからない。数分だったのかもしれないし、もっと長かったのかもしれない。動かない彼女の姿が脳裏に焼きつくまでじっと見つめつづけた。やがて何歩かあとずさり、自分の頭が結論づけたことを信じられないまま背を向けた。ダーシーは死んでいる。ベッドルームに連れていったときは生きていたが、今は死んでいた！

「部屋のなかを見まわしてみて、ロニー」記憶のなかにいる彼のじゃまにならないようにしながら、ハンナは急いで言った。「何が見えるか教えて」

現場を追体験するように、ロニーはかすかにハンナのほうに頭をめぐらせた。「黄色いカーテン。陽が射しこんできれいだ」さらに頭をめぐらせる。「緑色の椅子。詰め物をした肘掛け。テーブルとランプ」また頭をめぐらせる。「ドレッサー。ダークブラウンで古い鏡がついている。銀色の口紅ケース、ガラス瓶、あとは……」

ロニーはぱっと目を開け、ぎょっとしてハンナを見つめた。「思い出した！　言うのを忘れてました！」

「何を忘れてたの？」ハンナが尋ねた。

「ケーキですよ！」ロニーは大声で言った。「キャシーのためのココナッツ・レイヤーケーキ。あのケーキを持ってきてくれとダーシーに言われて、ぼくはそうした。ケーキはドレッサーの上にあった。ぼくがそこに置いたんです。でも、ダーシーを見つけたとき、箱はなかった！　だれかが持っていったんだ！」

これは手がかりということになるだろう。ロニーが思い出してくれてよかった、とハンナは思った。さらにいくつかの事実を告げたあと、彼はまたすべてが起こったあのときに戻った。

「ぼくはマイクに電話しました」ロニーはかすかに身震いした。「ほかに連絡すべき人は思いつかなかった。まえの晩よりはましでしたが、まだ頭ははっきりしていなかったんです。わかっているのは、ダーシーが息をしていないことと、だれかに連絡しなければならないことだけでした。何があったのかをマイクに報告する必要があったので、電話をしました」

「マイクはどれくらいで来てくれた?」ノーマンがきいた。

「わかりません。時計を見た覚えがなくて。マイクなら覚えていると思います。携帯電話を見てもらえば、ぼくが何時に電話したかわかるはずです」

「きみも自分の携帯を見ればいつ電話したかわかるはずだろう?」ノーマンは指摘した。

「そうなんですけど……携帯は押収されたんです」ロニーはポケットから電話を取り出した。「これは金物屋でクリフから買った代わりのものです」

「マイクはすぐダーシーの家に来てくれたの?」ハンナはきいた。

「はい」ロニーは言った。「それほど長くはかかりませんでした。少なくともぼくはそう思います。ただ、すべてがぼんやりしているんです」

「わかった」ノーマンは言った。「マイクが来てから何があった?」

「マイクはドクに電話で知らせると言ってくれていたので、ふたりは同時に到着しました。ダーシーの部屋には近づかないようにとマイクに言われたので、ぼくはソファに座っていました。彼女のいる場所を伝えると、ドクはカバンを持って廊下を歩いていきました。マイクはぼくといっしょにいました」

「マイクに何かきかれた?」ハンナはきいた。

「ええ、何があったのかときかれたので、思い出せるかぎりのことを話しました。でも、それほど多くはなかった。脳がまだ眠っているみたいで、あんまり思い出せなくて。ダーシーをベッドに寝かせたところまで話したとき、ドクがベッドルームから出てきました」

「ドクはなんて?」ノーマンがきいた。「すべて思い出すんだ、ロニー」

「ダーシーは死んでいると言いました。でも、ぼくが思ったように眠っているあいだに亡くなったのではなく、他殺でした。ダーシーは殺されたんです!」

「きみはなんと言った?」ノーマンがきく。

「あるいは、それを聞いてどうした?」ハンナが付け加える。

「ぼくは……立ちあがりました。またまいがしたせいで、膝の力が抜けて倒れかけましたが、なんとかソファの上に着地しました。耳にしたことが信じられませんでした。ぼくはひと晩じゅうそのソファにいたんです。ダーシーが殺されたのに、ぼくは何も聞かなかったなんて。あまりにも驚いたので、しばらく何も言えませんでした。どうして何も気づかなかったのか理解できませんでした。ぼくは刑事です。犯罪者ならこれまでも見ています。ダーシーは眠っているあいだに亡くなったのだとばかり思っていた。だからドクにほんとうですかとききました」

「それでドクは……」ノーマンが先をうながす。

「たしかだと言いました。眠っているあいだに枕で窒息させられたのだと。そのときマイクがぼくのほうを見て、ひと晩じゅうここにいたのかとききました」

「そしてあなたはそうだと言った」ハンナが言った。

「ええ、どうして何も気づかなかったのかわからないと。ダーシーのベッドルームはそれほど離れていないし、聞こえたはずなんです。だれかが家にはいってきてベッドルームに行けば。そして……そして……」

「彼女を窒息させれば？」ロニーがつづけられないようなので、ハンナが代わりに言った。

「そうです。ぼくは車で帰るつもりだったけど、ふらふらで運転できそうになかったから、仮眠をとることにした。でも、眠りこんでしまって、リビングルームの窓から太陽の光が射しこむまで目覚めなかった。ふらふらだったとぼくが言うのを聞いて、ドクはカバンを開け、何かを探しました。そのときマイクに酒を飲んでいたのかときかれました」

「なんて答えた？」ノーマンがきいた。

「飲んだけど、ビール一杯だけだと。雪で道路状況が悪いから応援要請があるかもしれないと思って、ビールのあとはコーラに切り替えたと答えました。するとマイクとドクは目を合わせ、ドクはカバンから注射器といくつかの試薬瓶を取り出しました。そしてぼくに容器をわたして、尿を採取するようにと言いました」

「きみは言われたとおりにしたんだね？」

「はい。何も問題はないとわかっていました。酒は一杯しか飲んでいないんですから。するとドクが、そのまえにも飲んでいたのでないかぎり、ビール一杯できみのような体格の男にこんな影響が出るはずはない、と言いました」

「それであなたは飲んでいないと言ったのね？」

「夕食のときに飲んだのはコーヒーだけだと伝えました。〈ハル＆ローズ・カフェ〉でサンドイッチとフライドポテトを食べたときに」

「〈ダブル・イーグル〉でブライアンとキャシーに会うまえのことだね？」

「そうです。ぼくが着いたとき、ブライアンはもう来ていて、キャシーは少ししてから来ました」

「ドクがサンプルを採取してからどうなったの？」ハンナは質問した。

「ドアをノックする音がしたので、マイクが出ました。ドクの部下の救急医療隊員ふたりでした。ぼくを病院に連れていって、さらに検査をするようにとドクが指示しました。どうしてかと尋ねたら、ぼくを守るためだと言われました。体の機能が正常ではないし、血圧にも問題があるからと。インターンのひとりにたのんでいくつか検査をしたいのだと言っていました」

「じゃあ、救急医療隊員と病院に行ったのね？」ハンナがきいた。

「ええ。車を置いていきたくなかったので、自分で運転していってもいいかとききました。その状態で車を運転するのはよくない、とドクに言われました。心配するな、保安官助手のだれかに車を運転させて家まで届けさせるから、とマイクが言ってくれました。それで」ロニーは小さく肩をすくめた。「救急医療隊員たちと病院に行きました。そうしておいてよかったのかもしれません。後部のベッドに寝かされて、病院に着くまでずっと眠っていたので」

「病院にはいつまでいたの？」

「昼すぎまでです。病院を出てすぐ、学校にいるミシェルに電話しました。彼女は迎えにきて、ここに連れてきてくれた」ロニーは心から感謝してため息をついた。「会えてあれほどうれしかった人は彼女以外にいませんよ！」

そのとき、玄関ベルが鳴って、三人ともぎょっとした。ハンナはノーマンにうなずいてからロニーのほうを見た。「今はこれで充分よ。基本的なことはすべて押さえたと思う。だれが来たのかリビングルームに見にいきましょう」

ハンナを先頭にして三人はキッチンを出た。アンドリアとマイクがミシェルといっしょにリビングのソファに座っていた。

「ハイ、マイク」ハンナが声をかけた。

「ハンナ！」マイクは勢いよく立ちあがった。「きみに会えてどれほどうれしいか！」

ハンナは笑った。「そんなに寂しかったってこと？」

「その……」マイクは気まずそうだ。「もちろんだよ。ぼくらがきみを必要としていることに気づいて、すぐに戻ってきてくれてとてもうれしいよ」

「わたしもよ！」アンドリアも立ちあがってハンナを抱きしめた。「休暇を切りあげさせちゃって申し訳ないけど、姉さんだけが頼みの綱なのよ、この……」ロニーを見る。「なんて言ったらいいのかしら、ロニー」

「大混乱」ロニーがことばをあげた。

「そう、それよ、ロニー」アンドリアが同意する。「まさに大混乱。わたしはそう思ってる。マイクもね。だから今夜集まったの。知恵を出し合ってどうするべきか考えないと」

「でも、まずはあんたの新作クッキーを食べさせて」ハンナがアンドリアに言った。「ミシェルがすごくおいしいって言ってたわよ。持ってきてるんでしょ？」

アンドリアはダイニングルームのテーブルに置いた容器を示した。「もちろん持ってきたわよ。コーヒーある？」

「コーヒーはいつだってあるわよ」ハンナは言った。「さっきキッチンを出るまえにポットに新しいコーヒーを用意しておいたの。少し休んでデザートにしましょう。それからロニーを窮地から助け出すために何をするべきかという問題に取りかかるわよ」

紙吹雪ホイッパースナッパー・クッキー

●オーブンを175℃に温めておく

材料

ホワイトチョコチップまたはバニラベーキングチップ……1カップ
（わたしは〈ネスレ〉のものを使用）

加糖ココナッツフレーク……1カップ
（きっちり詰めて量る。約225グラム）

〈ピルズベリー〉のファンフェッティ・ケーキミックス……1箱
（23センチ×33センチのケーキが作れる量のもの）

クールホイップ（ローファットではなくオリジナル）……2カップ

とき卵……大1個分（グラスに入れてフォークで混ぜる）

粉砂糖……1/2カップ
（仕上げ用。大きなかたまりがなければふるわなくてよい）

マラスキーノチェリー……15個
（横半分に切る。ドレンチェリーを使う場合は赤でも緑でも両方でもよい）

準備：
ケーキを焼く30分まえに、
ティースプーンと大きめのボウルを冷凍庫に入れて冷やしておく。

⑨ 浅めのボウルに粉砂糖を入れる。

⑩ 生地を丸める。べたつく生地を丸める方法は2つ。
1つは冷やしたスプーンですくって粉砂糖のボウルに入れ、
小さなボール状になるまで指で転がす。
2つめのほうが簡単で、粉砂糖をまぶしつけた両手で
少量の生地をつまみ取り、粉砂糖のボウルに入れて
指でボール状にする。
好きなやり方で（両方やってみて、どちらが自分に合っているか
判断してもよい）、天板1枚につき12個のボールを作る。
二段オーブンがなければ、残りの生地は2回目を焼くときまで
冷蔵庫に入れておく。
これを忘れて生地をカウンターに置いたままにしておくと、
さらにべたべたになってボール状にするのが
ますますむずかしくなる！
半分に切ったマラスキーノチェリーを、切った面を下にして、
天板に置いたボール状の生地の上にのせ、
軽く押しつけてボールをつぶす。

⑪ 175度のオーブンで15分焼く。

⑫ オーブンから取り出し、
天板ごとワイヤーラックの上で2分冷ます。

⑬ 金属製のスパチュラでクッキーをワイヤーラックの上に移し、
完全に冷ます。オーブンペーパーを使えば、
クッキーごとペーパーを天板から持ちあげて
ワイヤーラックに移せばいいので簡単。
ペーパーは冷めるまで敷いたままでよい。

作り方

① ホワイトチョコチップまたはバニラベーキングチップ、
加糖ココナッツフレークをフードプロセッサーで細かくする。
ナイフで刻んでもよい。

② 天板に〈パム〉などのノンスティックオイルをスプレーするか、
オーブンペーパーを敷いてからオイルをスプレーする。

ハンナのメモその1:
アンドリアがこのクッキーを作るときはオーブンペーパーを使う。
オーブンから出したら、ワイヤーラックの上でペーパーを引き抜くだけでいいから。

③ 冷凍庫から冷やした大きめのボウルを出し、
ケーキミックスの約半量を入れる。

④ 別のボウルにクールホイップを2カップ分入れ、
とき卵を加えてゴムべらで混ぜこむ。
混ぜすぎないように気をつけること。で
きるだけ空気を含ませて。

⑤ ③のボウルに①の細かくしたチョコチップと
ココナッツフレークを加え、よくかき混ぜる。

⑥ ④のクールホイップととき卵の混合液を加え、
空気が抜けないようにそっと混ぜる。

⑦ 残りのケーキミックスを入れ、完全に混ざるまで
ゴムべらで静かに混ぜる。

⑧ ケーキミックスに付属のマルチカラーのキャンディ・スプリンクルを
⑦に入れ、カラフルな筋になるまでゴムべらで混ぜる。

ハンナのメモその2：
とてもきれいなクッキー。
リサとわたしは上にのせるチェリーを赤と緑にして
クリスマスパーティ用にこれを作るつもり。

アンドリアのメモその1：
ビルはいつもこのクッキーを保安官事務所に持っていきたがる。
小学生になったトレイシーは、母親がクラスのパーティに
おやつを持ち寄る行事があるたびに、
このクッキーを作ってほしいと言う。

とてもきれいでおいしいクッキー、2〜3ダース分。

アンドリアのメモその2：
トレイシーは誕生日パーティに
このクッキーを焼いてほしがっている。
それまでは家族以外には食べさせないようにと
わたしに約束させた。

10

アンドリアのクッキーをみんなで完食すると、ハンナはコーヒーのお代わりを注いでロニーのほうをうかがった。ロニーはまだ青い顔をして、今すぐにでも、第一級殺人で告発されるかもしれない話が飛び交うここ以外の場所に行ければいいのに、と思っているように見えた。

「少し休む、ロニー？　よければ、録音したあなたの話をマイクにも聞かせたいの。あなたは聞きたくないでしょ？」とハンナは提案した。

ロニーは首を振った。「はい。もし聞いたら、きっとぼくは……またあのときに戻ってしまう……わかってもらえます？」

「わかるわ。ミシェルとふたりで防寒コートを着て、建物のまわりを歩いてきたら？　興味があるなら、ミシェルにジムを見せてもらうといいわ。まだだれも触れたことのない新品のトレーニングマシンがあるわよ。保安官事務所のジムを使っているんでしょ？」

「ええ、週に二回トレーニングしてます」ロニーは小さくため息をついた。「もちろん、このところしてませんけど。今は保安官事務所には立ち入り禁止なんです」

「でしょうね。ここのジムが気に入ったら使っていいのよ。よかったら新しいマシンの使い方や、どんなことができるのかを調べてくれないかしら。ノーマンとふたりで見てみたんだけど、全然わからなかったから」

「あのマシンにはわたしも気づいてたわ！」ミシェルがハンナに便乗して言った。録音したロニーの供述をマイクが聞き終わるまで、ロニーを外に連れ出したほうがいいと気づいたようだ。

「見てみますよ」ロニーはハンナに言った。「トレーニングマシンにはくわしいんです。ミシェルとぼくならたぶん使い方がわかると思います」

「マシンには簡単なマニュアルがついてる」ノーマンが教えた。「見てみたけど、ぼくにはちんぷんかんぷんだったよ」

ロニーは微笑んだ。みんなが自分に何かをやらせておこうとしているのがわかっているのかどうかは不明だが、もしわかっているのだとしても、反対する気はないらしい。「さあ、シェリー」彼はそう言うと、ミシェルの防寒コートをつかんで彼女にわたした。「見にいこう」

ハンナとノーマン、そしてアンドリアとマイクはテーブルに座ったまま、ロニーとミシェルがドアから出ていくのを見守った。やがて、アンドリアが持ってきたトートバッグに手を伸ばした。

「はい」アンドリアはバッグのなかから書類のはいったフォルダーを取り出して、ハンナにわたした。

「ドクの検死報告書ね？」ハンナはフォルダーを開きもせずに言った。

「ええ、ビルのブリーフケースのなかにあったものだけど、コピーするのに、ビルがトレイシーとベシーを寝かしつけにいくのを待たなくちゃならなかったの。もうひとつの報告書もはいってる。ロニーの尿検査と、病院で検査したそのほかの結果よ」

「ロニーは薬を盛られていたのかな？」ノーマンが推測を口にした。

アンドリアはうなずいた。「報告書によると、彼は病院に着いてからもまだ薬物の影響下にあった。アルコールに作用する睡眠薬のたぐいだろうとドクは母さんに言ってたわ」

妹はハンナのほうを見た。「ロニーの容疑を晴らすのに役立つと思う？」

マイクと目を合わせると、彼はハンナに答えさせようとしているようだった。一瞬、これはテストか何かなのだろうかとも思ったが、すぐにその考えを頭から追いやった。

「まちがっていたら言ってほしいんだけど、どっちとも取れると思う。理由はどうあれ、もしロニーが薬物を摂取していたのだとしたら、ダーシーに対するなんらかの怒りにかられて、何をしているのかわからないまま彼女を殺してしまったのかもしれない。もしくは、ダーシーを殺した犯人がだれかに濡《ぬ》れ衣《ぎぬ》を着せるために薬を盛った。そうだとしたら、薬物の影響下にあったという事実が、ロニーの容疑を晴らすことになるかもしれない」

「そのとおりだ」マイクが言った。「最優先すべきなのは、薬物がどうやってロニーの体内にはいったかを突き止めることだ」

「ロニーが故意に薬物を摂取したか、知らないあいだにだれかに飲まされたか」ノーマンがまとめた。

「ロニーが故意に飲んだと思う?」アンドリアがその考えに動揺しながらきいた。

マイクは首を振った。「それは絶対にない! だが、すぐれた捜査員はあらゆる可能性を考慮しなければならない」

「どうやってロニーが故意に薬物を摂取していないと証明する?」ノーマンがマイクにきいた。

「ロニーに薬を盛って、ダーシー殺しの犯人に仕立てあげようとした人物を見つけないかぎり、証明はできない。つまりぼくらが最初にやるべきことは……」

「ゆうべ、ロニーが口にしたすべてのもののリストを作ることね」ハンナはすかさず言った。「それがわかったら、彼の食べ物や飲み物に薬物を混入させる機会があった人全員の話を聞く」

マイクがハンナに向かってうなずき、微笑んだ。「そのとおりだ」そして、ノーマンのほうを見た。「リストを作ってくれるかな?」

「いいとも」ノーマンはそう言うと、ポケットから小さなノートを取り出した。「ロニーは〈ハル＆ローズ・カフェ〉で夕食といっしょにコーヒーを飲んだと言っていた」

「ええ」ハンナは急いで引き出しに行き、殺人事件の調査をするときにいつも使うメモ帳を取り出した。急いで情報を書き取ったあと、不思議そうにマイクを見た。「いつもなら自分でメモをとるのに、どうしたの、マイク？」

「ぼくは公式にはこの事件を捜査できないんだ。ぼくの筆跡が残れば、せっかく出した結論を却下する理由を検察に与えることになって、捜査が台無しになる」

「なるほど」ハンナは言った。

「みんな、もうひとつの情報を聞く準備はいい？」アンドリアがきいた。三人ともうなずくと、彼女はつづけた。「ドクの検死報告書を見せるわ。かなり衝撃的よ」

「読んだの？」ハンナはきいた。生々しい暴力の描写があると、アンドリアはすぐ気分が悪くなるのだ。

「ええ、胸が悪くなったけど、なんて書いてあるか知りたかったのよ。現場写真は見なかったけど」

「ガラスの上に伏せて置いてコピーしたんでしょ？」ハンナはからかった。

「まあね。この封筒にはいってるわ」アンドリアはトートバッグから白い封筒を取り出して、マイクにわたした。「何枚かはさかさまになってると思うけど。封筒に入れるときたしかめなかったから」

ハンナは犯罪現場の写真に対する妹の徹底した嫌悪感をおもしろがった。自分は見たからといって実際に気分が悪くなるわけではないが、たしかに殺人者が加えた暴力を目にするのは楽しいものではない。それでも、写真のなかの何かが殺人事件の手がかりになるかもしれないので、ハンナは注意深く見た。殺人事件の調査が終わっても、頭のなかからそのイメージを消すのにひどく苦労することになるのだが。

「あなたは現場に行ったのよね？」ハンナはマイクにきいた。

「ああ、ダーシーのベッドルームにはいったけど、ドクが彼女の死を確認したあと出た。そして、救急医療隊員が病院に連れていくまでロニーといっしょにいた。そのあとビルに、事件の捜査からはずすから家に帰れと言われた。リックもはずれることになるから、ビル自身と新入りが捜査するらしい」

「まだそんなやり方を？」ノーマンがきいた。

「ああ」マイクは写真をめくって小さくうなずいたあと、ノーマンにわたした。そして、アンドリアを見た。「それほどひどくないよ。彼女は眠っているように見える」

「そうかもしれないけど、死んでるのはわかってるんだから、それだけでひどいわ」アンドリアはごくりとつばをのみこみ、ハンナのほうを見た。「わたしは見なくていいわよね？」

「見たくなければ見なくていいわよ」ハンナはノーマンが最後まで見るのを待ってから、写真を受け取った。すべての写真をくまなく見たあと、小さく肩をすくめた。「役に立ちそうなものは何もないわ。そうでしょ、マイク？」

「そのようだ。検死報告書を見せてくれ、アンドリア」

全員に見守られながら、マイクはドクの報告書に目を通した。読み終えると小さなため息をついた。

「なんだい？」ノーマンがきいた。

「動機を示すものがひとつある。捜査をまったく別の方向に向けるものが」

「何？」ハンナは身を乗り出した。

「自分で読むといい」マイクは報告書を差し出した。「読んだらノーマンにわたしてくれ」

これはテストよ、とハンナの心の声が警告した。マイクは気づいたことにぴんとくるかどうか見たいのだ。ノーマンを見ると、彼にもそれがわかったようだった。これはふたりがすぐれた素人探偵かどうかを判断するためのテストなのだ。

一枚目の半ばまで読んだとき、マイクが目を留めた項目に気づいた。その部分を読み終えてノーマンに手わたし、彼が読むのを見守った。一分ほどして、ノーマンの顔に驚きの表情が浮かんだ。

「なんてことだ！」彼は小声で言った。

ハンナは微笑んだ。マイクが示唆した検死結果は、ふたりにとっても驚きだった。それは捜査を別の方向に向けるものであり、ダーシーが殺される充分な理由になるものだった。ダーシーは殺されたとき、妊娠二カ月だったのだ。

ハンナは二枚目を読み、ノーマンにわたしてアンドリアを見た。アンドリアは小さくうなずいた。妹もダーシーが妊娠していたことに目を留めたのだろう。だから、衝撃的な報告書だと言っていたのだ!

「それで?」マイクはみんなにきいた。「これからどんな問題が生まれると思う?」

マイクは捜査指導員になっているつもりなのか、ハンナは一瞬、彼の態度にむっとした。だが、無理やり前向きに考えることにした。マイクの指導は必要ないかもしれないが、シャーロック教授を演じさせても悪いことはないだろう。マイクは、ロニーが殺人現場にいたことで不利な状況にあるという事実に苦しめられているのだから。

マイクの質問にハンナが答えるのをノーマンが待っているのは明らかだった。ハンナは憤りの名残りを隠してあわてて答えた。

「ダーシーは死んだ。つまり、赤ちゃんの父親がだれなのかを教えてはくれない。それが問題かも!」

アンドリアがつづいた。「もしかしたら、ダーシーはだれにも言っていなかったのかも。赤ちゃんの父親にも」

ノーマンは考えこむように言った。「それだと殺人の動機にはならないんじゃないか？」

「そのとおり」マイクが言った。「でも、もしダーシーがだれかに打ち明けていたら？」

「ダーシーの友だちや同僚と話して、そのことを知っている人を探さないと」ハンナは言った。

「そうだ」マイクがつづけた。「でも、ダーシーを殺した犯人を刺激しないように気をつける必要がある」

「そして、犯人は赤ちゃんの父親ということも考えられる」アンドリアが言った。

「そうだね」ノーマンは言った。「除外できるものは何もない」

ハンナは首を振った。「ダーシーはデニー・ジェイムソンと婚約していたけど、彼が父親でない可能性もある」

「でも、それならどうしてダーシーは彼と婚約を……」アンドリアはそこまで言うと顔をしかめた。「わかった。ダーシーは赤ちゃんの父親とは結婚できないから、デニーと婚約して、赤ちゃんは彼の子だというふりをするつもりだった。映画ではよくあることよ」

「憶測だ」マイクはにべもなく言った。「元に戻って考えてみよう。最初に調査すべきなのは何かな？」

「赤ちゃんの父親の正体」アンドリアがすぐに言った。

「ノーマンは？」マイクが彼のほうを見てきいた。

「むずかしいな。赤ちゃんは手首に父親の名前がプリントされたバンドをつけて生まれてくるわけじゃないから」

ハンナは思わず笑ってしまった。なんともふざけた考えだ。父親の正体を調べるべきと言った当の本人であるにもかかわらずアンドリアはくすくす笑い、ノーマンは声をあげて笑い、マイクも静かに笑った。思いがけなく笑ったおかげで、全員の気分がよくなった。

笑いが収まると、マイクはノーマンに向き直った。「父親を見つけるために、何ができると思う？」

アンドリアはひとしきり考えた。「彼女が医者に行ったかどうかを調べることからはじめたらどうかしら」

「どうやって？」とマイクがきく。

「まずはドクにきいてみる」アンドリアが提案した。「ドクがダーシーを診察していなかったとしても、だれが彼女を診察したのか調べてもらえる」

「見つかる可能性はあるわね」ハンナは言った。

マイクは首を振った。「それはいちばん得るものの少ない道だ。医者には守秘義務がある。患者のことは何も話してもらえないだろう」

「でも、こういう場合は例外でしょ？」アンドリアがきいた。「ダーシーは死んでるのよ」

「いや、例外ではないよ！」ノーマンが反論した。「歯科医にも同じルールが当てはまるんだ。患者の許可なしに情報を明かせば、医療のプロは資格を失うことになる」

「でも、患者がもう死んでいて反対できないなら意味はないでしょ?」アンドリアが指摘した。

「そうかもしれないけど、そういう決まりなんだよ」マイクが言った。「医者のことは忘れよう。彼らから直接情報を得ることはできないんだから」

「じゃあ、ダーシーの友人や同僚たちの話をきくことからはじめましょう」ハンナは言った。

「そうだね」マイクは同意した。「運がよければ関係ありそうなことを話してくれる人が見つかるかもしれない」

アンドリアは笑顔になった。「それならわたしが力になれるわ。そうよね、姉さん?」

「もちろんよ」ハンナは急いで言った。アンドリアとつきあいはじめたとき、ビルはだれとでも話がはずむ彼女のことを自慢していた。事実、妹は無類の聞き上手だった。

「それと、リサとマージとナンシーおばさんにたのんで、コーヒーショップでゴシップに耳を澄ましてもらいましょう」ハンナは言った。

「それならわたしも手伝える」アンドリアが申し出た。「見えないウェイトレスの技を使ってコーヒーのお代わりを注いでまわるわ」

「よろしくね」ハンナが言った。アンドリアはお客がひそひそ声で話しているテーブルを見つけて、コーヒーのお代わりを注ぎながら耳を傾けるのも得意なのだ。

「うん。なかなかいい計画だ」マイクはみんなを褒めた。「できることならぼくも……」

彼はそこまで言うと、長いため息をついた。「自分がふがいないよ。ぼくにできることは何もないんだから」

「あら、あるわよ！」ハンナは急いで言った。「もう助けてくれてるじゃない、マイク。たとえば……」このことは口に出したら後悔しそうな気もしたが、引っこめるにはもう遅かった。

「たとえば？」とマイクがきいた。

「アドバイスをくれること。少なくとも週に二回は集まって、得た情報を報告し合い、つぎに何をするか話し合うのはどうかしら」ハンナは言った。「場所は〈クッキー・ジャー〉ね。だれにとっても都合がいいから。ほかの人たちがコーヒーショップで働いているあいだに、厨房《ちゅうぼう》で話しましょう。明日の朝に集合よ」

「何時に？」アンドリアがきいた。

「七時。そのころにはクッキーを焼き終えてるし、必要なことを話し合う時間はたっぷりあるから」

「いいね」ノーマンが言った。「何か朝食になるものを持っていこうか？　ドーナツかスイートロールでも買っていくけど……」そこで彼はすまなそうにハンナを見た。「ごめん、ハンナ。北方林に松ぼっくりを持っていくようなものだったね」

「そのとおり」ハンナはにっこりして言った。「コーヒーとそのおともの甘いものならたっぷりあるわよ、ノーマン。心配しないでいいわ。さらにおまけとして、全員に新しいレシピの味見をさせてあげる！」

11

「着いたよ、ハンナ」ノーマンが自宅のドライブウェイに車を停めて言った。

ハンナは笑った。「起きてるわよ」

「やけに静かだったから、てっきり眠っているのかと思った」

「いいえ、コーヒーの飲みすぎで眠りこむどころじゃなかったわ。目が冴《さ》えて頭のなかが猛スピードでぐるぐるしてる」

「なかにはいってからなんとかしよう」ノーマンが言った。

「どうやって?」

「すぐにわかるよ」ノーマンは車から降りて助手席側にまわると、ハンナのためにドアを開けた。「降りて、ハンナ。スーツケースはぼくが運ぶから」

ハンナは車から降りて、氷のような夜の空気を深く吸いこんだ。円形のドライブウェイに囲まれた芝地には、雪がなめらかなシーツのように広がり、その表面に月の光が射して、淡い虹色を帯びた青色に輝いている。玄関に向かって歩いていると、窓のそばに立っている大きな人影が目にはいり、ハンナはあっと声をあげた。「ノーマン！」彼の腕をつかんでささやいた。「あそこに……」そのとき、黒い熊のように見えるその影が石のように動かないことに気づいた。

石のように動かないはずよ、と心のなかでたしなめた。だって石でできているんだもの。あるいはコンクリートのようなもので。あれは熊の像よ、反対側にあるヘラジカの像と同じで。

ハンナはノーマンを見て笑いだした。「一瞬本物かと思った」

「ごめんよ」ノーマンはハンナの肩を抱いて言った。「言っておけばよかったね。すっかり慣れてしまってたから、きみがまだ見てないことを忘れていたよ。紹介しよう、熊のシャグだ。先月買ったばかりでね。ここに運ぶのも三人がかりで、ほんとうは家の反対側に置いてもらいたかったんだけど、伝えるのはしのびなくて」

「シャグはすごくリアルなのね。夜間に押し入ろうとする人を撃退するのに役立ちそう」

「マイクもシャグを初めて見たとき、そっくり同じことを言ってたよ！　ミシェルとマイクも驚いてた」

ハンナは小さなため息をついた。わたし以外はみんなノーマンの家に来たことがあるみたい。「シャグはいい値段だったんじゃない？」

「うん、でも閉店間近の彫像店だったから、二体買うなら半額にすると言われたんだ」

「二体？　もうひとつはどこにあるの？」

「蝶《ちょう》の庭だよ。どれくらい効果がつづくかはわからないけど、今のところそこに降り立つ冬鳥たちをひどく怖がらせている」

「蝶の庭があるなんて知らなかった！　どこにあるの？」

「すぐそこだよ」ノーマンはドライブウェイのまんなかにある庭園のような場所を指さした。

「ほんとだ」ハンナはノーマンが効果をねらって置いたベンチに気づかなかった自分を恥じた。

「クリスマスのときに気づきそうなものなのに、気づかなかったわ」ハンナは謝罪をこめて言った。

「いいんだよ。クリスマスにはまだ届いていなかったし、きみは考えることがたくさんあったんだから」

ハンナはごくりとつばをのみこんだ。たしかにクリスマスのころは控えめに言ってもいろいろあった。「蝶を呼び寄せるために何を植えたの？」

ノーマンはきかれてうれしそうだ。「まずフロックスを植えたんだけど、広がるっていうことを知らなくて」

「地面を覆い尽くしちゃった？」

「まあね。だから、フロックスは一部だけにしなければならなかった。さもないと、ほかの植物が育たなくなるから」

「ほかの植物のことを話して」

「マリーゴールドを何鉢か、あとは矢車草とランタナ、ヘリオトロープの区画もあるし、ブラック・アイド・スーザンの場所も広くとってある。夏にはとても心が休まると思うよ、ハンナ。仕事から帰ると、ときどきそこのベンチに座る。おかしいかもしれないけど、蝶を見ながら、彼らが旅をしながら見てきたにちがいない場所を思い浮かべるんだ。オオカバマダラはわたりをするんだよ。もっといろいろ知りたくて、ミネソタ大学のオオカバマダラ研究所まで行ったぐらいさ」

「どんなことがわかったの？」

「冬はメキシコにわたる。群れではなく個々に。とても美しいんだよ、ハンナ。去年の八月はすばらしかった。オオカバマダラがわたってくる季節で、毎日何十匹もがこの庭で蜜を吸っていたんだ」

「すてきね。花が咲きはじめたら、ここに来てあなたの蝶の庭に座っていてもいい？」

「もちろんだよ！」ノーマンの顔に笑みが広がった。「蝶の庭を作ったのはきみのためでもあるんだから」

「そうなの？」ハンナは驚いた。

「うん！　もし生まれ変われるなら、蝶になりたいと言っただろう」

「理由は言ってた？」

「蝶は美しい生き物で、見た人はだれもが笑顔になるから」

「そんなことを言ったなんて覚えてない！」

「でも言ったんだよ。最初のデートで、ウッドリー家の毎年恒例のパーティに行ったときだった」

「やだ！　わたし、飲みすぎてたんじゃない？」

「いや、ぼくたちは着いたばかりで、メイドにコートを掛けてもらっていた。きみは鏡を見て大きなため息をつき、馬櫛《うまぐし》で髪を梳《と》かしてくると言った。そしてそのあと、蝶のことを口にしたんだ」

「ああ。思い出したわ」ハンナは大きなため息をついた。クレアの店〈ボー・モンド・ファッション〉で買った新しい服を着ていたのに、自分の外見がひどく不満だったことを思い出したのだ。試着したときは、クレアもリサもとてもすてきだと言ってくれたが、ハンナは心の底では信じていなかった。

「あの晩、きみはとてもきれいだったよ」彼女の心を読んだかのように、ノーマンは言った。「それに、心やさしいきみは会う人みんなにぼくを紹介してくれた。きみがアンドリアとパーティを抜け出さなければならなくなって、とても残念に思ったよ」

「ありがとう、ノーマン」ハンナは心から言った。だが、アンドリアといっしょに〈コージー・カウ・デイリー〉の古い建物のなかで死体を見つけたことを思い出し、小さく身震いせずにはいられなかった。

「震えているじゃないか！」ノーマンはそう言って、またハンナの肩を抱いた。「なかにはいって書斎の暖炉に火を入れよう」

「そうしましょう！」ハンナは彼に微笑みかけて言った。「暖炉のまえで猫たちを膝にのせたいわ。モシェはきっとカドルズと楽しくすごしていたと思うけど、あの子がとても恋しかった」

「きみにカドルズの世話をたのんだとき、ぼくがあの子を恋しがったようにね」ノーマンは玄関扉を解錠し、スーツケースを運びこんだ。「二階に案内するから、ローブとスリッパに着替えるといいよ。でも、まずは猫たちにあいさつしてからだ」

ノーマンが玄関扉を開けたとき、ハンナは当然いつもの体勢をとるものと思っていた。ふたりが家にはいる音をモシェが聞いていたなら、いつものように腕のなかに飛びこんでくるだろうから。軽く足を開いてバランスをとりながら身がまえ、十キロの猫の襲来に備えた。だが、猫たちが玄関に走ってくる足音は聞こえなかった。何も、まったく何も起こらなかった。

ハンナは一瞬パニックに陥った。「あの子たちはどこ？」とノーマンにきいた。

「たぶん階上《うえ》で寝てるんだよ。外の音を聞こえなくするためにテレビをつけておいたんだ。遠くでコヨーテが吠《ほ》えているのを聞いたら不安になるだろうから」

「それはそうよ！」ノーマンのあとからカーペット敷きの階段をのぼって二階に向かいながら、ハンナはまた身震いした。猫たちは家のなかにいて安全だとわかっていても、モシェとカドルズが夜行性の捕食者に追いかけられる光景が目に浮かんだ。野生のコヨーテが生きるために食べなければならないのはわかっていたが、あの子たちを彼らのメニューに載せないためならどんなことでもしただろう。

「ここだよ、ハンナ」ノーマンはそう言って、モシェとカドルズが羽根枕の上で体を伸ばして寝ているキングサイズのベッドを指さした。「起きろ、モシェ。ママが帰ってきたぞ」

耳を一、二度ぴくりとさせたあと、モシェは頭を上げた。驚いた様子でノーマンを見て、やがてハンナに気づいた。

「にゃああああ！」と鳴いて跳ねるように起きあがり、ベッドの足元に走ってきた。そして、ひたと立ち止まってじっと彼女を見つめ、またか細い声で鳴いた。

ハンナにはおなじみの歓迎の鳴き声だ。〈クッキー・ジャー〉から帰ったときに毎晩モシェがあげるのと同じ鳴き声だった。つぎの瞬間、モシェがいきなり跳躍して空中を飛んだ。ハンナはあわてて身がまえ、なんとか腕のなかに抱きとめた。

「ごめん」ノーマンは謝った。「彼がジャンプするまえに抱きあげるべきだった」

ハンナは笑った。「無理よ。この子がああいう鳴き方をしたらもう遅いの」猫を抱くには両腕が必要だったので、ハンナはまえかがみになって猫の頭に顔をこすりつけた。「ただいま、モシェ。寂しかったわ」

「にぃぃやあああ！」

「彼も寂しかったと言ってるよ」手を伸ばしてカドルズを抱きあげながらノーマンが通訳した。「カドルズもきみに会えてうれしがってるけど、この子はあまり口数が多くないんだ」

「こんばんは、カドルズ」ハンナはモシェといっしょにベッドの縁に座ってカドルズに話しかけた。モシェの耳のうしろのお気に入りの場所をかいてやりながら、手を伸ばしてノーマンの猫をなでた。「わたしがいないあいだモシェの面倒をよくみてくれたのね」

ハンナの褒めことばを理解したかのように、カドルズがのどを鳴らしはじめた。ひとりと二匹に見守られながら、ノーマンはウォークイン・クロゼットに行き、明かりをつけると、スーツケーススタンドを持って戻ってきた。

「これを使うといいよ、ハンナ」と言って、スタンドの上にスーツケースを置いた。「ぼくは書斎の暖炉に火を入れにいくから、きみはここにいてくれ。ゆっくりして、準備ができたら階下《した》に来て」

「でも……ここはあなたの部屋でしょ」ハンナはあらためて指摘した。「ゲストルームを準備してくれてたんだと思った」

「そうだよ。ぼくのためにね。今夜ぼくはゲストルームで寝る」

「自分の部屋を明けわたすことはないわ。わたしがゲストルームで寝る」

「いや、それはだめだ。ぼくが新しいマットレスを試すまでは。ぼくのベッドのマットレスが問題ないのはわかってるけど、ゲストルームの新しいマットレスのほうはよくわからなくてね。明日は長い一日になるはずだから、今夜はぐっすり眠ってもらわないと」

「殺人事件の調査をするから?」

「それも大きな理由ではあるけど、ほかにも時間をとられる作業がいくつかある」

「ほかの作業って?」

「ロニーとミシェルが、きみのアパートのベッドルームにあるものをすべて運び出すことになっている。引越し用の箱に詰めて、きみに必要だと思うものを選んでから、しばらくうちのガレージに入れておくんだ」

「でも、古いガレージを建て増ししてアパートにするつもりじゃなかったの?」

「うん、現在作業中だよ。ここは好きだけど、ひとりでいるにはちょっと寂しすぎてね。いちばん近いご近所さんでも何キロも離れているから」

ハンナはしばし考えた。たしかに田舎の大きな家にひとりで住んでいたら寂しいだろう。隣人に囲まれた分譲マンションに住んでいても、先月暴風雪に襲われて閉じこめられたときは寂しいと感じたのだから。

「たしかにそうね、ノーマン。あの古いガレージは玄関から少なくとも半ブロックは離れているし、それだけ離れていれば騒音に悩まされることもない。それに、あなたが計画しているのは各戸独立型のアパートだから、借り手があなたの生活のじゃまをすることもない」

「よくわかってるね！」ノーマンは彼女に微笑みかけた。「ところで、ここはちょっと寒いから、暖炉をつけてあげよう。通気口から暖気が部屋にはいってくるから、ベッドにはいるころには気持ちよくぽかぽかになっているよ」

ノーマンはリモコンを取って彼女にわたした。「使い方を覚えたほうがいい。暑くなったら温度を下げるかオフにすればいいからね」

「リモコンがあるのね！」ハンナはにっこりして言った。「リンの家にいたときに使ったわ」立ちあがって暖炉のところに行った。「ガラスの扉を開けるのよね」

「その必要はないんだ。耐火ガラスだから」

「ほんと？　リンの暖炉はガラス扉を開けてあったわよ」

「カリフォルニアだからね。ミネソタでは選択肢があって、ぼくは耐火ガラスを選んだんだ。カドルズがガスで燃える薪に興味を持っても安全なように」

「リモコンはどこに向ければいいの？」

「あのリスが見える？」ノーマンは暖炉の足元にある木の実を抱えたリスの置物を指さした。「あれに向けるといい」

ハンナはリモコンをリスに向けてオンのボタンを押した。リモコンがカチリというと、ボッとガスがつく音がして、薪が輝きはじめた。一、二秒後、薪のあいだに炎があがり、ハンナの顔に笑みが広がった。「すごく便利ね」

「だろう。ベッドサイドテーブルにリモコンを置いておくといい。夜のあいだに調節できるように」

リモコンを見ると、ボタンが三つついており、ひとつには〝入〟、ふたつ目は〝弱〟、三つ目には〝切〟と書かれていた。「弱にするとどうなるの？」

「やってみてごらん」

ハンナはリスに向けて弱のボタンを押した。たちまち炎が消え、ガスの薪は放射熱で輝いた。大きな薪が燃え尽きかけたときに発するような輝きは美しかった。

「問題ないかな？」ノーマンは立ちあがってドア口に向かいながらきいた。「書斎の暖炉に火を入れてくる」

「リモコンで？」

「いや、本物の薪と焚《た》きつけと長い木のマッチで。薪を燃やす暖炉がひとつはほしかったんだ」

「暴風雪のせいでガスが使えなくなったときのために？」

「そのとおり。家のなかにひとつはガスや電気がなくても暖かくなる部屋が必要だからね。素朴な家具と昔風のオーク材のドアのある書斎はログキャビン風だし」

巨大なフラットスクリーンテレビをのぞけばね、とハンナの理性の声がノーマンの揚げ足を取った。だが、ハンナはそれを指摘しなかった。その代わり、ノーマンに小さく手を振り、スーツケースのところに行って、パジャマとローブとスリッパを探した。

12

ハンナは笑顔で目覚めた。安全な場所で安心して眠り、充分に休養できた気がした。隣では猫たちがそれぞれ自分の羽毛枕の上で眠っており、モシェは小さくいびきをかいていた。

敷地沿いのマツの木立が見おろせる窓をちらりと見ると、おもてはまだ暗かった。細い月が空に低くかかり、まもなく夜が明けようとしていた。

静かにゆっくりと動いて、猫たちを起こさないようにベッドから出た。ノーマンのバスルームですばやくシャワーを浴び、ふわふわのタオルで体を拭いて、お気に入りのジーンズと暖かなフリースのプルオーバーを着た。そして、ベッドルームを出ると、足音をしのばせて階段をおり、目覚めてから十五分もしないうちにノーマンのキッチンで冷蔵庫の中身を吟味していた。

卵と生クリームがあった。これは使える。ペッパージャックチーズも一パックある。ニシンの瓶詰とリング状に湾曲したボローニャソーセージをのぞけば肉類はないが、隣のフリーザーには成形ずみの冷凍パイ生地があった。頭のなかで見つけた材料のリストを作る。卵、生クリーム、チーズ、タマネギ、パイ生地。これで朝食に作れるものといえば……

「キッシュ！」ハンナは声をあげた。パントリーにも材料リストに加えられるものがあるかもしれない。

ノーマンのパントリーは常備品でいっぱいだった。明かりをつけた瞬間、小麦粉や砂糖、棚にぎっしり並んだ瓶詰や缶詰が目にはいった。果物、ジャム、オリーブ、ピクルス、マッシュルーム、サーディンのまえを通りすぎ、コンビーフハッシュ（刻んだコンビーフとジャガイモを炒めた料理）の缶に手を伸ばした。食べでのある朝食用キッシュの具にぴったりだ。

明かりを消し、パントリーから出てドアを閉めた。戸棚の扉を開けてボウルを見つけ、つぎに道具類を探す。少し時間がかかったが、おろし器と泡立て器、計量カップが見つかった。キッシュ用の皿は見つからなかったが、冷凍のパイ生地は深皿型で使い捨てのブリキ容器にはいっているので、必要ないだろう。

ハンナはちょっぴり興奮しながらノーマンのオーブンをつけ、油受け皿の上に冷凍パイ生地を置いた。コンビーフ・ペッパージャック・キッシュを作るのは初めてだ。もしおいしくできてふたりとも気に入ったら、レシピを書き残して、膨大な朝食レシピのファイルに加えよう。

パイ生地はすぐに解凍できた。ハンナはパイ生地の底と側面にフォークで穴をあけ、焼いたときにふくらまないようにした。その作業がもうすぐ終わるというころ、オーブンが鳴って、予熱が完了したことを知らせた。一、二分待って、オーブンの扉を開け閉めするとき温度が下がりすぎないように注意しながら、パイ生地をオーブンに入れた。

冷蔵庫の上にピッチャーがあったので、シンクでざっと洗い、卵と生クリームの混合液を移した。それを冷蔵庫に入れてから、パイ生地をオーブンから取り出し、チーズを入れてもとけない程度まで冷ましてから、キッシュの具を入れはじめた。

まずパイ生地の底におろしたチーズを入れる。そして、卵と生クリームを混ぜるのに使ったボウルにコンビーフハッシュをスプーンで入れ、ホットソースをふた振り。そこに刻んだタマネギを散らし、塩、黒コショウ、ナツメグを加える。よくかき混ぜたボウルの中身をパイ生地のチーズの上に入れ、ピッチャーの卵と生クリーム液をパイ生地の半分まで注ぐ。パイ生地をオーブンに入れてから残りの混合液を注げば、キッシュは一時間もしないうちに出来あがる。

おいしそうな香りに気づいて振り向くと、コーヒーメーカーが作動していた。ノーマンが寝るまえにタイマーをセットしておいたのだとわかり、ハンナの顔に笑みが広がった。そのとき、自分が朝起きてすぐにキッシュを作りはじめていたことにも気づいた。目覚めのコーヒー二杯を飲むこともせずに！

「たいへん」ハンナは声に出して言った。「何も入れ忘れてないといいけど！」

「入れ忘れって？」

振り向くとノーマンがドア口にいた。ハンナは笑った。「朝食にキッシュを作ったの。コーヒーを飲むまえに作りはじめたから、大惨事になりかねなかったと思って」

今度はノーマンが笑う番だった。「卵は割った？」彼はきいた。

「もちろん」ハンナはすぐに答えたが、キッチンのゴミ箱を見て、卵の殻がはいっていることを確認した。卵の殻がのぞいていたので、にっこりしたいところだったが、どんなにほっとしているかノーマンに気づかれたくないので、表情を変えるまいとした。

「コーヒーを持ってくるよ」ノーマンはそう言うと、戸棚に行ってマグをふたつ取り出した。コーヒーメーカーからサーバーをはずしてマグにコーヒーを注ぎ、戻ってきてハンナにひとつわたした。「きみが必要としているものだよ、ハンナ。ここに立ったまま眠りこんではほしくないからね。大学時代、試験勉強中にそうやって寝ていた友だちがいたよ」

「立ったまま勉強していたの？」

「起きているためにはそうするしかないと言ってね。座ったら心地よすぎて眠ってしまうからと、部屋のまんなかで立っていたんだ」

「それでも眠りこんじゃったのね？」

「そうなんだ。ぼくが駆け寄って支えなかったら、床に倒れていたと思う」ノーマンはハンナのマグがからなのに気づいて驚いたようだった。「おやおや！　あれだけのコーヒーをもう飲んじゃったのかい？」

ハンナは自分のマグを見おろした。「そうみたい。全然残ってないわ。マグの底にあるのは〈ローズ・デンタル・クリニック〉の刻印だけよ」

「お代わりを持ってこよう。そのあとで追加のコーヒーをセットするよ。〈クッキー・ジャー〉に行くまで時間はたっぷりあるから」

「今、何時？　ベッドのそばの時計を見もしなかったわ」

「それはよかった！　シアトルの患者のなかに、睡眠の研究実験に参加した人がいてね」

「ひと晩じゅういろんなモニターにつながれるやつ？」

「そうそう。ベッドのそばに目覚まし時計を置いているかと技術者のひとりが彼女に尋ねた。置いていると答えると、アラームの音は聞こえるけれど見えない場所に置くように言われた」

ハンナは興味を覚えた。「どんなちがいがあるの？」

「起きるとき時計を見てあとどれくらい寝られるか確認する習慣がある人は、時間を確認できない人よりもたびたび起きてしまうらしい」

「興味深いわ」ハンナはそう言って、自分も目覚まし時計を移動させるべきだろうかと考えた。そんなことを考えていると、ノーマンがコーヒーのお代わりを注いでくれたので、時計の位置は今のままでいいと判断した。寝るときはいつもとても疲れているので、何かが起こらないかぎり夜中に目が覚めることはない。それに、なんであれ起こったことに対処したあとは、ベッドに戻ってすぐにまた眠ることができた。

ノーマンはハンナのまえのマグにコーヒーを満たすと、オーブンのタイマーを確認しにいった。「あと五分でできるよ。食べられるようになるまで、どれくらい冷ます必要があるのかな？」

「十五分よ。固まっていないと切り分けられないから」

「わかった」彼は笑顔になった。「つまり、二十分以内にマイクがここに来るということだね」

ハンナは驚いた。「マイクを朝食に呼んだの？」

「呼んでないけど、テーブルに食べ物がのると、彼はいつも現れるから」

ハンナは笑った。たしかにそうだった。マイクは食べ物が出てくるといつでもわかるようなのだ。「それならお皿は三枚用意したほうがいいわね」

「ぼくがやるよ」ノーマンは戸棚に歩み寄って皿を三枚取り出した。「冷蔵庫にオレンジジュースがあるはずだ」

「あったわよ」

ノーマンはにやりとした。「ぼくの冷蔵庫のなかを調べたな」

「ええ、朝食の材料を探してて」

「パントリーは？」

「見たわ。コンビーフハッシュの缶詰はそこで見つけたの」

「戸棚は？」

ハンナはため息をついた。「ええ、もちろん見せてもらった。ボウルと油受け皿と道具類を探すためにね。そうしないと朝食が作れなかったし……」そこでハンナはふと思った。ノーマンに嗅ぎまわり屋だと思われたかしら？　理性的な心が疑問を呈した。

「どうしたの？」話すのをやめたハンナにノーマンが尋ねた。

「わたしのこと、嗅ぎまわり屋だと思う？　勝手に朝食の材料を探したりして」

「そんなこと思わないよ」ノーマンはテーブル越しに彼女の手をにぎって言った。「それに、気にもしていない。からかっただけだよ、ハンナ。朝食を作ってもらえて感謝しているんだから」

ハンナがほっとして息を吐いたとき、オーブンのタイマーが鳴った。「できたみたい」と言って立ちあがり、鍋つかみを手にオーブンのまえに急いだ。扉を開けてなかをのぞきこむと、ノーマンを振り返った。「テーブルナイフを持ってきてもらえる？」

「いいとも」ノーマンはカウンターの引き出しからテーブルナイフを取り出し、ハンナに手わたした。そしてハンナがオーブンラックを引き出して、まんなかへんにナイフを刺すのを見守った。ナイフが引き抜かれると、彼はきいた。「できてる？」

「ええ」ハンナはきれいなナイフの刃を見せた。

「刺したナイフに卵液がついていたら、あと五分待たないといけないところだったけど」

「ケーキが焼けているか調べるのと同じだね」

「そのとおり」ハンナはオーブンからキッシュを取り出し、火のついていないこんろの上に置いた。「マイクのことは見当ちがいだったみたいね。あと十五分で食べられるのに、ここにいない――」そのとき玄関ベルが鳴り、ハンナは笑った。「きっとマイクだわ。やっぱりあなたの言ったとおりだったわね、ノーマン」

ハンナは急いでキッチンテーブルの上に皿や銀器を準備し、マイクとノーマンがキッチンにはいってくるころには、オレンジジュースとコーヒーを注いでいた。

「このおいしそうなにおいは何かな？」マイクがきいた。

「朝食よ」ハンナはこんろの上で冷ましているキッシュを示した。

「それはパイ？」マイクはきいた。

「パイに似てるけど、キッシュと呼ばれているものよ。これはコンビーフ・ペッパージャック・キッシュ」

マイクは驚いたようだった。「そんなの今まで食べたことがないよ！　おいしいのかい、ノーマン？」

ノーマンは肩をすくめた。「わからないな。ぼくもこれまで作ってもらったことはないから。でも絶対においしいと思うよ！」

マイクはハンナを見た。「じゃあもし……」一瞬口ごもったあと、恥ずかしそうにつづけた。「質問を撤回するよ、ハンナ。きみの作るものはなんでもおいしいんだった。これもそうに決まってるよね？」

「ありがとう」ハンナは賛辞を受け入れた。「あなたもわたしたちと朝食をいかが？」

マイクはキッチンテーブルを見まわした。「皿もそのほかのものも三人ぶんある。だれか来る予定だったの？」

ノーマンは首を振った。「きみだけだよ、マイク」

「でも、来るとは伝えていなかったのに」

ええ、そうね。でも、わたしが食事を出そうとすると、いつもあなたが現れることはわかってるのよ。心がそう答えろとせかしたが、ハンナはがまんした。これについてはさんざんマイクをからかってきたのだ。代わりに、にっこりして言った。「ノーマンもわたしも、あなたが来てキッシュを試食してくれないかと思っていたのよ」

「それならよかった」マイクはハンナの答えを聞いてうれしそうだった。にこにこしながら椅子を引き、ノーマンの隣に座った。

「あと五分で食べられるわよ。キッシュは冷ましてから切り分けないといけないの。冷めるまでオレンジジュースとコーヒーを飲んでいましょう」

「いいとも」マイクは答えた。「きみも座らないか、ハンナ？　伝えたい情報があるんだ」

ハンナはノーマンの向かい側に座った。「なあに、マイク？」

「ダーシーの車がまだ修理工場にあるか知りたくて、昨夜シリルの自宅に電話した。まだあるということだった」

「どこが故障していたって？」ノーマンがきいた。

「シリルは知らなかったが、今朝修理工に確認すると約束してくれたよ」

「わかったら電話で伝えてもらうの？」ハンナはマイクにきいた。

マイクは首を振った。「ぼくには電話しないようにと言っておいた。ダーシーの事件の捜査からはずされたから、ぼくに流すどんな情報も証拠に採用されることはない、とも説明しておいた」

「よかった！」ハンナは心からほっとした。「修理工場が開いたらすぐに電話して、わたしが行くとシリルに伝えたほうがいいわね」

マイクは微笑んだ。

「もう伝えたよ。自分で車を調べて、どこが故障しているかわかったら、〈クッキー・ジャー〉に電話して、きみに直接伝えてほしいとね。あの車はほかの人間には触れさせないとシリルは約束してくれた」

「そうか」ノーマンが言った。「シリル以外にはさわらせたくないんだね。犯人はダーシーの車を故意に故障させて、問題の夜に彼女が家にいるように仕向けたのかもしれないから、あまり指紋をつけさせたくないんだろう？」

「そのとおりだよ、ノーマン！　車に関しては万全の準備をしたいんだ。ただ古くて故障しただけで、ダーシーが殺された夜にたまたま修理工場にあっただけかもしれないけどね。車は殺人事件とはまったく無関係かもしれない」

「でも、犯人の手がかりになるかもしれない」ハンナはすかさず言った。「あらゆることが事件と関わっている可能性がある」

「そうだ」とマイク。「そういつもとちがうことは、すべてダーシー殺しの犯人につながる手がかりかもしれないと考えなければならない」彼はカップを掲げてコーヒーを飲み干し、椅子に背を預けた。「キッシュは切り分けられるぐらい冷めたかな？」

ハンナはノーマンのキッチンの時計を見た。「見てくるわ」

「ありがとう、ハンナ。今朝はすごく腹がへっていたから、シリアルを大きなボウルに一杯食べたけど、まるで足りなかった。〈コーナー・タヴァーン〉に寄ってコーヒーといっしょにフロスティングがかかったシナモンロールをひとつ食べてもまだ収まらない。ぼくの腹は鳴りっぱなしだ」

ハンナはにやにやしながらマイクのカップにコーヒーのお代わりを注ぎ、キッシュを確認しにいった。〈コーナー・タヴァーン〉のシナモンロールは小ぶりのディナー皿ほどもあり、マイクはひとつ食べたと言ったが、おそらくテイクアウトでもひとつ注文し、ノーマンの家に向かう車のなかで食べたのだろう。恐ろしいほどの代謝力だ。いつでも好きなときに大量の食べ物を消化できて、一グラムも体重が増えないのだから。

「もう切り分けられそうかい、ハンナ？」マイクが尋ねた。

「ええ」両手で型の側面に触れながらハンナは答えた。「もういいみたい」

マイクはにっこりして、ほっとしたようにため息をついた。「よかった、ここに来るあいだ腹がへって死にそうだったんだ！」

④ パイ生地を175度のオーブンで5分焼く。
キッシュのフィリングを入れてからもう一度焼くので、
きつね色にならなくても大丈夫。

⑤ パイ生地をオーブンから取り出し、
ワイヤーラックか使っていないこんろの上に置く。
ふくらんでしまった箇所があれば、すぐにフォークを刺して
蒸気を逃がす。フィリングを作るあいだ冷ましておく。

キッシュのフィリング

材料

卵……5個

生クリーム……1 1/2カップ

おろしたペッパージャックチーズ……142グラム
（約2カップ。おろしてから量る）

コンビーフハッシュ……1缶
（425グラム。わたしは〈ホーメル〉のメアリー・キッチンのハッシュを使用）

タマネギのみじん切り……1/4カップ（刻んでから量る）

ホットソース……少々（わたしは〈スラップ・ヤ・ママ〉のものを使用）

塩……小さじ1/4

挽《ひ》きたての黒コショウ……小さじ1/4

おろしたてのナツメグ……小さじ1/4

コンビーフ・ペッパージャック・キッシュ

●オーブンを175℃に温めておく

キッシュの土台
お好みのレシピでパイ生地を作り、直径25センチの深型パイ皿に敷く。
または食料雑貨店で成形ずみの冷凍パイ生地を買う
（市販のパイ生地を使う場合、直径23〜25センチの深型のものを買う）。

ハンナのメモその1：
成形ずみの冷凍パイ生地はとてもおいしいし、時間の節約になる。
たいてい1パック2個入りなので、わたしはもしものときのために
いつも自宅の冷蔵庫に2パックほど入れている。
市販のものを使うのが恥ずかしいという人は、
凍っているうちに外側のホイルをはずし、
同じ大きさのパイ皿に移して使うとよい。

作り方

① 卵1個を割って黄身と白身に分ける。
白身はふたのある容器に入れて冷蔵庫で保存し、
朝食のスクランブルエッグに加える。

② 黄身をフォークでといてパイ生地の内側に塗る。

③ パイ生地の内側全体にフォークで穴をあけ、
焼いたときにふくらまないようにする。

泡立て器か料理用スプーンでよくかき混ぜ、
フィリングが半分浸るまでパイ生地に注ぐ。

⑨ オーブンの扉を開けてラックを引き出し、
パイ皿をのせた油受け皿を置く。
残りの卵液を縁から5ミリのところまで注ぐ。
慎重にラックを戻してオーブンの扉を閉じる。

⑩ 175度で60分、または表面がきつね色になり、
まんなかにテーブルナイフを刺したとき
何もついてこなくなるまで焼く。

⑪ 焼きあがったらオーブンから取り出し、
油受け皿ごと使っていないこんろかワイヤーラックに置く。
15〜30分冷ましてから、パイのように切り分けて食卓に出す。

温かいままでも、室温でもおいしいキッシュ。
家族がベーコン好きなら、
ベーコンビッツを散らして焼けば、さらに味わい深くなる。
おそらく残らないだろうが、もしキッシュが残ったら、
覆いをかけて冷蔵庫で保存する。

ハンナのメモその2:
ペッパージャックチーズが好きでなければ、モントレージャックや
おろしてあるイタリアンチーズやメキシカンチーズでもよい。
チェダーでもおいしくできる。
その場合、黒コショウを追加すること。

ハンナのメモその3:
コンビーフにナツメグは意外かもしれないが、
キッシュにほのかな甘みが出る。

作り方

① ボウルに卵と生クリームを入れ、泡立て器で混ぜる
(またはミキサーの中速で混ぜる)。

② 完全に混ざったらピッチャーに移して冷蔵庫に入れておく。

③ 冷めたパイ生地の底におろしたチーズを散らす。

④ コンビーフハッシュの缶を開け、チーズの上に広げる。

⑤ タマネギのみじん切りを散らし、家族のお好みの量の
ホットソースをたらす。

⑥ 塩、黒コショウ、ナツメグを順に振る。

⑦ 油受け皿の上にパイ皿を置く。

ハンナのメモその4:
わたしはロールケーキ用の浅い焼き型にアルミホイルを敷いて
油受け皿にしている。オーブンシートを敷いてもよい。
汁がこぼれてもホイルやシートを敷いておけば
油受け皿を洗うのが簡単。

⑧ 冷蔵庫から卵と生クリームのピッチャーを出して、

13

　ハンナが最新作のバタースコッチ・プレッツェル・クッキーを皿に盛り終えたとき、アンドリアが〈クッキー・ジャー〉の裏口ドアからはいってきた。

「ハイ、姉さん」アンドリアはドアの横のラックに黒いウールのコートとシルクのスカーフを掛けた。「すごくおいしそうなクッキーね！」

「おいしいわよ。冷めたのをすぐにひとつ食べてみたの。今朝はお客さんに家を見せるんでしょ」

　アンドリアは、マジシャンが帽子からウサギを出したときの観客のような顔でハンナを見た。「どうしてわかったの⁉」

「黒のドレスコートとシルクのスカーフで来たから。見こみのあるお客さんに家を見せるときはいつもその服装よね」

　アンドリアは笑った。「そうなの！　初めて会う人でも見つけてもらいやすいようにね」

「なるほど」ハンナはアンドリアにコーヒーを出そうと、厨房のコーヒーポットのところに行った。「いつものでいい?」

「ええ、お願い。でも、お砂糖はふたつじゃなくてひとつで。このワンピースがちょっときつくなってきたの。一キロぐらい太ったみたい」

「ほんとに? 太ったようには見えないけど」

「そう言ってくれるのはうれしいけど、気をつけたほうがよさそう。毎朝ここに来るとなると、あっという間に太っちゃうから。姉さんと母さんがいなかったあいだも来てたし」

ハンナは驚いた。アンドリアが毎日店に来ることはないからだ。「ミシェルに会いにきてたってこと?」

「うん、ミシェルとコーヒーを飲みにね。リサやナンシーおばさんとも。姉さんがいないあいだ寂しかった」

ハンナはいぶかった。「でも、わたしがいるときは、そんなにしょっちゅう来てないじゃない」

「そうだけど、それは姉さんがここにいるとわかっているからよ。それがわかっていれば、来る必要はないの。わかるでしょ?」

「なんとなく」ハンナは言った。頭を打ったか何かして混乱しているんじゃないの、と言うのはやめておいた。「それはそうと、クッキーを食べて感想を聞かせて」

「オーケー」アンドリアはクッキーに手を伸ばした。ひと口食べて満足の声をあげ、もうひと口で食べ終えた。「おいしい。甘じょっぱさがいいわね」

「わたしもそう思う。これはリサのアイディアなの。チョコチップを使ったのはこれまでも作ってたんだけど、バタースコッチチップを使ったことはなかったと思って」

「同じくらいか、それよりもっとおいしいくらい」アンドリアはそう言って、もうひとつクッキーを取った。

ハンナは思わず微笑んでいた。アンドリアはコーヒーに入れる砂糖を減らしたくせに、ふたつ目のクッキーに手を伸ばしている。そのことを妹に指摘しそうになったが、言わずにおくことにした。たぶんアンドリアはクライアントによろこんでもらいたくて緊張しているのだろう。「クライアントのことを教えて」代わりにそう言った。

「とてもいい人よ。若い。既婚。ほしいものがよくわかってる。いくらまでなら払うという上限もはっきりしてる。今まで十カ所の物件を見せてきたけど、これならよろこんで頭金を払うという条件は絶対に変えないの」

「たいていのクライアントは考え直してくれるんでしょ?」

「ええ、ある程度はね。いつもは交渉しだいで多少歩み寄ってもらえるんだけど、ロジャーはとにかくがんこで」

「大丈夫」ハンナは急いで言った。アンドリアが最新の顧客にストレスを感じているのはわかっていた。「きっと完璧な家が見つかるわよ。あんたはいつもそうだもの」

アンドリアはにっこりした。「ありがとう。何を言えばわたしの気分がよくなるか、姉さんはいつもわかってるのね」

ハンナは手を伸ばしてアンドリアの肩をぽんとたたいた。「あんたのクライアントはほんとにこだわり屋《バースニケティ》なのね」

アンドリアは小さく笑った。「エルサひいおばあちゃんが亡くなってから、そのことばを使う人に会ったことがないわ。でもその言い方、好きよ。あのクライアントにぴったりだもの。要求が多くて希望を曲げないの」

「どんな希望？」

「ベッドルームが三つか四つ、家とつながったガレージ、大木を含む植物に囲まれていること、円形のドライブウェイ、近くに隣人がいないこと」

「田舎に住みたがっているみたいね」

「でも田舎すぎてもだめなの。街から二キロ以内でないと」

「そんな家があるの？」

「二軒ある。両方見せたけど気に入ってもらえなかった。ひとつは家から五十メートルほどのところに古い納屋があるの。納屋つきの家はいやだと言われて、何年も使われていないと説明したのよ。古い納屋の木材はアンティークディーラーに高く売れるから、木材をほしがっている人にたのめば、コストをかけずに壊すこともできるって」

「彼はなんて?」

「そんなことまでしたくはないって。ほんとに厄介な人なのよ、姉さん。一ミリも意見を変えようとしないの。普通なら値段を交渉したり、オプションをつけるよう要求するものだけど、そんな気はまったくないみたい。完璧なものを求めていて、それを見つけてほしいと要求するばかりなの」

アンドリアがまたいらだちをつのらせはじめたので、ハンナは話題を変えることにした。

「ところで、あんたがレーズン嫌いで残念だわ。ナンシーおばさんがレシピを考案したシナモン・アンド・レーズン・スナップ・クッキーが大人気で、今いちばん売れてるのよ」

「ひとつ食べてみたいわ」アンドリアが言った。

「でも、普通のレーズンを使ってるのよ、ゴールデンレーズンじゃなくて。普通のレーズンは嫌いだって言ってたじゃない」

アンドリアは首を振った。「今はちがうわよ。好きじゃなかった理由がわかったら大丈夫になったの」

ハンナは不思議そうに妹を見た。「へえ。どうして普通のレーズンが嫌いだったの?」

「母さんはよくレーズンブレッドを買ってて、姉さんに朝食を作ってもらえないときは、トーストしたレーズンブレッドを食べさせられてたの。いつも焼きすぎるからレーズンが焦げて苦かった。わたしは苦いものが嫌いでしょ。だから嫌いなのはレーズンじゃなくて、

ンははいっていないと保証するわ」

「なるほどね。うちのシナモン・アンド・レーズン・スナップ・クッキーに焦げたレーズンははいっていないと保証するわ」

「それならぜひ食べてみたい。姉さんは母さんとちがって、何も焦がさないもの」

ハンナはくすくす笑いながら、これまた新作のクッキーを取りにいった。ハンナが初めてパンケーキを作ったとき、レシピを読みまちがえたことをアンドリアは知らない。アンドリアがプレスクールで、ミシェルがまだ生まれていなかったころ、ドロレスがエステートセールに出かけて、ハンナはひとりで留守番していたことがあった。ひとりきりで退屈だったので、母の料理本のページをめくっているうちに、何か作ろうと思い立った。オーブンの使い方はわからなかったので、パンケーキにトライすることにした。

パンケーキ生地を作り、フライパンにバターを入れ、こんろの火にかけた。レシピによると、水滴が躍るほどフライパンが熱くなったら生地を流していいらしい。ハンナはフライパンが充分熱くなるまで待ってから流し入れた……生地の全量を。レシピのいちばん下の、分量について書かれていた部分を読んでいなかったのだ。もし読んでいたら、作った生地はパンケーキ八枚ぶんだとわかっただろう。

事態はほんの数分で悪化した。表面に気泡が出てきたら、巨大なパンケーキをひっくり返すべきなのはわかっていた。だから待った。フライパンから煙が上がりはじめても待った。レシピを忠実に守っているのだから、これは普通のことなのだと思った。煙を追い出すためにキッチンの窓を開け、パンケーキの表面に泡が現れるのを待ちつづけた。

庭で花の手入れをしていたお隣さんが、煙を見て急いでやってきてキッチンのドアをノックした。そして、こんろの上でフライパンが焦げているのを見て、使っていない冷たいこんろの上に移し、火を止めてハンナのまちがいを指摘した。フライパンを洗って、家の空気を入れ替えるのも手伝ってくれた。そしてもっと重要なことに、ハンナが料理で大失敗したことをだれにも言わないと約束してくれた。

「クライアントが住んでいるのはどこなの？」シナモン・アンド・レーズン・スナップ・クッキーを何枚かアンドリアに出してやりながら、ハンナは尋ねた。

「セントポールよ。都会を離れたがってるの」

「そこで働いてるの？」

「そう。都市設計家なの。でも、もうやめたいんですって」

アンドリアはクッキーをひと口かじってにっこりした。「うん、おいしい」

裏口でノックの音がして、ハンナは迎えに出た。マイクとノーマンが立っているのを見てなかに入れる。「コーヒーでいい？」ふたりがステンレスの作業台のまえのスツールに落ちつくと、彼女はきいた。

「ああ」マイクはハンナに微笑みかけ、その笑みをアンドリアに向けた。「やあ、アンドリア。トレイシーを学校に送っていかなくていいの？」

「今朝はグランマ・マッキャンにお願いしたの」アンドリアは答えた。「〈キディ・コーナー〉でベシーを降ろしてから、トレイシーを学校まで送ってもらうように」

「ベシーはもうプレスクールに行ってるの？」ノーマンが驚いた顔できいた。

「ええ、週に二日だけね。ベシーがケヴィンと仲よしだから、ちょっと早いけどジャニス・コックスが受け入れてくれたの」

「フィル・プロトニクのところのケヴィン？」マイクが尋ねる。

「そう。フィルの奥さんのスーが今だけ〈キディ・コーナー〉で働いてるの。スーはケヴィンを連れてくる許可をもらっているんだけど、ベシーも特別に来ていいとジャニスが言ってくれたのよ」

「はい、コーヒー」ハンナはそう言って、マイクとノーマンのまえに熱いコーヒーがはいったマグを置いた。

「ありがとう」ノーマンが言った。

「ああ、ありがとう、ハンナ」マイクも言った。

「朝食のときに伝えてくれたニュースをアンドリアに話してあげて」ハンナはマイクに言った。「わたしはもう聞いたから、お皿にクッキーを盛ってくるわ」

アンドリアはほっとしてからっぽの皿を見おろした。「わたし、クッキーを全部食べちやったの？」

「お皿にあったのはほんの少しよ」ハンナは妹の顔からぞっとした表情を消してやりたくて言った。実際は少なくとも六枚のバタースコッチ・プレッツェル・クッキーが皿にあったのだが。

アンドリアは安堵《あんど》のため息をついた。「ああよかった！」

マイクがダーシーの車のことや、シリルがほかの修理工には触れさせずに自分で調べると約束したことをアンドリアに話しているあいだに、ハンナはクッキーを皿に追加して、みんなのまえに置いた。「あとでシリルに電話して、ダーシーの車のことをきいてみる」

「クライアントの相手が終わったら、わたしが車で向かうわ」アンドリアが申し出た。

「それはだめだ。きみの夫はこの事件の主任捜査官なんだから、きみは積極的に関わるべきじゃない。法廷まで行くことになったら、印象が悪くなる」マイクが言った。

アンドリアはため息をついた。「ええ、あなたの言うとおりね。それなら、ロジャーに家を見せたらすぐここに戻ってきて、見えないウェイトレスの役を務めるわ。だって、すごくおもしろそうなんだもの！　わたしがコーヒーショップに潜入したスパイだなんてだれも思わないでしょ！」

バタースコッチ・プレッツェル・クッキー

- オーブンを175℃に温めておく

材料

やわらかくした有塩バター……225グラム

グラニュー糖……2カップ

モラセス……大さじ3

バニラエキストラクト……小さじ2

ベーキングソーダ（重曹）……小さじ1

とき卵……2個分（グラスに入れてフォークで混ぜる）

塩味のスティック状プレッツェル……2カップ
（砕いてから量る。わたしは〈ロールド・ゴールド〉を使用したが、〈スナイダーズ〉でもよい）

中力粉……2 1/2カップ（きっちり詰めて量る）

バタースコッチチップ……1 1/2カップ（わたしは〈ネスレ〉のものを使用）

ハンナのメモその1：
スティック状のプレッツェルがないときは、
ミニサイズのプレッツェルでもよい。
かならず“塩味”であることを確認すること。
減塩や無塩のものだとクッキーが正しくできない。

ハンナのメモその3：
〈クッキー・ジャー〉では
容量小さじ2のクッキースクープを使った。
スプーンを使うより速い。

⑨ 175度のオーブンで10〜12分、
またはきれいに焼き色がつくまで焼く。

⑩ オーブンから出して天板のまま2分おき、
ワイヤーラックに移して完全に冷ます。

みんな大好きなねっとりした
甘じょっぱいクッキー、
約5ダース分。

ハンナのメモその2：
この生地はとても硬くなるのでミキサーを使ったほうがいい。
さもないとよくパンのように手でこねることになる。

作り方

① スタンドミキサーのボウルに有塩バターとグラニュー糖とモラセスを入れ、白っぽくなってふんわりするまで低速で混ぜる。

② バニラエキストラクト、ベーキングソーダを加えて混ぜる。

③ とき卵を加えてよくかき混ぜる。

④ プレッツェルをジッパーつきのビニール袋に入れ、しっかりジッパーを閉じてプレッツェルを砕く（かけらがカウンターに飛び散らないように）。平らな場所に置き、いちばん大きいかけらが5ミリ程度になるまで麺棒で砕くとよい。

⑤ 砕いたプレッツェルを2カップ量り、③のボウルに混ぜこむ。

⑥ 中力粉を1カップずつ2回混ぜ入れ、最後に1/2カップを加えて混ぜる。

⑦ ボウルをミキサーからはずし、バタースコッチチップを混ぜこむ。

⑧ スプーンで丸くすくった生地を、油を塗った（または〈パム〉などのノンスティックオイルをスプレーした）天板に充分間隔をあけて落とす。オーブンペーパーを敷いてもよい。

ハンナのメモ:
子どもたち用に作る場合やラム酒を使いたくないときは、
ラム酒の代わりに水を使い、
風味づけにバニラエキストラクト小さじ1を加える。

作り方

① 2カップはいる耐熱ボウルにレーズンを入れ、
その上からラム酒を注ぐ。
電子レンジ(強)で2分加熱する。
そのまま1分おき、取り出して鍋つかみかタオルの上に置く。
生地を作っているあいだアルミホイルでふたをして
冷めないようにし、レーズンを蒸らしてふっくらさせる。

② 別の耐熱ボウルに有塩バターを入れ、
電子レンジ(強)で2分加熱する。
そのまま1分おいてから取り出し、
別の鍋つかみかタオルの上に置く。

③ ②のボウルにブラウンシュガーとグラニュー糖を加え、
室温まで冷めたらとき卵を混ぜ入れる。

④ バニラエキストラクト、シナモンパウダー、ベーキングソーダ、
クリームオブタータ、塩を加えてよくかき混ぜる。

⑤ 中力粉を少量ずつ加え、その都度よくかき混ぜる。

⑥ 生地を手でクルミ大のボール状に丸める
(べたべたする場合は1時間冷やしてから丸める)。

⑦ 小さめのボウルに仕上げ用のグラニュー糖、シナモンパウダー、
ナツメグを入れる。

シナモン・アンド・レーズン・スナップ・クッキー

●オーブンを175℃に温めておく

材料

レーズン……1カップ

ラム酒……1/4カップ（わたしは〈バカルディ〉を使用）

とかした有塩バター……450グラム

ブラウンシュガー……2カップ（きっちり詰めて量る）

グラニュー糖……1カップ

とき卵……大2個分（グラスに入れてフォークで混ぜる）

バニラエキストラクト……小さじ2

シナモンパウダー……小さじ2

ベーキングソーダ（重曹）……小さじ1

クリームオブタータ……小さじ1

塩……小さじ1

中力粉……4 1/4カップ（きっちり詰めて量る）

仕上げ用のグラニュー糖……1/4カップ

同じくシナモンパウダー……小さじ1

同じくおろしたてのナツメグ……小さじ1/8

⑧ ボウルのなかで生地を転がし、油を塗った天板に
充分間隔をあけて並べ、油を塗ったスパチュラで
生地を軽くつぶす。

⑨ 175度のオーブンで10～15分、またはまわりが
きつね色に色づくまで焼く。天板のまま2分冷ましたあと、
ワイヤーラックに移して完全に冷ます。

クッキーの大きさにもよるが、
約8ダース分。

14

ハンナはジョージア・ピーチケーキの天板をオーブンから取り出し、業務用ラックの棚に置いた。キャスターをすべらせてラックを壁際の定位置に戻したとき、裏口をノックする音がした。礼儀正しく入室の許可を求めるノックで、すぐにだれだかわかった。走り寄ってドアを開け、そこにだれが立っているのか見もしないで言った。「いらっしゃい、ノーマン」

「やあ、ハンナ。きみの車を移動させてここの駐車スペースに入れておいたよ」

「ありがとう、ノーマン！　エンジンをかけるのにブースターコードが必要だったんじゃない？」

ノーマンは首を振った。「いや、すぐにかかったよ。このあたりを一周して、バッテリーが充電されているかどうか確認しようか？」

「時間があればそうしてもらえるとうれしいけど、まずはいってコーヒーを飲んで。外は寒かったでしょう」

「きみがカリフォルニアに行ってしまったときほどではないよ。気温に関して言えばね。きみがいなくて寂しかった思いは今も変わらないけど」

ハンナは微笑んだ。「寂しいと思ってくれてうれしい。わたしもあなたがいなくて寂しかった。何か言いたくなって振り向くと、あなたがいなくてがっかりすることがよくあった」

「ぼくに何を言いたかったの？」なかにはいって防寒コートを脱ぎ、裏口のそばのフックに掛けながらノーマンは尋ねた。

「〝見てよあのゴージャスなプール〟とか、〝この家が三百万ドル以上するなんて信じられる？〟みたいなこと。びっくりしたり、感心したり、美しいものを見ても、分かち合う人がそばにいないと、すごく寂しく感じるでしょう」

「たしかにそうだね」ノーマンは作業台に歩み寄り、お気に入りのスツールに座った。

「このいいにおいは何かな、ハンナ？」

「ジョージア・ピーチケーキよ。ひと切れあげたいけど、焼きたてでまだ熱すぎるから」

ふたりぶんのコーヒーを用意しているとき電話が鳴ったが、ハンナはあわてて出ようとはしなかった。リサとマージとナンシーおばさんがコーヒーショップにいるので、だれかが出てくれるだろうと思ったのだ。

「はい、コーヒーをどうぞ」ハンナはノーマンのまえにマグを置いた。そして、ステンレスの作業台に自分のマグを置いて、向かいに座った。「クッキーを食べる?」

「うん。何があるの?」

「オールド・ファッションド・シュガークッキー、モラセス・クラックル、ミンティ・ドリーム、シナモン・アンド・レーズン・スナップ・クッキー」

「みんなおいしそうだけど、そんなにたくさんは食べられないよ。きみにまかせる」

ハンナは業務用ラックから、全種類のクッキーをひとつずつ皿に取って作業台に戻り、ノーマンのまえに皿を置いた。

ノーマンは笑った。「ひとつずつ全種類か。予想できたはずだね。母親は子供をひとりだけ選んだりしない。お菓子職人もクッキーをひとつだけ選んだりしない」

「そのとおり」

コーヒーショップと厨房を隔てるスイングドアが開いて、ナンシーおばさんが顔を出した。「あなたに電話よ、ハンナ。修理工場のシリル・マーフィーから。折り返すと伝える?」

「いいえ、出ます。ありがとう。お店のほうは忙しい?」

「大忙しよ」ナンシーおばさんは言った。「みんなリサに話はしないのかときいてる。どう答えればいいかしら」

「こう答えるようにリサに伝えてください。まだわからないけど、検討中だって。そして、今日の午後までにはお知らせするって」

「わかった」ナンシーおばさんはうなずき、急いでコーヒーショップに戻った。

「ちょっと失礼するわね」ハンナはノーマンに断って立ちあがり、壁の電話に向かった。

「ハイ、シリル」フックから受話器をはずして言った。「もう車は調べてくれた?」

「ちょうど終えたところだよ。ここに来てもらえるかな、ハンナ?」

「もちろん」

「ドアを閉めたオフィスのなかにいる。気づいたことを書き出しておくよ。着いたらそのままはいってきてくれ」

「シリルは何か見つけたの?」作業台に戻ってきたハンナにノーマンが尋ねた。

「ええ、修理工場の彼のオフィスに来てほしいって。いっしょに来てもらう時間はある?」

「あるよ。ドク・ベネットに二週間ほど仕事を代行してもらうことになってるから」ノーマンはコーヒーをごくごくと飲んだ。

「急がなくていいわよ」ハンナは言った。「シリルのためにジョージア・ピーチケーキをひとつと、修理工たちのためにクッキーを少し包むつもりだから。二分ほどかかるわ」

ハンナはすばやくコーヒーを飲み干すと、業務用ラックに急いだ。ケーキ型のひとつにさわって、フロスティングが塗れるくらい冷めているかどうか確認していると、オーブンのタイマーが鳴った。

「ぴったり!」ハンナは声に出して言った。

「何がぴったりなの?」ノーマンがきいた。

「ジョージア・ピーチケーキにフロスティングを塗るのにぴったりのタイミングってこと。今フロスティングを塗れば、固まるあいだにクッキーを包めるでしょ」

ハンナはケーキをひとつ選んでカウンターに運び、シンクでよく手を洗った。そして、こんろのまえに移動すると、手早くフロスティングをこしらえた。

ケーキにフロスティングを塗ってウォークイン式冷蔵庫に運びこむと、シリルの工場の修理工たちにあげるクッキーを包みはじめた。ラックにあるクッキー各種からそれぞれ六枚ずつ選び、リサかナンシーおばさんが店頭で使う予定の追加分からもう一ダース選ぶ。

「もうすぐ終わるわ」コーヒーを飲み干そうとしているノーマンに言った。「これを入れる袋を用意すれば出られる」

「そのまえにコーヒーを飲もうよ」ノーマンは自分の隣のスツールをたたいて言った。

「じつは、きみに相談したいことがあるんだ」

ハンナは一瞬不安になった。ノーマンの口調はひどく深刻そうだ。「わかった」クッキーを袋に入れてから、ノーマンの隣に座った。「なんなの、ノーマン?」

「シリルの修理工場に行くことについてだけど。余計なことはしたくないんだよ、ハンナ。

そういうつもりは毛頭ない。でも、きみが事件についての話を聞くとき、ぼくに何か言ってほしいのか、それともそこにいるだけでいいのかわからなくなるときがあるんだ。きみがしようとしていることをじゃましているような気がすることもある」

「そんなことない！」ハンナの反応はすばやかった。「あなたはじゃまなんかしていないわよ、ノーマン」

「そう言ってもらえてうれしいよ。でも、もしぼくを立ち入らせたくなかったらそう言ってほしい。それをちゃんと伝えておきたかった。それだけだよ」

「言うと約束するわ」ハンナは彼の手を取って言った。「でも、わたしが考えもしなかった方向の質問をあなたがしてくれるから、助かるときもあるのよ」

「じゃあぼくは……きみのじゃまにはなっていなかったってこと？　もしじゃまなら、ただいっしょにいて聞いているだけにするけど」

「じゃまなわけないでしょ！　これまでどおりでいて、ノーマン。あなたに手伝ってもらえて助かってる。わたしたちはいいチームよ」

ノーマンは微笑んだ。嵐の日のあとに顔を出した太陽のような笑みだった。「よかった！　勝手に憶測するのはよくないと思って」

「問題が解決してよかった」

「同感」

「シリルのところに行ったらあなたが必要になると思う。わたしは車のことはまるでわからないけど、あなたならわかるでしょ。思いついたことはなんでも質問して。今度はわたしが話を聞いて参考にする番よ」

シリルの修理工場に着くと、車を停めて建物のなかに急いだ。シリルのオフィスは廊下の先にあり、ハンナはノーマンを従えてそこに向かった。ドアは閉まっていたので一度ノックしてから開けると、シリルがデスクの向こうで伝票の束をめくっていた。

「来ましたよ」ハンナは声をかけ、シリルのデスクの脇にある椅子に向かった。

「楽にしてくれ」シリルはデスクのまえの椅子を示して言った。「息子のためにしてくれていることに感謝するよ、ハンナ。きみもだ、ノーマン。私はロニーがそんなことをするはずがないと信じている。たとえ酔っていても、薬物をやっていたとしてもね。あれはそんな子じゃない」

「それはぼくたちもわかっています」ノーマンが言った。

「ロニーはだれかにはめられたんだと思います。それがだれなのか、なんとしても突き止めるつもりです」ハンナは言った。

「信じるよ。きみはいつもそうやってやり遂げてきたから」シリルはうなずいた。「ふたりとも、コーヒーは？」

「いいえ、けっこうです」ハンナは代表して言った。一度シリルのコーヒーを飲んだことがあるが、ものすごく濃くて、新車の塗装もはがすことができそうだったのだ。「お気遣いありがとう、シリル。でも、コーヒーは飲んだばかりなの」

「ハンナから〈クッキー・ジャー〉のおみやげがあるんですよ」ノーマンがシリルのデスクにクッキーの大きな袋を置いて言った。

袋の大きさを見て、シリルの顔いっぱいに笑みが広がった。「ありがとう、ダーリン」彼はアイルランドなまりでことばを彩りながら言った。「みんなきみのクッキーが大好きなんだ。午前休憩のとき食べられるように休憩室に置いておこう」そして、ハンナが持っているケーキ型に目を向けた。「ほかには何を持ってきてくれたのかな?」

「これはあなたへの特別な品」ハンナは彼に見えるようにケーキを掲げて言った。「ジョージア・ピーチケーキよ。今朝焼いたの。二時間ほど冷蔵庫で冷やしてから切り分けてくださいね」

「うまそうだ」シリルはケーキを受け取り、アルミホイルの下をのぞいて言った。「においもたまらない」デスクチェアを回転させて、デスクのうしろにある小型冷蔵庫を開け、ケーキをしまった。そしてハンナに向き直り、ふたたび微笑んだ。「ブリジットはきみのケーキに目がなくてね。きっとレシピをほしがるだろうな」

「そう思ってプリントアウトしてきました」ハンナはサドルバッグほどの大きさのバッグ

から、折りたたんだ数枚の紙を取り出し、シリルにわたした。「言っておきますけど、このケーキはピーチリキュールがはいっています。アルコールのいくらかは焼いているあいだに蒸発しますけど、全部ではありませんからね」

「問題ないよ」シリルは言った。「今夜はブリジットにふた切れ食べるように勧めようかな」彼はいたずらっぽくにやりとし、ハンナとノーマンの笑いを誘った。「修理工たちは近づかせないようにしないと。今日はすごく忙しいし、大掛かりな作業が必要な車が二台ある」

「じゃあ、早くあなたがここを出て作業を監督できるように、そろそろ本題にはいりましょう。ダーシーの車を調べてくださってありがとうございます」ハンナが言った。

「いいんだよ。マイクにたのまれた理由はわかっているし、ボンネットを上げるときは手袋をはめた。彼にそう伝えてくれるかな?」

「もちろんです」ノーマンが約束した。

「それで、ダーシーの車はどこが壊れていたんですか?」ハンナはここに来た理由に立ち戻った。

「単純なことだったよ、ハンナ。ダーシーの車に機械的な不具合はなかった。うちのどの修理工でも、二分もあればまた走らせることができただろう」

ノーマンとハンナは顔を見合わせた。「どういう意味ですか?」ハンナは尋ねた。

「ダーシーが使っているのは……」シリルはそこで顔をしかめた。「こう言うべきかな、ダーシーが使っていたのは、簡易脱着式のバッテリーケーブルだった」

「つまり、だれかが彼女の車を使えなくするために、バッテリーケーブルをはずしたと？」ノーマンが推測した。

「そうだ、両方ともね。ダーシーがボンネットを開けていたら、バッテリーケーブルがはずれているとすぐにわかっただろう」

「そのケーブルが偶然はずれてしまう確率は？」ハンナが尋ねる。

「ゼロだね。だれかがボンネットを開けて、故意にはずしたんだ」

「カーブを曲がったりしてはずれることはないんですか？　あるいは何かを撥《は》ねた衝撃で車が上下した場合でも？」ノーマンがさらに質問をした。

「ありえない」シリルは首を振った。「簡易脱着式といっても、バッテリーケーブルはかなりきっちりと固定されていて、はずすにはある程度力が必要だ。ペンチのようなものを使わないとはずれない」

「つまり、事故ではありえないと」ノーマンが結論を言った。

「ああ、故意にやったものだ。だが、異常はそれだけじゃなかった。このメーカーのこのモデルの車をよく知っている人物が、ダーシーの車を確実に動かなくするためにある細工をしていた」

「その第二の人物は何をしたんですか？」ノーマンがきいた。

「ダーシーの車のボンネットの下にはヒューズボックスがある。はっきりとは見えないから、どこにあるか知らないと見つけられない。その人物はどこにあるか知っていたか、見つけてから、ヒューズをひとつだけはずした」

「ちょっと待ってください」ノーマンが言った。「ヒューズというのはエアバッグや車内灯を制御するものですよね？」

「そのとおりだ、きみ《ボヨ》」シリルのアイルランドなまりが出た。「ヒューズボックスがボンネットの下にあるのは通常のパターンでね。ダーシーの車もそうだったが、彼女のヒューズボックスには燃料ポンプを制御するヒューズもあった。だれかさんはそれがどのヒューズか知っていたんだ。引き抜かれていたのはそのヒューズだけだった。その結果、車がどうなるか知っているね？」

「もちろんです！」ノーマンはすぐに言った。「燃料がなければ車は走れない」

「そのとおり！　そいつはヒューズボックスを開けて燃料制御のヒューズを引き抜き、また閉じた」

「じゃあ、バッテリーケーブルか燃料制御ヒューズのどちらかのせいで車は動かなくなった。そういうこと？」ハンナはそうきいてシリルを見あげた。

「そうだ」

「どちらも同じ人物のしわざだと思いますか?」ノーマンがきいた。

シリルは首を振った。「いや、両方やる必要はないからね。どちらかひとつで効果は得られる」

「ベルトとサスペンダーみたいに?」ノーマンが言った。

シリルはくすっと笑った。「父がよくそれを言っていたよ! やりすぎ《オーバーキル》とも言っていたが、不謹慎だからやめておこう」

三人ともしばらく黙りこみ、やがてハンナが沈黙を破った。「どっちが先だったと思いますか? バッテリー? それともヒューズボックス?」

「なんとも言えないね。私なりの考えはあるが」

「どんな考えですか?」ノーマンがきく。

「絶対とは言えないが、ふたりの人物が別々にダーシーの車に細工をしたんだと思う」

「どうしてふたりなんですか?」ハンナが尋ねる。

「ヒューズを引き抜いた人物は車についてよく知っていた。とりわけ彼女の車についてね。たぶん同じモデルの車を持っているか、彼女の車のモデルをネットで調べたんだろう。どうやったにしろ、どのヒューズを引き抜けばいいか、その人物は知っていたんだ」

「もしどのヒューズか知らなかったとしたら、全部を引き抜いていた?」ノーマンがきいた。

「ああ、そうだ、まちがいない」

「どっちが先だったかわかりますか、卵かにわとりか？」ハンナがきいた。

シリルは頭をのけぞらせて笑った。「どっちが先でもおかしくないね」

「でも、もしバッテリーケーブルが先にはずされたとしたら、第二の人物はわざわざヒューズボックスを探して特定のヒューズを抜いたりするかな？」ノーマンがきいた。

シリルは肩をすくめた。「その可能性もないわけではない。バッテリーケーブルがはずれているのにダーシーが気づいて、つけ直すのを恐れたのかもしれない。ヒューズを引き抜くほうが卑劣だが、ほとんどの人は確認しようとは思わないだろう。でなければ、ヒューズを引き抜いた人物のほうが先だったか。最初の人物のあとに第二の人物が来て、すでに車が走れなくなっているのに気づかず、バッテリーケーブルをはずした」

ハンナは落胆のため息をついた。「どちらもありうるわけね。つまり、やったのがひとりなのかふたりなのかも、バッテリーケーブルが先かヒューズボックスが先かもまだわからないと」

「役に立つ情報はないってことだ」ノーマンがまとめた。

「いいえ、あるわよ！」ハンナは彼を正した。「ダーシーの車に細工した人物は、彼女の車のメーカーとモデルにくわしかったことがわかったもの」

「すごく微妙な情報ではあるけど、手がかりにはちがいないね。その人物は、彼女の車を走行できなくするほど怒っていたことになる。つまり、彼女を殺したいほど怒っていたのかもしれない！」

三人はまた黙りこんだ。その可能性は充分にある。やがて、ノーマンがシリルに言った。

「ダーシーの車をここまで牽引《けんいん》してきたのは、修理工の方ですか？」

「いや、オートクラブだ。牽引されてくるところを見たが、平台つきの牽引トラックだった。ダーシーは父親のＳＵＶを運転していたから、それだと普通の牽引トラックでは運べないんだ」

「牽引してきた人はボンネットの下を見た？」

シリルは首を振った。「ダーシーはとにかくここに運ぶようにとたのんだらしい。以前にも修理してもらったことがあるから、どこが悪いのかわかるだろうと」

「オートクラブが取りにいったとき、車はどこにあったか知っていますか？」

「ああ、オートクラブのやつが文句を言っていたよ。車は〈デルレイ工業〉の従業員駐車場にあったらしい。ダーシーの勤務先だ」

「ダーシーが働いていたのは昼と夜どちらのシフト？」ハンナはシリルにきいた。

「昼のシフトだろうね。オートクラブの牽引サービスが彼女の車を運んできたのは、夕方の六時半ごろだったから」

「ほかにダーシーの事件に役立つかもしれない情報はありますか？」ノーマンがたたみか

ける。

「今は何も思いつかないね」

「何か思い出したら……なんでもいいのでわたしたちに連絡してください」ハンナは言った。

「そうするよ」

ハンナは立ちあがった。「どうか仕事に戻ってください。話してくださってありがとう、シリル」

「今後も状況を知らせてくれるかな？」シリルは立ちあがってノーマンと握手しながら尋ねた。そして、ハンナのほうを向いてハグすると、世界全体の重さがその肩にかかっているかのようにため息をついた。「あなたのまえに道が開けますように。あなたにいつも追い風が吹きますように（アイルランドの祝福のことば）」

それはボブ牧師の祝福のことばにそっくりで、ハンナの目に涙がこみあげた。

「ありがとう、シリル」彼女はかろうじて言った。

ノーマンはシリルの肩に手を置いた。そして言った。「太陽があなたの顔を暖かく照らし、雨があなたの畑にやさしく降りますように。私たちがまた会うときまで、あなたが神の掌《てのひら》に抱かれていますように」

シリルは驚いてノーマンを見た。「どうしてそれを知っているんだい？　きみはアイルランド人ではないだろう?」

ノーマンは首を振った。「ぼくはちがいますが、シアトル時代の親友にショーン・オコナーという名の歯科医がいたんです。彼は貧しいアイルランド人家庭で育ったと言っていました」

「きみの親友と言ったか?」

ノーマンはうなずいた。「歯科医のコンベンションに行くたびに、今も会っていますよ。ショーンはどの街でも最高のアイリッシュパブを知っているので」

「いいやつみたいだな」シリルはそう言って笑顔になった。「きみに好ましいところがあるのはわかっていたよ。痛くしないで歯を直してくれること以外にもね」

ジョージア・ピーチケーキ

- オーブンを160℃に温めておく

材料

やわらかくした有塩バター……225グラム

グラニュー糖……2カップ

卵……大4個

塩……小さじ1

ベーキングパウダー……小さじ1

ベーキングソーダ（重曹）……小さじ1/2

シナモンパウダー……小さじ1/2

おろしたてのナツメグ……小さじ1/4

バニラエキストラクト……小さじ1

アーモンドエキストラクト……小さじ1

ピーチジャム……1/2カップ

中力粉……3カップ（きっちり詰めて量る）

バターミルク（または生クリーム）……1カップ

準備：
金属製またはガラス製の23センチ×33センチのケーキ型の内側に〈パム〉などのノンスティックオイルをスプレーするか、ベーキングスプレーをかけるか、バターをたっぷり塗る。

⑪ 残りのバターミルクまたは生クリームを加えて混ぜる。

⑫ 残りの中力粉を加え、中速で3分、
または全体になじむまでかくはんする。

⑬ ミキサーからボウルをはずし、準備しておいたケーキ型に
ゴムべらで移し、均等に広げる。

⑭ 160度のオーブンで50分、またはまんなかにケーキテスターや
竹串などを刺して、生地がついてこなくなるまで焼く。
生焼けの生地がついてくるときは、さらに5分焼いてから
ケーキテスターなどを刺す。
生地がついてこなくなるまでこれを繰り返す。

⑮ オーブンから取り出し、バターソースを作るあいだ
ワイヤーラックなどに置いておく。

バターソース

材料

有塩バター……113グラム

グラニュー糖……1/2カップ

ピーチブランデーまたはピーチリキュール……1/4カップ
（わたしは〈ドリオ〉のピーチブランデーを使用。
アルコールを使いたくなければピーチジュースでもよい）

バニラエキストラクト……小さじ1

ハンナのメモその1：
ケータリングの場合は
使い捨てのアルミのケーキ皿を使用する。
だれかにあげたり、持ち寄りディナーに持っていくときなどにもお勧め。
ケーキ型を返してくれるようたのまなくてすむ。

ハンナのメモその2：
以下の作り方はスタンドミキサー用。
大きなボウルで泡立て器などを使ってもできるが、
腕を酷使することになる。

作り方

① スタンドミキサーのボウルにやわらかくしたバターを入れ、
中速で1、2分かくはんする。

② 中速のままグラニュー糖を加え、
白っぽくふんわりするまでかくはんする。

③ 卵を1個ずつ加え、その都度かくはんする。

④ 塩、ベーキングパウダー、ベーキングソーダを加えてよく混ぜる。

⑤ シナモンパウダーとナツメグを加えて混ぜる。

⑥ 中速のままバニラエキストラクトとアーモンドエキストラクトを
混ぜこむ。

⑦ ピーチジャムを加えて全体をよく混ぜる。

⑧ 中速のまま中力粉を1カップ加えてよくかくはんする。

⑨ バターミルクまたは生クリームを1/2カップ加えて混ぜる。

⑩ 中力粉をもう1カップ加えてよくかくはんする。

ブラウンバター・アイシング

材料

有塩バター……56グラム

粉砂糖……2カップ（きっちり詰めて量る）

生クリーム……大さじ2
（ホイップ用のクリームだが、低脂肪のハーフアンドハーフを使ってもよい）

スライスアーモンド……1/2カップ
（お好みで。フロスティングを塗ったあとケーキの上に振りかける）

準備：
・ジョージア・ピーチケーキを冷蔵庫から出し、キッチンカウンターに置く。
・バターソースを作るのにソースパンを使った場合は、洗わずにそれを使う。
・電子レンジを使った場合は、内側が黒や茶色でないソースパンを使うこと（一度失敗して、バターが茶色くなっても気づかなかった）。

作り方

① ソースパンに有塩バターを入れて強めの中火にかける。
バターがとけて茶色く色づいてきたらかき混ぜる。

② バターがキャラメル色になったら（わたしは5分ほどかかった）
火からおろす。

③ 粉砂糖2カップを加えて混ぜる。

④ かき混ぜながら、塗りやすくなめらかになるまで
生クリーム大さじ2を加える。
ゆるすぎるときは粉砂糖を少量足し、
硬すぎるときはクリームを足す。
ケーキに塗れる硬さになるまでふたつの材料を加減する。

作り方

① ソースパンを用意する。

ハンナのメモその3：
内側が黒や茶色のソースパンは使わないこと。
アイシングを作るときにも使うし、バターが茶色になってもわかりにくいから。

② ソースパンに有塩バター、グラニュー糖、
ピーチブランデー（またはピーチリキュール、またはピーチジュース）
を入れ、中火にかけてバターと砂糖をとかす。沸騰させないこと。

ハンナのメモその4：
耐熱ボウルに入れて電子レンジ（強）で90秒加熱してもよい
（わたしは4カップはいる〈パイレックス〉の計量カップを使用）。

③ ソースパンを火からおろし、こんろの火を消して、
バニラエキストラクトを加える
（跳ねることがあるので気をつけること）。

④ ピックや竹串を使ってケーキの表面全体に穴をあける。
やさしく刺すのではなく、ケーキの底まで穴をあける勢いで
（わたしは竹串を使って約45個の穴をあけた）。

⑤ 温かいバターソースをケーキの上からできるだけ均一にかける。
ソースパンを使った場合はフロスティングを作るのに
また使用するので洗わなくてよい。

⑥ ワイヤーラックなどにケーキを少なくとも10分置いて、
ケーキ全体にバターソースを浸透させる。

⑦ アルミホイルで覆って冷蔵庫で少なくとも2時間冷やす。
ひと晩入れておいてもよい。

⑤ フロスティングナイフでケーキの上側全体に
フロスティングを塗り、表面をなめらかに整える。
スライスアーモンドを使う場合は、
フロスティングが固まるまえにケーキの上に散らす。

⑥ フロスティングが固まったら、アルミホイルでふんわり覆って、
食べるときまで冷蔵庫に入れておく。

⑦ 四角く切り分けて金属製のスパチュラでケーキ型から出し、
デザート皿に盛る。

とても濃厚なバターたっぷりのケーキ(400グラム近くのバターを使用!)。
たっぷりの濃いコーヒーか、冷たいミルクとともに召しあがれ。
桃とアーモンドが好きな人ならきっと
ジョージア・ピーチケーキが気に入るはず。

切り分ける大きさにもよるが、
約14〜18人分。

母さんはこのケーキに目がない。
桃が大好物だし、アーモンドで風味づけしたものも好きだから。
このケーキを焼いて母さんを招くなら、
少なくとも2切れ、もしかしたら3切れ
食べるものと思ったほうがいい。

15

ハンナは厨房の時計を見た。シリルの修理工場をあとにしてから休憩なしで働いていた。今月の精算業務を終わらせたいというノーマンを歯科クリニックでおろし、〈コストマート〉でスロークッカーを二台買って、〈レッド・アウル食料雑貨店〉で材料を仕入れ、それらをドクと母のペントハウスに運んだ。そこで全員ぶんのディナーの仕込みをし、急いで〈クッキー・ジャー〉に戻って店に出すクッキーを焼き、ディナーのデザートを用意した。

そろそろジョーダン高校での職員会議を終えたミシェルがやってくるころだ。閉店まで妹に作業を手伝ってもらい、ペントハウスでのディナーに行く予定だった。

電話が鳴り、ハンナは急いで出た。「〈クッキー・ジャー〉。ハンナです」

「やあ、ハンナ。ノーマンだ。今空港にいて、お母さんの飛行機がもうすぐ着く。レイク・エデンに戻る途中で何か買っていくものはあるかな?」

「ないと思う。買い物は今朝〈レッド・アウル〉ですませたから」

「ディナーには何が出るの?」

ハンナは笑った。「マイクみたいなことを言うようになったのね。メニューを教えると、彼はいつも『やった、ぼくの大好物だ!』と言うのよ。食べたことがあってもなくても」

「お気の毒さま。でもほんとうに知りたいんだ」

「鶏胸肉のレモン・グレーズをトレイシーの好物のライスにかけたものよ」

「ぼくの大好物だ!」ノーマンはすかさず言って、ハンナが笑ってくれるのを待った。

「ディナーにはだれが来るの? レイク・エデンに戻ったら、お母さんをペントハウスで降ろして、ディナーに合うワインを買ってくるよ。チキンなら白ワインがいいかな?」

「それが一般的だけど、赤も一本買ったほうがいいわね。ロニーは赤ワインが好きだし、ドクもそうだから。母さんはたぶんシャンパンだけど、ホームオフィスの冷蔵庫に少なくとも三本はいってるし、キッチンの冷蔵庫にも一本はいってる。確認したの」

「オーケー。知りたかったのはそれだけだよ。お母さんを迎えてスーツケースを車に運べるように、すぐ手荷物受け取り所に向かうよ」

「母さんをペントハウスで降ろしてからワインを買いにいくと言ったわよね?」

「うん、みんなが来るまえに、お母さんはさっぱりして着替えたいだろうからね」

「そうね。ワインを買って、ペントハウスに戻ったら、わたしが料理の仕上げをするあいだにお願いしたいことがあるんだけど」

「いいとも。ぼくにできることなら」

「あなたならできるわよ……」ハンナは小さく笑った。「母さんを庭に連れていって、シャンパンをグラスに一杯出したら、いっしょにいてあげてほしいの」

「言い換えれば、お母さんをキッチンに来させたくないんだね？」

「そのとおりよ。キッチンはわたしとミシェルにまかせてほしいから」

「わかった。歯周病についてのパワーポイントを使ったプレゼンでお母さんを楽しませるよ」

ハンナは笑いすぎて噴き出しながら言った。「それはやめて！　母さんがすぐショックを受けるのは知ってるでしょ。生の牛レバーを見られなくなるわ」

「お母さんはレバーが好きだと思ったけど」

「好きだけど、火を通してタマネギとベーコンがのってるものでないと、見るのもだめなの。殻を開いた貝や牡蠣《かき》もだめ。お願いだからノートパソコンは車に置いてきてね。母さんに鶏胸肉のレモン・グレーズを楽しんでもらいたいの」

ハンナが最後のコーヒーの一杯とともに作業台のスツールに座ったとき、裏口をノックする音がした。その音を聞いた瞬間、彼女は笑みを浮かべた。有無を言わせないノック、強引な呼び出しを聞けば、訪問者の身元は明らかだった。マイクだ。ペントハウスでのデイナーに向かうまえに軽食がほしいのだろう。

「ハイ、マイク」ハンナはドアを開けもしないうちから言った。

「のぞき穴を見なかったな」マイクは厨房にはいりながら責めた。

「見る必要はなかったわ。ノックであなただとわかったから」

「だれかがぼくのノックの音を聞いて、真似《まね》したのかもしれないだろう。思いこみは禁物だよ、ハンナ」

「そうね」ハンナは言ったが、マイクの用心深さは度を越していると思った。「コーヒーはいかが、マイク?」

「もらおう。コーヒーのおともは何かあるかな?」

「コーヒーのおともを売るのがわたしの仕事なのよ、マイク。あるに決まってるでしょ」

マイクはセクシーな笑顔を見せた。これをやられるといつもハンナは口のなかが乾き、膝に力がはいらなくなり、心臓が早鐘を打つ。さらに危険なことに、初めてキスされたときの記憶までがよみがえり、顔が赤くなった。

「からかっただけだよ、ハンナ。何かおいしいものが残っているんじゃないかと思ったんだ。ランチからかなり時間がたっているから、何か食べて乗り切らないとディナーまで持ちそうにないんだよ」

ハンナは微笑んだ。マイクの考える乗り切るための食べ物といえば、分厚いリブアイ・

ステーキとガーリックブレッドに仕上げのバナナスプリットというところだろう。「クッキーをお皿に盛ってくるわね」ハンナはカウンターに置いてある残り物クッキーの箱のふたを開けて何があるか調べた。

「チェリー・パイナッププル・ドロップと、ファッジ・アルーン、カシュー・クリスプ、レモン・ソフティ、ブラック・アンド・ホワイト、ロッキー・ロード・バーとチップ・ガロルがあるけど」

「うまそうだ」マイクは彼女にうなずいて見せた。「とても選べないから、全部ひとつずつもらおうか。いや、ふたつずつかな。きみのクッキーは最高だからね、ハンナ」

ハンナは皿を取って、マイクに顔を見られないようにしながらクッキーを盛った。笑わないようにするだけで精一杯だった。マイクなら全種類食べたがるのは当然だ。

「ワオ！」皿いっぱいのクッキーを持ってハンナが作業台に戻ると、マイクは言った。「ほんとうにうまそうだ！　ところで、ダーシーの車の件でシリルのところに行ったんだろう？」

「ええ」ハンナは彼の向かいに座って自分のマグを手にしながら答えた。「ノーマンとふたりでね。シリルはふたりの人物が別々にダーシーの車に細工をしたと考えていて、彼の話は筋が通っていた。シリルがそう思った理由は今夜話すわ。どこかが損傷したわけでなくて、数分で直せるものだったとも言っていた」

「ダーシーの家から牽引されてきたのかな?」

ハンナは首を振った。「いいえ、〈デルレイ工業〉の従業員駐車場から。ダーシーはオートクラブに電話して、シリルの修理工場に車を運んでもらったらしいの」

「じゃあつぎは〈デルレイ〉に行って、ダーシーに恨みを持っていた人物がいないかたしかめるんだね?」

「もちろん。明日の朝に行って、ダーシーの同僚と話をするつもり」

「よし。見当ちがいの人と話して時間を無駄にすることはないからね。ところで、ディナーは何時から?」

「七時半よ。そのまえに母さんを少し休ませてあげたいから。でも、あなたは早めに来てもいいわよ、マイク」ハンナはすかさず言った。「わたしとミシェルも早めに行ってるから」

マイクは確認のために小さくうなずいた。「シャンパンを飲むのはかまわないけど……ビールもあるかな?」

「コールド・スプリング・エキスポートがあるわよ。今朝フローレンスのところで買っておいたの。母さんの冷蔵庫で冷やしてある」

「すごい! ぼくの大好きなビールだ!」

「知ってるわよ、だから買ったんだもの」

マイクはファッジ・アルーン・クッキーに手を伸ばし、ふた口で食べてしまうと、カシュー・クリスプを選んだ。「きみはほんとうにやさしいね、ハンナ。ときどき、きみがぼくのプロポーズを受けてくれていたらなあと思うよ。きみと結婚していたら、いつでもクッキーが食べられた」

「あらあら！　それこそ真実の愛ね！」まじめな顔をするのに苦労しながらハンナは言った。

マイクは一瞬彼女を見つめてからため息をついた。「そうか。ごめん。別の言い方をすればよかったのかな？」

「そうね。もし結婚していたら、いつまでも愛で包んであげられた、とかね」

マイクは少し考えてから首を振った。「それじゃバレンタインカードみたいだ。真実かもしれないけど、そんなことは言わないよ」

「じゃあ、もしもう一度チャンスをあげたとしたら、なんと言うつもり？」

マイクは間をおいてから微笑んだ。何か思いついたらしい。「これはどうかな？　もし結婚したら、永遠にきみを愛し続けるよ」

ハンナは彼の顔をじっと見た。微笑んでいない。にやにやしてもいない。目のなかにユーモアのきらめきもない。マイクはまじめだった。まじめに答えなければならない。

「ええと……どう返せばいいのかわからないけど……そう思ってくれて感謝しているし、

うれしいわ」

「きみも永遠に愛してくれる？」

ハンナは黙りこんだ。どう答えればいいだろう？　深刻になりすぎている。どちらかがあとで後悔するようなことを言うまえに、いつもの気軽な冷やかし合いに戻りたかった。屈託のないユーモアが少し必要だ。

「もしそう言われたら、クッキーのお代わりはいかが、って尋ねるでしょうね」ハンナはマイクを笑わせたくて、でなければせめてそんなに真剣にならないでほしくて言った。

マイクは微笑んで、「たぶんぼくはお代わりをもらうだろうね。クッキーの皿はからっぽだから」と答えた。

「もう？」ハンナは驚いてからっぽの皿を見おろした。「クッキーを吸いこんじゃったみたいね、マイク！」

「うまいクッキーという証拠だ。さっきの半分でいいよ、ハンナ。ディナーが食べられなくなるといけないから」

ハンナとミシェルはペントハウスのキッチンテーブルに座って、またコーヒーを飲んでいた。ディナーはスロークッカーのなかだし、テーブルには母のいちばんいい陶磁器と銀器がセットされている。すべての準備が終わり、あとはノーマンが空港から母を連れて戻ってくるのを待つだけだ。

ハンナがポットに新しいコーヒーを淹れたとき、玄関ベルが鳴った。

「わたしが出る」ミシェルはそう言って玄関に向かった。「きっと母さんとノーマンよ」

やがてミシェルはキッチンに戻ってきた。「やっぱりそうだった」それから、ドロレスが連れてきた客人がハンナに見えるようにわきに寄った。

「リン?」ハンナは友人を見て驚いた。「あなたもいっしょに来るとは思わなかった!」

リンとドロレスは共犯者めいた目配せをした。「あなたを驚かせたかったのよ」

「でも、荷造りの残りはどうしたの?」

「ロビーとマリアがやってくれてるわ」ドロレスが説明した。「もうそんなに残っていないし。終わったら運送会社に電話することになってるの。リンの荷物は一、二週間後にここに届くはずよ」

「ドロレスが親切にも、それまでベッドルームのひとつに泊まるようにと言ってくださったの。わたしがここに滞在するということは……」リンはそこでドロレスのほうを見た。

「リンにも調査を手伝ってもらえるわよ」ドロレスが言い添えた。

「帰ってきてくれてうれしいわ、母さん」ハンナは立ちあがって母親を抱きしめながら言った。

「わたしもよ、母さん」ミシェルがハンナにつづいた。

「あなたにも会えてうれしい」ハンナはリンのほうを向いて彼女もハグした。「コーヒーがほしい人は？」

「いいえ、けっこうよ」ドロレスがすぐに答えた。「飛行機で何杯も飲んだから」

「ありがとう、わたしも遠慮するわ」リンも首を振って言った。

「ドクはどこ？」ドロレスが尋ねた。早く夫に会いたくてたまらないらしい。

「庭にいるわよ」ミシェルが言った。「シャンパンバケットといっしょにね。母さんに会ったらすぐにコルクを抜くって言ってた」

「なんてすてきなの！」ドロレスの顔によろこびの笑みが広がった。「庭に行って夫といっしょにシャンパンを一杯いただくわ。あなたはゆっくりシャワーでも浴びて、リン。ハンナがバスルームに案内してくれるから。そのあとみんなで庭にいらっしゃいよ」

「母さん！」ミシェルがキッチンから出ていこうとするドロレスの背中に呼びかけた。「忘れるところだったわ。ドクは今夜インターンふたりと優秀な看護師に仕事をまかせてきたから、明日の朝まで病院に戻らなくていいんですって」

するとドロレスはさらに顔をほころばせ、ペントハウスの庭へと急いで向かった。

「うちに帰ってきて幸せそうだね」ノーマンが言った。

「ええ、ほんと」ミシェルも言った。「ドクも幸せそう。母さんがいないとひとりでここに帰らなくちゃならないのがいやだったみたい」

「あの笑顔は至福の笑みといったところかしら」ハンナは言った。「母さんが愛に満たされているのを見るのはいいものね」

「そういうことなら」ノーマンがハンナに言った。「きみとリンは今夜お母さんたちを夫婦水いらずにさせてあげるべきじゃないかな」彼はリンに微笑みかけた。「ハンナは今ぼくのところに泊まっていて、うちには余分なゲストルームもあるんだよ、リン。今夜はきみもうちに泊まったらどうかな？」

リンはその提案によろこんでいるようだ。「ぜひそうさせてもらいたいわ。おしどり夫婦を水入らずですごさせてあげるのはすばらしい考えだと思う。提案してくれてありがとう、ノーマン」

ノーマンはハンナに向き直った。「さて、異論がないようなら、今すぐリンのスーツケースをうちに運んで、ディナーまでに戻ってくるよ」彼はミシェルを見た。「何かディナーに持ってきてほしいものはある？」

「ええ。猫を連れてきて、二匹とも。母さんは庭で遊ぶあの子たちを見るのが好きだし、園芸店に寄って、てんとう虫をひと袋買ってきたの」

「放たれたてんとう虫にしのび寄るモシェとカドルズを眺めることになるんだね？」ノーマンがきいた。

リンは小さく身震いした。「猫たちは……てんとう虫を……食べるの？」

ハンナは笑った。「まさか！　モシェもカドルズもてんとう虫をつかまえられるほど動きが機敏じゃないの。ただ、それを眺めて楽しむのよ」

「つかまえたとしても食べないと思う」ミシェルがにっこりして言った。「枝をたたいて、てんとう虫が飛んでいくのを見るほうがずっと楽しいみたい」

「そのとおり」ハンナも同意した。「カドルズとモシェの顔つきをよく見ていてね。こう考えているのが聞こえそうだから。こいつらはどうして飛んでいっちゃうんだろう？」

チョコレートサラミ

オーブン不使用の、冷やして作るレシピ

材料

小型の丸いバニラクッキー……1 1/2箱
（わたしは〈ナビスコ〉のニラ・ウエハースを使用）

有塩バター……225グラム

無糖ココアパウダー……大さじ1（わたしは〈ハーシー〉のものを使用）

コンデンスミルク……397グラム入り1缶
（エバミルクではない。わたしは〈ネスレ〉のものを使用）

粉砂糖……適量

ハンナのメモその1：
こんがり焼けているのでも白いものでも、
どんな種類のバニラクッキーでもよい。
サラミやサマーソーセージの脂肪分のように見せるためのものだから。

ハンナのメモその2：
バニラクッキーを自分で作りたいなら、
オールドファッションド・シュガークッキーがお勧め。
おいしくて砕きやすい。

冷蔵保存で1週間、冷凍すれば6カ月もつ。
食べるときは冷蔵庫にひと晩置いて解凍すること。

サラミサイズの円筒5本分、
サマーソーセージのサイズなら3本分。

このチョコレートサラミは斬新で味も抜群。
ディナーのまえにデザートを食べることになってしまうけれど、
パーティに出せば子どもたちも大よろこび。

ハンナのメモその3:
わたしはバニラクッキーの上にスライスした
チョコレートサラミをのせて出す。

作り方

① ジッパーつきのビニール袋にバニラクッキーを入れて
カウンターに置き、麺棒でたたくか、手でクッキーを砕く。
目標は大きめの砂利ぐらいになるまで。

② バターを耐熱ボウル（わたしは4カップ入りの
〈パイレックス〉の計量カップを使用）に入れ、
電子レンジ（強）で1分加熱する。
庫内に入れたまま1分待つ。バターがとけていなければ、
30秒加熱して30秒そのまま待つ工程をとけるまで繰り返す。

③ とかしたバターを大きめのボウルに注ぎ、
ココアパウダー、コンデンスミルク、
砕いたバニラクッキーを順に加えてその都度よく混ぜる。

④ キッチンカウンターにオーブンペーパーを敷いて、
③の約5分の1量をのせ、
〈パム〉などのノンスティックオイルをスプレーした手で、
サラミ生地を円筒形に整える。

⑤ 円筒形にしたサラミ生地をオーブンペーパーの端に寄せて
きっちりと巻いていく。ペーパーのサイドの部分をひねって留め、
ジッパーつきのフリーザーバッグに入れる。

⑥ 同じようにサラミ生地の円筒を4本作る。

⑦ 冷蔵庫で2時間冷やし、粉砂糖を振りかけてから
よく切れるナイフで切り分け、皿に並べる。
残ったらラップで覆って冷蔵庫へ。

16

「このチョコレートサラミ、すごくおいしい」アンドリアが言った。「これを焼くのはむずかしいの?」

「焼く必要はないの。材料を混ぜて形を整えてオーブンペーパーで巻くだけだから」

「作り方を教えてくれる、ハンナおばさん《アント・ハンナ》?」アンドリアの上の娘のトレイシーがきいた。

「あたしも、アンタンナ?」下の娘のベシーが真似をした。

「いいわよ。いつか放課後に教えてあげる。バーティ・ストラウブのためにまた作らなきゃならないし。〈カットン・カール〉の常連さんに配るんですって」

「これは危険だよ、ハンナ」皿からチョコレートサラミをもう一枚取りながらドクが言った。「ディナーのまえにデザートを食べたのは初めてだ」

「せいぜい楽しむことね。もう二度と食べられないかもしれないから」ドロレスが言った。

「わたしはあなたのコレステロール値に目を光らせてるのよ」

「大丈夫だよ、ロリ。自分のコレステロール値ならわかってる」ドクはそう言って、妻を軽くハグした。

ドロレスは笑った。「そんなこと言って。心臓発作を起こしかねないレベルになるまでただ見てるだけでしょう。チョコレートサラミはそれで最後よ！」

「どうしても？」ドクは落胆したような顔をした。

「しょうがないわね……今日は特別よ」ドロレスはハンナのほうを見た。「食事はいつ、ディア？」

「そろそろはじめましょう」ハンナはそう言って立ちあがった。「ダイニングルームにどうぞ。ミシェルがテーブルをセットしてくれたから」

「ロニーが花を持ってきてくれたのよ」ミシェルが言い添えた。「シャンパンを持ってきましょうか、母さん？」

「ありがとう、ディア」ドロレスはミシェルにグラスをわたした。

ドクが立ちあがってドロレスに手を差し伸べ、手を取ってダイニングルームに導いた。

「きれいなお花だこと」ドロレスはドクの隣に座って言った。「ありがとう、ロニー」

「すばらしい娘さんを育ててくださったあなたにこそ感謝しています」ロニーは言った。

「シェリーがいなかったら今ごろぼくはおかしくなっていた」

ハンナはひそかにおもしろがった。ドクはドロレスをロリと呼び、ロニーはミシェルをシェリーと呼ぶ。アンドリアとビルもここにいれば、彼は妻をアンディと呼んでいただろう。ハンナ以外のスウェンセン家の女性にはみんな愛称があるようだ。どうしてハンナにはないのだろう？

すぐに答えが浮かび、ハンナはにっこりした。ハンナという名前に標準的な愛称はないからだ。〝ハン〟では変だし、〝ナー〟でもおかしい。家族のなかでは幸運なひとりと言えるかもしれない。

だが、あることを思い出して身震いした。〝クッキー〟。ロスはハンナをそう呼んでいた。もう二度とそう呼ばれることがないのを悲しむべきなのだろうか？　それとも、彼がもうこの世にいないことに感謝するべきなの？

「どうしてそんな深刻な顔をしているの？」ノーマンがハンナに声をかけた。

「ちょっと考えごと」ハンナはごまかした。「母さんが鶏胸肉のレモン・グレーズを気に入ってくれるかしら、と思って」

「きっと気に入るよ」

「うわっ！」そのとき、ミシェルが声をあげて、テーブルにいるみんなを驚かせた。「みんな、足を上げて！　猫たちが廊下を走ってくる」

ペントハウスのダイニングテーブルと椅子はハンナの家のものより高さがあり、だれよりも長身のマイクでさえ問題なく足をたたみこめるので、ハンナはほっとした。椅子の二本目の横木まで足を上げたあたりで、猫たちが磨かれた木の床で爪をすべらせながら風のように角を曲がり、ダイニングルームに走りこんできた。

「どうどう！」ノーマンが言ったが、もちろん効果はない。カドルズが先頭で、彼女は自分を追いかけているモシェ以外に注意を払っていなかった。

「止まりなさい、カドルズ！」ノーマンはなんとか主導権をにぎろうとして言った。ところがカドルズは地上最速記録でダイニングテーブルをまわると、ノーマンの膝の上に飛びのった。

「うっ！」猫がどすんと膝に着地して、ノーマンはうめき声をあげた。

するとと今度はモシェがドロレスの膝に飛びのり、うめき声をあげさせることになった。

「モシェったら！」そう言いながら、ドロレスの顔には笑みが浮かんでいた。「わたしがいなくてすごく寂しかったのね！」

ハンナは思わず微笑んだ。モシェはドロレスの寵愛《ちょうあい》を得るというゲームで満点を獲得したようだ。

「いやあ、楽しませてもらったよ」ドクはノーマンとドロレスを見ながら言った。「みんなけがはなかったかな？」

「わたしは大丈夫よ、ディア」予期せぬ襲撃のせいでまだ少し息をはずませながら、ドロレスは言った。

「こちらも無事です」ノーマンも言った。「カドルズはすっかり落ちついてのどを鳴らしてるし」

ハンナは母の膝の上の猫を見おろした。「モシェもよ。それどころかすごく心地よさそうに眠ってる」

「きっとモシェのアイディアだったんですね」ノーマンがドロレスに微笑みかけながら言った。「あなたとハンナのことが恋しくて、ディナーパーティになだれこもうとカドルズを説得したんだ」

ハンナは笑った。「そうかもね。それか、母さんにてんとう虫のお礼を言いたかったのかも」

「買ってきたのはわたしよ！」ミシェルが抗議した。「わざわざ園芸店まで買いにいったんだから」

「モシェとわたしからお礼を言うわ、ディア」ドロレスは笑顔で言った。

「ワインを注ごう」ノーマンはハンナがテーブルの上に置いたオープナーを取って、ワインの栓を二本とも抜いた。「赤がいい人は？」テーブルを見まわす。ロニーとドクがノーマンにグラスをまわし、彼はワインを注いでふたりにわたした。「白の人は？」

「飲み物はノーマンにお願いして、わたしは料理を出すわね」ハンナはそう言ってライスのはいったボウルを手にした。「これはトレイシーの大好きなライスで、マッシー・ルーミー・ルーム・ライスというの。お皿をまわしてくれる、母さん？」

ドロレスは首を振った。「だめよ。モシェが起きちゃう」

「ずっとそうやっているわけにはいかないだろう」眠っているハンナの猫を見おろしてドクが眉をひそめた。「きみはうちに帰ってきたばかりなんだぞ、ロリ。今夜モシェとベッドをともにすることになるのは願い下げだよ！」

ハンナは笑った。「大丈夫よ、ドク。モシェはいつもわたしのベッドで寝るから」

「気づいてたよ」マイクがうらめしそうに言った。

「ぼくも」ノーマンもうらめしそうだ。

これにはドロレスも負けた。あまりに激しく笑ったものだから、モシェが膝から落ちてしまい、猫は丸天井に守られた庭へとまっすぐに向かった。走っていく彼を見たカドルズは、すぐさま追いかけはじめた。猫たちは一、二秒でいなくなり、ハンナを含めてテーブルについていただれもがにぎやかな笑い声をあげていた。

「ぼくがライスをよそうよ」ノーマンがハンナの手からボウルを取って、皿をまわしてくれるようドロレスに合図した。

「わたしは鶏胸肉のレモン・グレーズを担当するわ」ミシェルが言った。「ライスを盛ったお皿をまわしてくれれば、そこにかける」

「わたしは何をすれば？」ハンナがきいた。

「そこに座って、お母さまやわたしといっしょにシャンパンを飲んでちょうだい」リンが言った。「もう一日ぶん働いたでしょう」

「あなたたちはどうかわからないけど、わたしはもうおなかいっぱいよ」椅子に背を預けて微笑みながらドロレスが言った。「すばらしくおいしいチキンだったわ、ディア」

「ありがとう」ハンナはドロレスに教えられたとおり、素直に褒めことばを受け入れた。

「ライスにとても合ってた」アンドリアが言った。

「あたしのライスよ、ママ」トレイシーが誇らしそうに言った。「ハンナおばさん《アント・ハンナ》はあたしに名前をつけさせてくれたんだから」

「そうね、ハニー」ハンナは年長の姪《めい》に微笑みかけた。

「あたしのライスは？」下の子のベシーはちょっと不満そうにおばにきいた。

「それはまた今度ね。今夜はデザートに名前をつけてもらおうかな」

「ほんと？」ベシーは天にも昇りそうな笑みを見せた。「どんなデザート、アン、タン、ナ？」

「ケーキと呼ぶ人もいるし、プディングと呼ぶ人もいる。あなたの好きなオレンジもはいってるわよ、ベシー」

ベシーは少し考えてからうなずいた。「名前考えたよ、アン、タン、ナ」

「どんな名前？」アンドリアがきいた。

「オレンジプーキ」

トレイシーは納得できないようだ。「ベシー……プーキなんていうお菓子はないんだよ」

「知ってる、でもアンタンナはプディングと呼ぶ人もいるし、ケーキと呼ぶ人もいるって言ったから」

「よく考えたわね、ベシー！」ハンナは褒めた。「これからこのデザートはオレンジプーキと呼ぶことにしましょう」

ハンナがキッチンに行ってケーキ皿を持ってくると、ベシーはとても誇らしそうだった。

「さあ、これがそうよ、ベシー」

「きれい！」ベシーは伯母に向かってにっこりしながら言った。

「ベシーが名付けたデザートだから、最初のひと切れは彼女がもらうべきよ」リンが提案した。

「そのとおりね」ハンナは同意し、最初のひと切れを切ってデザート皿にのせた。「ソースはかける、ベシー？」

「うん、お願い」

ハンナはオレンジリキュールが入っていないソフトソースをレードルでかけてから、ベシーに皿をわたした。

「ありがとう」ベシーは礼儀正しく言うと、スプーンを手にしたが、すぐにまた置いた。

「グランマ・マッキャンが言ってた、デザートを食べるのはみんなに行き……」彼女はそこまで言うとむずかしい顔をした。「なんだっけ？」

「行きわたってから？」ノーマンが予想して言った。

「そう！　それよ、ノーマンおじさん！　急いでほかの人のも持ってきて、アン、タン、ナ。すごくいいにおい！」

みんながベシーのオレンジプーキを食べ、コーヒーまたはミルクを飲んでしまうと、ドロレスは椅子に背を預けた。「ちびちゃんたちはお泊まりしていく、アンドリア？」

「ありがとう、でも今夜はやめておくわ」アンドリアは答えた。「明日の朝は早いの。トレイシーを学校に送ってから、ベシーとグランマ・マッキャンはモールに行くことになってるのよ。わたしは七時半にクライアントに別の家を見せなきゃ。彼は十時の約束に間に合うようにミネアポリスに帰らなきゃならないから」

「例の、寝室三部屋とガレージつきの家を探している人？」ハンナはきいた。

「そう」アンドリアは深いため息をついた。「これはと思う家はすべて見せたけど、まだ決めてもらえなくて。明日案内する家は彼の条件の範囲内だけど、彼がほんとうにほしがっている家は売りに出ていないの」

アンドリアのクライアントがどの家をほしがっているか、ハンナは知っていた。ダーシーの家だ。アンドリアがロニーのまえでそれを言わずにいてくれたので、ほっとしていた。

ハンナは今朝〈クッキー・ジャー〉でアンドリアに会ったとき、ダーシーの兄弟はあの家を売るつもりなのかと妹に尋ねていた。アンドリアのクライアントがあの家を手に入れるためにダーシーを殺したということは考えにくいが、動機にはなる。明日の朝〈クッキー・ジャー〉に行ったら、クライアントの名前を容疑者リストに書きこもう。

アンドリアが小さくうなずいた。どうやら姉妹レーダーが作動したらしい。その考えこむような表情から、妹もまったく同じことを考えていたのがわかった。

作り方

① 鶏胸肉がはいる浅めのボウルに冷凍の濃縮レモネードを入れて解凍し、おろしショウガ、黒コショウ、ドライパセリを加えて混ぜる。

② 鶏胸肉の半身を1枚ずつ浸し、レモネード液を両面にまとわせてから、スロークッカーの底に入れる。

③ 残ったレモネード液をかき混ぜて、鶏胸肉の上からかける。

④ ふたをして電源を入れ(笑いごとじゃなく、わたしは一度電源を入れ忘れて、ディナーはピザを注文するはめになった!)、低温で7〜9時間加熱する。

ハンナのメモその2:
急ぐ場合は高温にすれば4〜5時間でできる。

⑤ 鶏胸肉に火が通ったら、穴あきレードルですくって取り出し、耐熱皿に入れてアルミホイルできっちりふたをする。

⑥ オーブンをできるだけ低い温度に設定し、鶏胸肉のはいった耐熱皿を入れる。
こうしておくと、グレーズを煮詰めてソースを作っているあいだ肉が冷めない。

⑦ グレーズだけになったスロークッカーのふたをし、高温に設定する。

鶏《とり》胸肉のレモン・グレーズ
(スロークッカーレシピ)

ハンナのメモその1:
以下のレシピは3.8リットル入りのスロークッカー用。
もし4.7リットル用のスロークッカーをお持ちなら、
材料を1.5倍量にすること。
たとえば、3.8リットル入りなら
170グラムの皮なし鶏胸肉の半身が6枚必要だが、
4.7リットル入りなら9枚必要。

材料

冷凍の濃縮レモネード……170グラム入り1缶

おろしショウガ……小さじ1/2

黒コショウ……小さじ1/4

ドライパセリ(キッチンでハーブを育てているなら生のパセリを刻んでも)
……小さじ1

骨と皮を取り除いた鶏胸肉の半身……6枚

水……1/4カップ

コーンスターチ……大さじ2

準備:
3.8リットル入りのスロークッカーの内側に
〈パム〉などのノンスティックオイルをスプレーする。

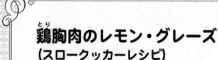

トレイシーの
マッシー・ルーミー・ルーム・ライス

●オーブンを175℃に温めておく

材料

生のブラウンライス（長粒米）……1カップ

生のワイルドライス……1カップ

生のブラウンバスマティライス……2/3カップ

チキンブロス……3 1/3カップ

チキンブイヨンキューブ……3個

挽《ひ》いた黒コショウ……小さじ1/2

粗みじん切りにした赤タマネギ……1/2カップ

マッシュルーム（またはお好きなキノコ）……375グラム入り2缶

バター……113グラム

ハンナのメモその1:
生米で見つからないものは、
お好きな別の種類で代用できる。
最終的に2・2/3カップの生米が用意できればよい。
ミックスライスの場合は、全量が450グラムになるようにする。

⑧ ボウルに水とコーンスターチを入れて混ぜたものを
スロークッカーに混ぜ入れる。ふたは軽く開けておく。

ハンナのメモその3:
ふたを軽く開けておくと蒸気が逃げてグレーズが早く煮詰まる。
グレービーを作るときと同じ。

⑨ 高温で15〜30分、またはグレーズが煮詰まるまで加熱する。

⑩ 炊いたライスやお好みのパスタの上に鶏胸肉をのせ、
出来あがったレモン・グレーズをかける。

ミックスサラダやお好みの野菜を
付け合わせれば4人分。

ハンナのメモその4:
わたしは特製のホリデーライスに
鶏胸肉のレモン・グレーズを添えるのが好き。
姪のトレイシーはマッシー・ルーミー・ルーム・ライスと呼ぶ。
このライスはキャセロールに入れてオーブンで2時間加熱して作る。
まえもって作っておけば、
食べるときに温め直すだけでよい。

⑥ ソースパンの中身を②のキャセロール鍋に移し、
細かく切ったバターをのせる。

⑦ キャセロール鍋にふたがあれば被《かぶ》せる。
なければ厚手のアルミホイルで覆いをする。

⑧ 175度のオーブンで2時間加熱する。

⑨ 2時間たったらふたを取り、さらに20〜30分加熱する。

ハンナのメモその2：
⑦の工程までまえもって作って冷蔵庫に入れておいてもよい。
準備ができたら予熱したオーブンに入れて焼くだけ。

約6人分。

ミシェルのメモその1：
短時間で作りたいときは、
電子レンジで作れる〈アンクル・ベン〉の袋入りライスを使うとよい。
食べる人の数だけ袋を用意し、
バターを塗ったキャセロール鍋に入れて
お好みの調味料を加え、厚手のアルミホイルでふたをする。
あとは鶏胸肉のレモン・グレーズができるまで
低温に設定したオーブンに入れておく。

ミシェルのメモその2：
この方法でライスを作る場合、ハンナには言わないこと。

作り方

① 生米をざるに入れて洗う。水気を切ってペーパータオルで拭き、そのままざるに入れておく。

② 大きな丸いガラスのキャセロール鍋の内側に〈パム〉などのノンスティックオイルをスプレーする。

③ ソースパンにチキンブロス、チキンブイヨンのキューブを入れ、強火にかける。沸騰したら中火にし、ブイヨンのキューブがとけるまでかき混ぜる。

④ 黒コショウ、赤タマネギのみじん切り、缶汁を切ったマッシュルームを順に加えてその都度かき混ぜる。

⑤ ソースパンを火からおろし、①の米を入れてよくかき混ぜる。

ハンナのメモその2:
焼き型にバターを塗って小麦粉をまぶすコツは経験から学んだ。
バターを塗って(中央部分にも忘れず塗ること)
小麦粉1/4カップを入れ、ラップをかける。
そうすると、さまざまな方向に向かって振っても床に小麦粉が落ちない
(ラップがきっちりかかっていることを確認し、
念のためにシンクかキッチンのゴミ箱の上で振ってもよい)。

作り方

① スライスした食パン1斤分を7枚、7枚、6枚と3つに分け、
まず7枚をまな板に重ねて置いて耳を切り落とす。

② X字形にナイフを入れて4つの3角形に切り分ける。
残りの7枚、6枚も同様にする。もう1斤分も同様に切る。

③ 3角形に切ったパンの1/3量をバント型の底に敷きつめる。

④ マンダリンオレンジの缶を開け、ざるにあけて汁を切る
(汁はマンダリンオレンジ・ソフトソースで使うので取っておく)

⑤ マンダリンオレンジの半量を③のパンの上に散らす。

⑥ ⑤にゴールデンレーズン1カップを散らす。

⑦ その上にグラニュー糖1/2カップを振りかける。

⑧ さらにその上にシナモンパウダー小さじ1を振りかける。

⑨ バター 113グラムを電子レンジ(強)に45秒かけてとかし、
バント型に注ぐ。

⑩ 同様にして残りのパンの半量、残りのマンダリンオレンジ、
ゴールデンレーズン1カップ、グラニュー糖1/2カップ、
シナモンパウダー小さじ1を重ね、残りのバターを
電子レンジ(強)に45秒かけてとかし、バント型に注ぐ。

マンダリンオレンジ・バント・デザート
(ベシーのオレンジプーキ)

材料

スライスした食パン……2斤
(わたしは〈オロウィート〉のサンドイッチ用白パンを使用)

マンダリンオレンジの缶……425グラム入り2缶
(わたしは〈ドール〉のものを使用)

ゴールデンレーズン……2カップ
(わたしは〈サンメイド〉のものを使用)

グラニュー糖……1 1/2カップ

シナモンパウダー……小さじ2

有塩バター……226グラム

卵……大7個

生クリーム……2カップ

おろしたてのナツメグ……適量

ハンナのメモその1:
耳を切り落としやすいので、わたしとリサはサンドイッチ用の白パンを使用。
1斤22枚だが、両端は使わない。

準備:
バント型の内側にたっぷりとバターを塗り、小麦粉をまぶして、余分な粉を落としておく(いずれも分量外)。
小麦粉入りの〈パム・ベーキングスプレー〉を使ってもよい。
その場合、型の内側にスプレーしたあと5分なじませてからもう一度スプレーする。

⑯ オーブンから出して、ワイヤーラックなどの上に置く。

⑰ 25分冷ましてから、バント型の上に大皿を伏せて置き、
鍋つかみかオーブンミットを使って型をひっくり返す。

⑱ 型と皿をそっと揺すり、カウンターに敷いたタオルの上に置く。

⑲ 慎重にバント型を持ちあげる。
型からはずれて皿にのっているはず。
うまくいかないときは、もう一度型をそっと揺する。
型からはずれて皿の上に残るまでこれを繰り返す。
食べるまでに時間があるときはそのまま完全に冷ます。

⑳ 冷めたらラップをかけて冷蔵庫に入れる。
冷蔵庫に入れておけば3〜5日はもつ。

㉑ 食べるときは粉砂糖を振ってアルコール入りのハードソースを
少量かけるか、アルコール抜きのソフトソースをたっぷりかける。
お好みでてっぺんに追加のマンダリンオレンジを飾ってもいいが、
なくても充分美しい。
バント・デザートの筋に沿って切り分け、デザート皿にのせて、
お好みで追加できるようハードソースとソフトソースをまわす。
いっしょに飲む濃いコーヒーか冷たい牛乳の用意も忘れずに。

ハンナのメモその5：
このデザートはほんのり温かい状態か室温で出すのがベスト。
わたしはマンダリンオレンジ・ハードソースと
マンダリンオレンジ・ソフトソースを別々のグレービーボートに入れ、
ソフトソースのほうの持ち手にリボンを結んでおく。
これは姪のベシーとトレイシーがソースをまちがえないようにするため。

⑪ 残りのパン全量を重ねて軽く押しつけ、
残りのグラニュー糖1/2カップを振りかける。

⑫ 大きめのボウルに卵を割り入れ、
泡立て器またはスタンドミキサーで混ぜる。
作るのはカスタードで、スポンジケーキではないので
泡立てすぎないこと。生クリームを加えてよくかき混ぜる。

⑬ 縁のある天板または浅い型の上に⑪のバント型を置き、
⑫のカスタード液をゆっくりとバント型に注ぐ。

ハンナのメモその3:
カスタード液がパンに染みこむまで時間がかかるので、
急いで注がないこと。
あふれそうになったら、1、2分待って染みこませる。
液面が下がってきたら、さらにカスタード液を注ぐ。

注意:
かならずしもカスタード液の全量をバント型に入れなくてもよい。
パンにどれくらい吸水力があるかによる。こぼさないようにゆっくり注ぐこと。

ハンナのメモその4:
わたしはカスタード液の全量を使うことができた。
〈オロウィート〉のサンドイッチ用パンは全部吸いこんだ。

⑬ カスタード液をできるだけ注いだら、おろしたナツメグを振りかけ、
30分おく。この待ち時間がとても重要!

⑭ 30分たったらオーブンを175度に予熱し、
油受けごと焼き型をオーブンに入れる。

⑮ 175度のオーブンで70分焼く。

⑧ ふたがしっかり締まる容器に入れ、冷蔵庫で冷やす。
マンダリンオレンジ・バント・デザートを食べる30分まえに
冷蔵庫から出しておく。

マンダリンオレンジ・バント・デザートといっしょに出す
アルコール入りのハードソース。

マンダリンオレンジ・ソフトソース

材料

室温でやわらかくした有塩バター……113グラム

粉砂糖……2カップ（かたまりがなければふるわなくてよい）

マンダリンオレンジジュース……大さじ2（果肉を使ったあとの缶の汁）

ハンナのメモその1：
マンダリンオレンジの缶の汁を取っておかなかったときは、
普通のオレンジジュースで代用できる。それもないときは牛乳でも。

作り方

① 室温でやわらかくしたバターをスタンドミキサーのボウルに入れ、
低速で2分かくはんする。

② 白っぽくふんわりするまで中速でさらに混ぜる（約2分）。

③ また低速にしてミキサーをまわしながら粉砂糖1カップを入れ、
なじむまでかき混ぜる。

マンダリンオレンジ・ハードソース

材料

やわらかくした有塩バター……113グラム

粉砂糖……2カップ（かたまりがなければふるわなくてよい）

トリプルセックなどのオレンジリキュール……大さじ2

ハンナのメモその1：
オレンジリキュールを買いにいくのが面倒なら、
普通のブランデーか、なんならラム酒で代用してもよい。

作り方

① 室温でやわらかくしたバターをスタンドミキサーのボウルに入れ、低速で2分かくはんする。

② 白っぽくふんわりするまで中速でさらに混ぜる（約2分）。

③ ミキサーを低速に戻してから粉砂糖1カップを入れ、なじむまでかき混ぜる。

④ 低速のままトリプルセックなどのオレンジリキュールを大さじ1加えて混ぜこむ。

⑤ 低速のまま粉砂糖の残り1カップを加え、なじむまでかき混ぜる。

⑥ 残りのオレンジリキュールを加え、なめらかになるまでかくはんする。

⑦ ソースの濃さをチェックする。やっと注げる程度の濃さがよい。
薄すぎるときは粉砂糖を追加し、
濃すぎるときはオレンジリキュールを少量加える。

④ 低速のままマンダリンオレンジジュースを大さじ1加える。

⑤ 低速のまま残りの粉砂糖1カップを加える。

⑥ 低速のまま残りのマンダリンオレンジジュース大さじ1を加える。

⑦ ソースの濃さをチェックする。やっと注げる程度の濃さがよい。
薄すぎるときは粉砂糖を追加し、
濃すぎるときはオレンジジュースを少量加える。

⑧ ふたがしっかり締まる容器に入れ、冷蔵庫で冷やす。
マンダリンオレンジ・バント・デザートを食べる30分まえに
冷蔵庫から出しておく。

マンダリンオレンジ・バント・デザートにかけるのに
必要な量のソフトソース。

ハンナのメモその2:
急いでいてハードソースもソフトソースも作りたくないときは、
インスタントのバニラプディングをパッケージの指示に従って作り、
オレンジジュースかトリプルセック少量を加えてのばしてもよい。

17

翌朝ハンナがノーマンのマスターベッドルームで目覚めると、二匹の猫がそれぞれの枕で眠りながら、窓から射しこむ冬の太陽の淡い光を浴びていた。急いで起きあがってナイトスタンドの上の時計を見た。七時だ！　ナンシーおばさんとリサが出勤する六時までに〈クッキー・ジャー〉に行っていようと思ったのに、寝坊してしまった！

すぐにスリッパを履き、五分後にはシャワーを浴びていた。いくつもの噴射口から噴き出すシャワーに凝った筋肉をほぐされて、ハンナはすっかり目覚めた。またモシェに枕を盗まれたようだ。カドルズに自分の枕を取られたモシェが、必要に迫られたのだろう。

起きてから十分もしないうちに、すっかり目覚めた状態で身支度を整え、足音をしのばせてノーマンが使っているゲストルームのまえを通り、階下のキッチンに急いだ。ドアを押し開けてなかにはいると、すぐに大好きな朝の香りにうっとりする。「コーヒー！」とハンナはつぶやいた。

「座って。カップに注いであげるから」そう言われて、キッチンの奥に目を向けた。

「リン！」友人の姿を見て驚いたハンナは叫んだ。「今朝は遅くまで寝ているつもりじゃなかったの？」

「そのつもりだったけど、あなたがシャワーを浴びている音がしたから、コーヒーを淹れようと思って」リンは長椅子をたたいた。「ここに座って。あなたはブラック……だったわよね？」

「ええ。すごくいいにおいのコーヒーね！」

「でしょ。ノーマンはニューヨークの店でブルーマウンテンの豆を買っているみたいね。世界一おいしいコーヒーと言われてるのよ」

「どうりで」ハンナはおいしそうなにおいを吸いこんだ。

「袋の横にわたし宛てのメモがあったの」リンはハンナのためにマグにコーヒーを注ぎ、ブースに運んできた。「それには、〝もしぼくより先に起きたら、ハンナにこのコーヒーを淹れてあげてください〟と書かれていた。愛されているのね」

ハンナはリンからマグを受け取りながら笑顔になっていた。「そうみたい」

「あなたは彼を愛しているの？」

「ええ、彼が望んでいるような愛し方ではないけど」

「その話はまたあとで」リンはハンナが最初のひと口を飲むまで待ってから尋ねた。「どう？」

「すごくおいしい！」

「それはよかった」ノーマンがドア口に現れて言った。「部屋にはいって目覚まし時計のアラームを止めさせてもらったよ、ハンナ。リサから電話があって、今朝は早く来なくていいそうだ。ロニーが、ダーシーを見つけた朝の話をリサにしにきたらしい。いつものように店で話をしてほしいと言ってね。話を聞いた人が新しい情報を寄せてくれるかもしれないから」

「よかった！」ハンナはそう言って、ノーマンに微笑みかけた。「そうしてくれるといいなとは思っていたけど、こっちからはたのみにくくて。だってロニーはまだ少し……」

「不安定？」ノーマンがことばを補った。

「そう。自分が経験したことや、どう感じたかについては、正直話したくないでしょうし。でも、ダーシーを殺した犯人をつかまえるのに役立つと思えば話してくれると思ってた」

「リサは今日、殺人事件の話をするの？」リンがきいた。

「うん」ノーマンが返した。「準備は万端だと電話で言っていたよ」彼はハンナを見た。「リサが今朝きみの手伝いが不要だと言ってきたのはそのせいもある。きみにはこれまでの手がかりを追ってほしいそうだ。ナンシーおばさんとマージとジャックがいるから手が足りているとも言っていた。それと、アンドリアが電話してきて、ウェイトレスをやるために何時に行けばいいか知りたがっていたとも」

「わたしも手伝いたいわ」リンが言った。「今朝やらなければならないのは、車を借りるか買うかすることと、ＫＣＯＷテレビに行って、オーナーとミネソタ映画祭の話をすることぐらいだから」

「ＫＣＯＷはまだあのイベントをやるつもりなのかい？」ノーマンがきいた。

「ええ、でも六月まで待つみたい。そうすれば天候によるトラブルもないだろうから」

「なるほど」ハンナが言った。「でも今日はアンドリアに手伝いをたのみたいの」

「ぼくがリンをシリルのところに連れていくよ。車を借りるか買うかの相談ができるように」ノーマンが申し出た。

そのとき、オーブンのタイマーが鳴って、リンが椅子から立ちあがった。「もうすぐ朝食ができるわ。イージー・チージー・エッグ・ベネディクトを作ったのよ」

「それはどんなもの？」ハンナがきいた。

「見ればわかるわ。母とおばのダリルがいつもクリスマスの朝に作ってくれたものなの。少し大きくなってからは作るのを手伝ったことを覚えてる」

「どうやって作るんだい？」ノーマンが興味を示す。

「イングリッシュマフィンにバターを塗ってからオーブンに入れるの」リンは言った。

「気に入ってもらえるかどうか早く知りたいわ。ちゃんと作れているといいけど」

「きっと大丈夫よ」ハンナはすかさず言った。「何か手伝えることはある？」

「ええ、お皿を三枚出してカウンターに置いて。わたしは卵とカナディアンベーコンをオーブンから出すから」

「ぼくも手伝うよ」ノーマンが申し出た。

「それじゃあ、チーズソースを確認して。電子レンジのなかにあるわ。充分熱くなっていたら取り出して、おたまですくってマフィン型から取り出した卵にかけて」

ハンナは顔をほころばせた。すごくそそられるレシピだ。「つまり、オランデーズソースなしのエッグ・ベネディクトみたいなもの?」

「そのとおり。オランデーズソースを作ることもできたけど、チーズソースのほうが早くできて簡単だから」

三人は立ちあがってそれぞれの役目を果たしにいき、数分後にはリンの料理をまえにして座っていた。

「おいしい!」ハンナは思わず言った。「レシピを教えてくれる?」

「もちろん」

「これはうまい!」ノーマンも同意してリンを見た。「昨夜うちに来るまえ〈クイック・ストップ〉に寄ってほしいと言ったのはこのためだったんだね?」

「ええ。何年も作っていなかったけど、毎年クリスマスの朝に手伝っていたから、作り方は覚えていたの。今朝これを食べたら、うちに帰ってきたみたいですてきだと思って」

「この料理をあなたのクリスマスの伝統にするべきよ」思い出に浸るリンの表情に気づいてハンナは言った。リンの両親は数年まえに亡くなり、生まれ育った家は売られてしまった。リンは子どものころの思い出の場所をふたたび訪れることができないのだ。

「今年はぼくの家で作ってくれないかな?」ノーマンがきいた。「今年もクリスマスの日の朝にみんなにここで朝食を食べてもらおうと思っているんだ」

「よろこんで!」リンは彼に感謝の笑みを向けた。「小さな町で育ったから、人とのつながりが恋しくてしかたがないの。ご近所さん……友だち……親戚……クリスマスの朝にはみんな集まったものよ」

「それならきみにも参加してもらわないとね。これからはレイク・エデンに住むことになるんだから」ノーマンが言った。「家具を積んだ引越しトラックはいつ到着するか、わかっているの?」

リンは首を振った。「まだわからないけど、大きい家具は荷造りしなかったの。思い出したくないから、昔の――」そこでことばを止め、小さなため息をついた。「暮らしのことは。レイク・エデンで新しくスタートを切りたいのよ。だから家具は新しいものを買おうと思って。これも今日調べないと。トリー・バスコムのコンドミニアムがわたしのものになるのは二週間後だけど、バスコム町長とステファニーが早めに引きわたしてくれないかと期待しているの」彼女はハンナに微笑みかけた。「すでにドロレスがお膳立てしてくれたのよ。今日の午後ペントハウスの庭でステファニーとコーヒーを飲めるようにね。コンドミニアムにはまだ家具が置かれているから、きっとステファニーはわたしの家具がそろうまでそれを使っていいと言ってくれるだろうって」

「ペントハウスの庭で飲むコーヒーは、コーヒーじゃないって知ってるわよね?」ハンナは念を押した。

「ええ、ドロレスが教えてくれたわ。二本目のペリエ・ジュエがあれば、ステファニーは早く引っ越してきてもいいと言ってくれるだろうとも」

ノーマンは笑った。「ミセス・バスコムは家具を買い取るなら使ってもいいと言いそうだね」

「そうなればうれしいわ」リンは言った。「演技レッスンに使われていたスタジオの家具はとても気に入っているし、リビングルームの家具もしばらく使うぶんには申し分ないから」

ハンナはノーマンと視線を合わせた。ノーマンの顔つきから、アル・パーシーがあのコンドミニアムにはいってきたとき、ふたりでトリーのベッドの下に隠れたことを思い出したのは明らかだった。

眉をあげたノーマンへの返答として、ハンナは小さく首を振ってみせた。おそらくそのことはあとでリンに話すことになるだろうが、今は秘密にしておくべきだろう。

ハンナのメモその1：
カナディアンベーコンと卵は火を通すのに時間がかかるので
先にオーブンに入れる。
イングリッシュマフィンの天板をオーブンに入れるころには
卵に半分火が通っているはず。

作り方

① カナディアンベーコンのスライスを1枚ずつマフィンカップに入れ、
底を覆ってサイドにも少しかかるように押しつける。

② ベーコンの上に卵を1個ずつ割り入れる。
黄身を割らないようにすること。

③ 予熱したオーブンの下段にマフィン型を入れ、
タイマーを7分にセットする（卵は半熟状態になる）。

ハンナのメモその2：
ここでの目標はすべてを同時におこなうこと。

④ 卵を焼いているあいだにチーズソースを作る。
とても簡単で、オランデーズソースを作るよりずっと楽。
〈キャンベル〉の濃縮チェダーチーズスープの中身を、
スプーンか小さめのゴムべらで耐熱ボウルにあける。

ハンナのメモその3：
注意！　濃すぎると思っても、水や牛乳は加えないこと。
とけたチーズのように濃いとろとろのソースになる。

⑤ スープを電子レンジ（強）で1分温め、そのまま1分おく。
ぬるければ、温まるまでさらに電子レンジに30秒かけて
そのまま30秒待つ（盛りつけ時に冷めていたらまた温め直す）。

イージー・チージー・エッグ・ベネディクト

●オーブンを175℃に温めておく

材料

イングリッシュマフィン……6個

やわらかくした有塩バター……57グラム

カナディアンベーコン……12枚

卵……大12個

塩コショウ……適量

〈キャンベル〉の濃縮チェダーチーズスープ……268グラム入り1缶

仕上げ用のパプリカパウダー……適量
（新鮮なハンガリーのパプリカがよい）

準備：

① 12個用のマフィン型の内側に〈パム〉などの
ノンスティックオイルをスプレーするか、バターを塗る。

② イングリッシュマフィン用の天板を用意する
（オイルをスプレーしたりバターを塗る必要はない）。

③ イングリッシュマフィンをそれぞれ横半分に切り
（ナイフで切っても手で割ってもよい）、切り口にやわらかくしたバターを塗る。

④ バターを塗った切り口を上にしてイングリッシュマフィンを天板に置く。

⑥ 7分たってタイマーが鳴ったら、イングリッシュマフィンの
天板をオーブンのマフィン型の上の段に入れる。
ドアを閉め、タイマーをセットしてさらに7分焼く。

⑦ 朝食用の皿6枚を出してキッチンカウンターに置く。

⑧ タイマーが鳴ったらマフィン型の卵の様子を見る。
白身に火が通っていればオーケー。
生のときはさらに1、2分オーブンに入れておく。
たいていの人は白身に火が通って、
黄身が半熟の状態が好き。
イングリッシュマフィンの表面に色がつきすぎたら、
オーブンから天板を取り出してワイヤーラックなどに置く。

⑨ 皿1枚につき2枚のイングリッシュマフィンを
バターの面を上にして置き、スプーンかトングで
マフィンカップの中身を1つずつのせる。

⑩ チェダーチーズソースを電子レンジから取り出し、
スプーンですくって卵の上にかける。

⑪ 彩りにパプリカパウダーを振りかけ、
温かいうちに食卓へ出す。

ハンナのメモその4:
メロンのスライスやそのほかのフルーツを添えてブランチにも。

ハンナのメモその5:
朝食にマイクを招いてイージー・チージー・エッグ・ベネディクトをふるまうときは、
ホットソースの〈スラップ・ヤ・ママ〉のボトルを忘れずに用意すること。

レシピは6人前。
アンドリアの家のように二段オーブンがあれば、
一度に12人分を作れる。

18

ハンナがちょうどピーナッツバター・シュガークッキーの天板をオーブンから取り出したとき、アンドリアが裏口のドアからはいってきて、防寒コートを掛けてから作業台に向かった。

「コーヒーはどう?」ハンナは最後の天板を業務用ラックにすべりこませながら尋ねた。

「うん。飲む」

ハンナはさっと振り向いて、アンドリアの落胆した表情に目を留めた。「クライアントは家を気に入らなかったのね?」

「やっぱりダーシーの兄弟は、彼女の家を売りに出すのを待ちたいと言ってる。わたしが見せた家は彼のすべての要求を完璧に満たしていたのに」

「ダーシーの家が手にはいるまでねばる理由は何か言ってた?」

「眺めが気に入っているんですって。わたし、どういう意味ですかってきいちゃった。だって、ありきたりな眺めでしょ。ダーシーの家と隣家の敷地のあいだの、大きな醜い岩に囲まれたただの農地が見えるだけだもの。納得がいかない」

「満足することができない人なのかもね」ハンナはそう言って、アンドリアのまえにコーヒーのマグを置き、焼きたてのピーナッツバター・シュガークッキーを皿に盛った。

ハンナがクッキーを運んでくると、アンドリアは「きれいなクッキーね」と言ったが、まだ落胆している様子だった。クッキーを取ってひと口かじると、厨房にはいってきてから初めて微笑んだ。「おいしいわ」

「ありがとう」ハンナはアンドリアをもっと元気づけたくて言った。「〈デルレイ工業〉の昼間シフトで働いている人をだれか知ってる？」

アンドリアはきびきびとうなずいた。「ええ。グレン・ライトは昼間シフトで働いてる。ドニー・ザイフェルトも」

「親しいの？」

アンドリアは少し考えこんだ。「親しいというほどじゃないけど、知り合いではあるわね」

「あんたがビルと結婚してることは知ってる？」

アンドリアは顔をしかめた。「知ってると思う。町の人はみんなわたしがビルと結婚してることを知ってるから」

「ビルが保安官だってことも？」

「うーん……たぶんね。選挙で投票してくれたはず。どうしてそんなことをきくの?」

「グレンとドニーの話を聞きに、いっしょに行ってもらいたいの」

一瞬おいて、アンドリアは理解した。「彼らに質問したいことがあるから、わたしに紹介してもらいたいのね?」

「そういうこと。以前からの知り合いのあんたがいれば、よりオープンに話してくれるかもしれないでしょ」

「そうかもね。いつ行く?」

「一時間後。さっき電話して昼間シフトの休憩時間をきいたら、秘書が教えてくれたの」

「休憩はどれくらい?」

「十五分だけど、それだけあれば充分よ。早めに行ってテーブルを確保するから、あんたはふたりを連れてきてわたしに紹介して」

「わかった」アンドリアは快諾した。「それに、ふたりに会うのはおもしろそう」

「クッキーを持っていこうと思って」

「いいわね! 役に立つはずよ、とくにこのピーナッツバターのはいったクッキーをグレンにあげれば。高校時代、カフェテリアのランチがピーナッツバターのサンドイッチのとき、よく半分あげてたの。グレンはピーナッツバターに目がないのよ」

「ドニーは?」

「覚えてないけど、ドニーとグレンはいつもいっしょだった。グレンが姉さんに話をすれば、たぶんドニーも話してくれると思う」

「その車に気をつけて、姉さん」従業員用の駐車場を歩きながら、アンドリアが注意した。

「車の後部に近づいちゃだめよ」

ハンナは注意されて驚いた。「ぶつかるほど近くないけど」

「それでもだめなの。ダナ・サマーズのと同じタイプの車だから。だんなさんに買ってもらった車らしいんだけど、アラームシステムの不具合についてさんざん聞かされたわ」

「どんな不具合?」車の後部から充分離れて通行しながらハンナはきいた。

「リモコンでドアをロックするとアラームシステムが自動的に作動するらしいんだけど、それがすごく敏感なシステムなのよ。人が近づきすぎるだけでアラームが鳴っちゃうみたい」

「教えてくれてよかったわ!」

「わたしも知らなかったんだけど、ダナに気をつけるように言われたの。一度作動させちゃったせいで、駐車場に停めてあった十台以上のアラームも鳴りだしたんですって。恥ずかしい思いをしたから、またそんなことになったらどうしようと心配になったのね。シリルの修理工場に持っていって、アラームシステムを切ってもらったらしいわ」

「このドアからはいればいいのね」ハンナは敷地にはいるドアのまえで立ち止まった。

「そう。建物に囲まれた中庭のまんなかに、ランチを持ってくる従業員のためのテーブルがあるはず」

妹の指示どおりに進むと、外でランチを食べる従業員のために確保された場所に出た。ふたりはテーブルのひとつに座った。ほどなくして、建物のドアが開き、従業員たちがぞろぞろと出てきた。

「テーブルを確保しておいてよかった」ハンナは崖っぷちに向かうタビネズミのようにテーブルに向かう従業員を見ながら言った。

「そうね」アンドリアはそう言うと、立ちあがって手を振った。「来たわよ、姉さん。テーブルを取っておいて。ふたりをつかまえてここに連れてくるから」

「やあ、ハンナ。元気そうだね」アンドリアがふたりをテーブルに連れてくるとグレンが言った。「このところいろいろあってたいへんだったね」

「ああ、ほんとに残念だよ」ドニーも言ったが、ハンナは彼がクッキーの袋を見ているのに気づいた。

「座って、ふたりとも」ハンナはクッキーの袋を開けて言った。「休憩時間につまんでもらおうと思ってこれを持ってきたの」

「わたしはコーヒーを買ってくるわ」アンドリアが申し出た。「ブラック？　クリーム入り？　砂糖入り？」

「ブラックで」グレンが言った。

「クリームと砂糖入りで」ドニーが言った。「おれはアンディと行って、運ぶのを手伝ってくるよ」

残されたグレンは値踏みするようにハンナを見た。「ダーシーのことが聞きたいんだよね？」

「ええ、そのために来たのよ。彼女はあなたたちのシフト管理者だったんでしょう？」

「ああ」

「彼女のことはよく知らないんだけど、いい管理者だった？」

「うーん……」グレンは顔をしかめて首を振った。「あのさ、ハンナ。ここだけの話にしてくれるんだよね？」

「ええ。管理者としてのダーシーについて聞かせて」

「横柄だった。タイムカードを押すのが二分半遅れただけで違反切符を切られたよ」

「二分半？」五分や十分程度のことでとやかく言う人がいるなんて、ハンナには信じられなかった。

「ああ。しかも、ドニーとおれは一時間ぶんも給料から差し引かれたんだ！」

「それは頭にきたでしょうね」ハンナはクッキーの皿を彼にわたした。

「もちろんだよ！　ドニーもおれも家賃を払えるかどうかは給料にかかってるからね。ここは給料があんまりよくないし、二度違反切符を切られると、昇給は見こめなくなるんだ」

「あなたたちは二度違反切符を切られたの？」ハンナはここでもグレンが事実を裏付けるのを待った。

「今回で二度目。これでもう昇給はないってことだ」

「ダーシーにすごく腹を立てて当然だと思うわ」

「そりゃ、腹が立ったよ！　だから……」グレンはためらい、小さく身震いした。

「だから？」ハンナは先をうながした。

「彼女が殺されたと聞いたときはぞっとした」

ハンナは理解していることが伝わるようにうなずき、別の質問をしたいのをこらえた。容疑者が話しはじめたら、沈黙を利用すればもっと話をさせることができる、というのがマイクの教えだった。

「あの違反切符のせいでおれたちが彼女を恨んでたことを思うと、なんだかいやな気分で」グレンは告白した。「その日のランチタイムはみんな事件のことを話していたから、ドニーとふたり、おれの車のなかでランチを食べたんだ」

「そうそう」コーヒーを持ってテーブルに戻ってきたドニーが言った。「シフト管理者向きじゃない人っているだろう？」

グレンはハンナの袋からクッキーを取った。「そうそう。少しばかり権力があるからって、自分たちのほうが上だとばかりにいばる人たち。ダーシーはそういうタイプだった」

「自分はしょっちゅう休憩をとっていたし」ドニーが補足した。「シフト管理課の上司にいつも言い寄っていた。メモをわたしたり、そんなことばかりしていた」

「そうだった」グレンも言った。「つきあってたわけじゃないと思うけど」

ドニーはうなずいた。「おれもそう思う。彼にはダーシーよりもっと上品な恋人がいるし」

「シフト管理課の上司はベントン・ウッドリーよね？」アンドリアが尋ねた。

「ああ」グレンが答えた。「ベントンはいい人だよ。きびしいときもあるけど、公明正大だしね。ダーシーのことを聞いてすぐに彼と話したら、おれたちがくらった違反切符については心配するなと言ってくれた」

ドニーがうなずいた。「すべての違反報告は彼のところにあがってくるらしいけど、その件はもう破棄したと言っていた」

「つまり、昇給してもらえるってことだ」グレンが言った。

「ああ、でももっと早くそれを知りたかったよ。ベントンが味方だとわかっていたら、あんなことをする必要は……」ドニーは小さなうなり声を発し、グレンのほうを見た。「なんで蹴るんだよ……」声が小さくなって、ごくりとつばをのみこんだ。「ごめん」そうグレンに言ったあと、しっかりと口をつぐんでしまった。

「何があったの?」ハンナはドニーがくれたチャンスに賭けることにした。

グレンはハンナが姪たちのまえでは言わないようなことばをつぶやいたあと、大きなため息をついた。「うっかり秘密をもらしてしまったみたいだな。もっと悪いことだと思われるまえに話すよ」

「それがいいわ」ハンナは彼に満足げな笑みを向けて言った。「何があったのか話して、グレン」

グレンはカップを手にしてごくりとコーヒーを飲んだ。もっと強い飲み物ならよかったのにと思っているのかもしれない。「あれは……シフトの最後の日の昼休みだった。ランチは外で食べよう、何か食べるものを買ってきてくれとドニーに言われたんだ。自分は車に忘れ物を取りにいくからと」

「でも、ダーシーの車のボンネットを閉じるまえにこいつに見つかっちまった」ドニーはひどくうしろめたそうに言った。「とにかく頭にきてたんだ。ほら、あの意地悪女のせいで昇給がふいになったと思ったから、何か仕返しをしてやりたかった。グレンが賛成するとは思わなかったから、ひとりでやろうと思ったんだ。それなら、もし彼女にやったのかときかれても、こいつは何も知らなかったと言えるから」

グレンがつづけて告白した。「でも、おれはドニーを見つけて、何をやっているかわかっているのかときいた。彼女にされたことの埋め合わせにはならないけど、彼女が管理者会議を終えて帰るとき、車のエンジンがかからないように細工をしたとドニーは言った」

「すごく頭にきていたから、何かせずにはいられなかったんだ」ドニーは言った。「でも……たいしたことじゃない」

グレンは小さく笑った。「ドニーは修理工にはなれないよ。おれが手伝わなかったら、高校で自動車整備の単位を落としていただろうからね」

ドニーはにやりと笑った。ユーモアのセンスが戻ってきたようだ。「そのとおりだ。ダーシーがボンネットを開ければ、どこがおかしいかすぐにわかっただろう」

「どんな細工をしたの？」ハンナは彼にきいた。

「バッテリーケーブルをはずして、車が発進できないようにした」ドニーは白状した。「彼女を困らせたかっただけなんだ」

ハンナはグレンを見た。「それで、あなたたちはバッテリーケーブルを元に戻したの？」

グレンは首を振った。「ドニーはやたらと得意そうだったから、水を差したくなかった。それで、ダーシーだろうとだれだろうと、ケーブルを元に戻しても車が動かないようにする方法を教えたんだ」

「何をしたの？」アンドリアがきいた。

「ヒューズボックスから燃料ポンプのヒューズをはずした」グレンはひどく得意そうだった。「そのヒューズがなければ、たとえバッテリーケーブルを元どおりにつなぐだけの頭があっても、ダーシーの車は動かない」

「それはまたずいぶんと洗練されたやり方ね」ハンナは言った。「ヒューズは適当に選んだの？　それとも、どれをはずせばいいかわかっていたの？」

グレンは小さく笑った「わかっていたよ。父さんがダーシーのと同じSUVを持っていて、調子が悪いときの直し方なら知っていた。四年生の一年間はずっとその車を運転していたんだ。いつでも好きなときに貸してもらえたからね」

アンドリアは感心したように彼を見た。「あなたなら高校の自動車修理の試験は楽勝だったでしょうね」

「まあね。Aだったよ」

「唯一のAだ」ドニーが言った。「グレンはとにかくそのAが自慢でさ」

これでダーシーの車の謎は解けた。そろそろ手きびしい質問に移らなければ。ハンナは深呼吸をして、最初に頭に浮かんだ質問をした。「ダーシーが殺された夜、あなたたちはどこにいたの？」

「ホリングフォードから来た女の子たちとダブルデートをしてた」ドニーが即答した。

「すごく楽しかったよ」

グレンは微笑んだ。「ああ。最後は彼女たちの家に行って……まあ……そのあとのことは言わなくてもいいよね？」

ハンナは首を振った。「あの夜帰ってきた時間以外はね」

「帰ってきたのは朝だ」ドニーは言った。「着替えてすぐに出勤した」

「遅刻もしなかった」グレンが言い添えた。そして、眉をひそめた。「まさかおれたちが……いや、おれたちはほんとうにダーシーを傷つけるようなことは何もしていないよ！

それほど彼女を憎んでいたわけじゃない！」

「わかってるわ」ハンナは急いでふたりを安心させた。「ふたりとも、もう一枚クッキーをどうぞ。これからここに来たほんとうの理由を話すから」

「言われなくても食べるよ」グレンは袋に手を入れながら言った。「おまえも食べなよ、ドニー。ピーナッツバターだぞ」

「ありがたい」ドニーもクッキーを取った。ひと口かじると笑顔になり、またハンナを見た。「ここに来たほんとうの理由を話すと言ったね。どういうこと？」

「あなたたちはダーシーと働いていた」ハンナは話しはじめた。「同じシフトの人たちとも。あなたたちはとても人を見る目がありそうだわ」

グレンは褒めことばに気をよくした。「ああ。人を見る目はあると思うよ」

「だからあなたたちの話を聞きたいのよ。ここで働いている人たちのなかで、殺したいほどダーシーを憎んでいたかもしれない人はいる？」

　グレンとドニーが考えているあいだ、ハンナとアンドリアは黙っていた。

　少しして、グレンが大きなため息をついた。「大勢の人たちが彼女にいらついてた。とくにちょっと……」そこで彼は別のことばを探した。「うんざりさせられたときはね。でも、実際に傷つけるような人はいないと思う」ドニーのほうを見る。「おまえは？　だれか思いつくか？」

　ドニーは少し考えてから首を振った。「彼女を好きじゃなかった人は多いけど、そこまでやる人はいないよ！」

「ダーシーがだれかを解雇したことはある？」アンドリアがきいた。

「あるよ！　おれたちがここで働きはじめてすぐ、解雇されたやつがひとりいたけど、じつはおれたち、少しまえに偶然そいつに会ったんだ。解雇されたのは今までで最高の出来事だったって言ってたな。もっとずっと給料のいい新しい仕事を手に入れたから」

「つまり、ダーシーを殺したかもしれない人はだれも思いつかないのね？」ハンナは最後の質問をした。

「ああ」グレンは答えた。「彼女が……その……つきあっていたやつをのぞけば」

「ダーシーは大勢の男とつきあっていたからな。どういうことかわかると思うけど」ドニーが言い添えた。「捨てられた男が彼女を恨んで殺すというのはありそうな気がする」

「そういう人をだれか知ってる?」アンドリアがきいた。

ふたりとも首を振った。「よくは知らないけど」グレンが言った。「ダーシーは男と見れば手当たり次第だったし、彼女に本気で恋するほど間抜けなやつはいないと思う」

ベルが鳴って、グレンとドニーは立ちあがった。「もう仕事に戻らないと」グレンが言った。

「クッキーを持っていって」ハンナはふたりに言った。「売るほどあるから」

ふたりはうれしそうな顔でクッキーの袋を持って去っていき、彼らがいなくなるとハンナはアンドリアに合図した。

「必要な情報は手にはいった?」建物を出てハンナの車に向かいながらアンドリアがきいた。

「まあね。少なくともふたりの容疑者をリストに書き加えることができた」

「ふたり?」アンドリアが助手席に乗りこんできいた。「だれのこと?」

「ベントンとダニエルよ」ハンナはキーをまわしてエンジンをかけ、駐車場から車を出した。

「ベントンはわかるわよ、ダーシーが言い寄ろうとしていたわけだから。でも、どうしてダニエルを疑うの?」

「ダニエルはもう長いことベントンとつきあってる。ダーシーはベントンにメモをわたしていたってグレンとドニーは言ってた。もしダニエルがそれを読んでいたら？」

アンドリアは驚いた顔をした。「ダニエルが嫉妬のあまりダーシーを殺したと思うの？」

ハンナは肩をすくめた。「わからないけど、今日の午後ダニエルに会いにいって、ダーシーが殺された夜どこにいたかたしかめるわ」

作り方

① ボウルに有塩バター、グラニュー糖、モラセスを入れて、
白っぽくふんわりするまでかき混ぜる。

② バニラエキストラクト、ベーキングソーダを加えてよくかき混ぜる。

③ とき卵を加えて全体をよく混ぜる。

④ ポテトチップスをジッパーつきのビニール袋に入れて
ジッパーを閉じ（ポテトチップスがキッチンカウンターじゅうに
散らばらないように）、平らな場所に置いて
大きめの砂利ぐらいになるまで指で中身を砕く。
2カップ分を③のボウルに加えて混ぜる。

⑤ 中力粉1カップを加えて混ぜる。

⑥ 中力粉をさらに1カップ加えてよくかき混ぜる。

⑦ 最後に残った中力粉1/2カップを加えて混ぜる。

⑧ ピーナッツバターチップを混ぜこむ。
スタンドミキサーを使う場合は最低速度で。
ボウルをミキサーからはずして手で混ぜこんでもよい。

⑨ ホワイトチョコチップまたはバニラベーキングチップを混ぜこむ。

⑩ 天板に〈パム〉などのノンスティックオイルをスプレーするか、
オーブンペーパーを敷く。

ハンナのメモその3：
オーブンペーパーを使う場合は上下に余裕を持たせること。
クッキーが焼けたらその部分を持ってオーブンペーパーごと
ワイヤーラックに移すことができる。

チップスクッキー

●オーブンを175℃に温めておく

ハンナのメモその1：
このレシピは2倍量にすることもできるが、
ベーキングソーダだけは2倍ではなく、小さじ1·1/2にすること。

材料

やわらかくした有塩バター……227グラム

グラニュー糖……2カップ

モラセス……大さじ3

バニラエキストラクト……小さじ2

ベーキングソーダ（重曹）……小さじ1

とき卵……2個分（グラスに入れてフォークで混ぜる）

砕いた塩味のポテトチップス……2カップ
（砕いてから量ること。わたしは〈レイズ〉のプレーンな薄切りポテトチップスを使用）

中力粉……2 1/2カップ（きっちり詰めて量る）

ピーナッツバターチップ……1カップ（わたしは〈リーシーズ〉のものを使用）

ホワイトチョコチップまたはバニラベーキングチップ……1カップ
（わたしは〈ネスレ〉のバニラベーキングチップを使用）

ハンナのメモその2：
ポテトチップスを砕くときは
フードプロセッサーではなく、ビニール袋に入れて手で砕くこと。
フードプロセッサーだと細かくなりすぎ、歯ごたえがなくなる。
手で砕くと大きめの砂利ぐらいになる。

⑪ 生地をスプーンですくい、
充分間隔をあけながら天板に丸く落とす。

ハンナのメモその4:
〈クッキー・ジャー〉では容量小さじ2のクッキースクープを使用。
スプーンを使うより早い。

⑫ 175度のオーブンで10〜12分、
またはこんがりと色づくまで焼く(わたしは11分)。
天板のまま2分冷ましてから、
金属製のスパチュラでワイヤーラックに移し、完全に冷ます。

甘じょっぱいさくさくのクッキー、約5ダース分。
子どもたちはこのクッキーが大好き。

ハンナのメモその5:
このクッキーにはピーナッツバターチップがはいっていることを、
食べる人にかならず伝えること。

19

ハンナが〈クッキー・ジャー〉の作業台のまえに座っていると、静かなノックの音がした。聞き覚えのないノックだったので、マイクとロニーが取り付けてくれたのぞき穴からのぞいてみた。だが、ちらりと見てすぐにドアを開けた。

「リン！」ハンナはにこやかに客を迎えた。「コートを預かるわ」

「ありがとう、ハンナ」リンはあざやかな赤い防寒コートを脱いでハンナにわたした。

「この気候にぴったりのコートを買っておいてよかった！　外は凍えそうに寒いもの」

「すてきな防寒コートね」ハンナは軽量の衣類をフックに掛けながら褒めた。「こっちで買ったの？」

「いいえ、こっちは寒いからとドロレスに言われて、カリフォルニアで買ったの。カリフォルニアで防寒コートを見つけるのがどんなにたいへんかわかる？」

「想像もつかない」ハンナはそう言って、作業台のスツールを示した。「座ってて、コーヒーを持ってくる」

「ありがとう！」リンは小さく笑った。「何時間も防寒コートを探しまわって、あきらめかけたとき、ドロレスがスポーツ用品店を試してみたらと提案してくれたのよ！　カリフォルニアで防寒コートが必要になるのは、スキーリゾートに行くときぐらいだから」

ハンナは笑いだした。「たしかにそのとおりね。カリフォルニアでは防寒コートを着るほど寒くならないもの」

「ドロレスとドクのペントハウスに温度調節ができる庭があってほんとによかった。今日の午後、そのお庭でステファニー・バスコムとお茶を飲むことになったの。ここに寄ったのはそれが理由でもあるのよ。ドロレスはあなたにお茶のおともを何か焼いてもらいたいみたいなの」

「母さんはどんなものを出す予定なの？」

「それは」リンはくすっと笑った。「シャンパングラス入りの紅茶のおともとして、ステファニーが好きそうなものじゃない？」

「前菜ならどんなものでもよさそうね。わたしはクッキーを用意するわ。シャンパンに合うものを」

「いいわね！」リンは笑顔になった。「あなたの焼くクッキーは大好き」

「よかった。二時半に届けられるように準備しとく。ところで、今朝はシリルのところでレンタカーを借りたの？」

「レンタカーはやめて、レンジローバーを買ったのよ。すごく気に入ったわ！　今朝はそれに乗ってKCOWテレビに行ったら、チャック・ウィルソンにいい選択だと褒められちゃった」

「チャックのことはどう思った？」

「いいんじゃない？　ちょっと鏡を見すぎな気がするけど、ああいう共演者はこれまでもたくさんいたし。でも、いい人みたい。生放送の最初の二週間はサポートすると約束してくれたわ」

「生放送の最初の二週間？」ハンナは自分のマグを置いて、混乱しながらリンを見た。

「どういうこと？」

リンはうれしそうに微笑んだ。「仕事が決まったのよ、ハンナ！　オーディションを受けて、チャックといっしょにKCOWニュースのアンカーを務めることになったの」

「彼とペアを組んでいたキャスターのディーディー・ヒューズは？　彼女は解雇されたの？」

リンは首を振った。「いいえ、引っ越したの。チャックの話によると、彼女はミネアポリスの会議で出会ったやり手の弁護士と二週間後に婚約して、その二週間後に結婚したんですって。さらにその翌週には彼とニューヨークに引っ越したみたい。彼女の夫は妻を働かせたくないらしいの。まえもって知らせることもなかったそうよ。テレビ局の人たちにやめるとだけ伝えて」

ハンナはショックを受けた。「つまり……相談も何もせずにいきなりやめたってこと？ ニュースのチームを途方に暮れさせて？」

「そうなの。たしかにチャックはおもしろくなさそうだったわ！ プロデューサーが代わりを探しているあいだ、この一週間はひとりでニュース番組のアンカーを務めていたんだから」

ハンナはにっこりした。「それであなたがディーディーの代わりを務めるのね。よかったじゃない、リン！」

「ええ、すごくうれしい。時間的にも問題ないし、移動の足も手に入れたから、月曜日から働きはじめるの」

「すごい！」ハンナは自分のことのようによろこんだ。「あなたってほんとにすごいわ、リン。ここに着いて二十四時間もたたないうちに、住む場所と車と新しい仕事まで手に入れるなんて」

リンはコーヒーをひと口飲んでにっこりした。「たしかにそうね。足りないものはクッキーだけだわ」

「いけない！ ごめんね、リン。お皿にクッキーを盛っているところだったのに、あなたの仕事のことを聞いたら興奮して忘れちゃった」

「いいのよ。からかっただけだから。でもクッキーが食べたいのはほんとうよ。どんなすてきなクッキーでわたしの再就職を祝ってくれるの？」

「それならまかせて！」ハンナは勢いよく立ちあがって、足早に業務用ラックに向かった。「ちょうど雪と氷のクッキーが焼きあがったところなの。まだ自分でも食べたことがないんだけど」

「じゃあいっしょに試食すればいいわ」リンが言い、ハンナは最新クッキーを皿に盛った。

「ぼくもまぜてくれよ」ノーマンがコーヒーショップからはいってきて、ちょうどリンのセリフを耳にした。「ぜひ食べてみたいな」

「わたしがノーマンのコーヒーを用意するわ」リンが申し出た。「みんなで試食しましょう」

ハンナが作業台にクッキーの皿を置き、みんなで食べて絶賛したあと、ノーマンがハンナを見た。

「きみのアパートの寝室にあったものを段ボール箱に入れてロニーが持ってくるそうだ。お母さんのところに運んでほしいとメールしておこうか？」

ハンナは少し考えてから首を振った。「母さんのところには置きたくないの。貸し倉庫を契約するつもり。そうすれば時間があるときに中身を見て、何を取っておくべきか判断できるでしょ」

「うちのガレージにも余裕はあるよ」ノーマンが申し出た。

ハンナはこれにも首を振った。「あそこにはもうロスが撮りためた古い映像やビデオ機材を置かせてもらってる。わたしのものは、あのコミュニティカレッジのそばの貸し倉庫に置いておこうと思うの」

「お望みどおりに」ノーマンが言った。「ぼくの車にはトレーラーをつなげられるから、好きなところに運んであげるよ」

ハンナは厨房の壁の時計を見た。「あなたさえよければ正午には行けるわ。お昼のラッシュはリサとナンシーおばさんとマージとアンドリアにまかせて」

「ぼくはいいよ」ノーマンは言った。「ロニーに電話して、それでいいかきいてみる」

ノーマンは立ちあがり、ふたりが話せるように席をはずした。

「ノーマンはほんとに思いやりがあるのね」リンが言った。

「そうね。それが彼の長所のひとつよ。ノーマンは本物の紳士で、いつも他人の気持ちを考えているの」

「とくにあなたの気持ちをね。わたしは気づいたわ」

ハンナにはどうしてかわからなかったが、リンはちょっと心配そうな顔をした。「なんだか浮かない顔ね。どうしたの？」

「だって……あなたとノーマンを手伝うと言ってあげるべきなのに、ドロレスと正午に

〈レッド・ベルベット・ラウンジ〉でランチの約束をしてしまったんだもの。わたしもいたほうがよければ、電話してキャンセルするけど」

「ロニーとは話がついた」ちょうどそのときノーマンが作業台に戻ってきて、リンの申し出を聞いた。「キャンセルする必要はないよ、リン。ロニーが言うにはたいした量じゃないようだし、ハンナとぼくだけで大丈夫だ」

「あなたがそう言うなら」リンはほっとしたようだ。

「ステファニー・バスコムとのお茶に備えたいのね？」ハンナは推測した。

「じつはそうなの。早めに入居できるならよろこんで家賃を払うつもりだったけど、それは言わないほうがいいとドロレスに助言されたのよ。ステファニーにあれを勧めさえすれば……」リンはそこまで言ってノーマンを見た。

「大丈夫だよ、リン。ドロレスがどういう〝お茶〟を出すかはハンナから聞いてるから」

「よかった！　秘密だったらどうしようかと思った」リンはハンナを見た。「これからドロレスに会いに〈グラニーズ・アティック〉に行くわ。お昼までお店で手伝えることがあるかもしれないから」

「送っていくよ」ノーマンがそう言って立ちあがり、リンに防寒コートを着せかけて裏口のドアを開けた。彼は戻ってくるとまた作業台のまえに座ってハンナに微笑みかけた。

「早めに入居することをステファニーが許可しなかったら、うちに滞在してくれていいとリンに伝えておいたよ。それでよかったかな?」

「もちろんよ」

「そう言ってくれると思ったけど、先にきみにきくべきだったね。ごめんよ、ハンナ」

「謝るようなことじゃ……」ハンナがそう言いかけたとき、また裏口でノックの音がした。

「マイクかな?」ノーマンが尋ねた。

「ええ、彼のノックはどこにいてもわかる」

ノーマンは笑った。「ぼくもわかるよ、きみが特徴を教えてくれたから。マイクはいまだに〝開けないとドアを壊すぞ!〟というノックをするね。ぼくが出るから、きみは彼のコーヒーを準備するといい」

「了解」ハンナは厨房のコーヒーポットに向かい、ノーマンは反対方向に向かった。

「やあ、マイク」ノーマンが話しかけるのを聞きながら、ハンナはマグにコーヒーを注いだ。コーヒーを作業台に運ぼうと振り向くと、マイクはもう防寒コートを掛けてスツールに座っていた。

「いらっしゃい、マイク。わたしの新作クッキーを味見する? 雪と氷のクッキーっていうの」

「もちろん」マイクはすぐに答えた。「新作クッキーの味見はいつでも歓迎するよ」

ハンナは業務用ラックのところに行って皿に雪と氷のクッキーを盛り、マイクへ出した。

「さあどうぞ」

さっそくマイクはクッキーを取ってかじった。「うまい！」と言って食べつづけ、最初の一枚を食べてしまうと、もう一枚取ってから尋ねた。「ダーシーの車に細工したのはだれかわかったかい？」

ハンナは笑いそうになった。今朝〈デルレイ工業〉に行ったことをマイクにきかれるのは、考えてみれば当然のことだった。「ええ、でもダーシー殺害時にはアリバイがあった」

「それは残念だ」マイクはそう言ってため息をついた。「ほかに何かわかった？」

「ええ。ダーシーはベントンに言い寄っていた。彼が製造ラインの視察に来ると、よくメモをわたしていた」

「そのことも調べるつもり？」マイクが尋ねた。

「もちろん。わたしのベッドルームの荷物を保管する貸し倉庫の契約をしたらすぐにね」

「それはいつの予定？」

「正午に」ノーマンが言った。

「わかった。荷物をおろすのを手伝うよ。そうすればもっと早くすむ」マイクは皿からもう一枚クッキーをつまんでかじった。「今日は〈コーナー・タヴァーン〉で人と会ってランチをする予定なんだけど、それが一時半なんだ。ぼくにはちょっと遅すぎる。それまでに飢え死にしそうだよ」

ノーマンのほうを見たら噴き出してしまうとわかっていたので、ハンナは耐えた。マイクはクッキーを四枚も食べたのに、まだ飢え死にしそうなの？

「ついつい食べすぎてしまうんだ」マイクは少しすまなそうに言った。「ロニーのために何もしてやれないこの状況にいらだっているからだと思う。あいつの力になれないのがたまらなくつらい。でも、ぼくが捜査に手を出せば公正さが損なわれ、何を発見しても証拠として使えなくなる」

「わかってる」ハンナはマイクの手をそっとたたいて言った。

マイクはため息をついてノーマンを見た。「妻が殺されたときもそうだった。当時ミネアポリス市警にいたぼくは、いてもたってもいられなかった」

「わかるよ」ノーマンが言った。「何かしたかったんだね」

「うん。その結果、捜査を台無しにしてしまった」マイクはごくりとつばをのみこみ、深く息をついた。「今更どうにもならないけど、やっぱりつらいよ。もしぼくが手を出さなかったら、ぶちこむことができていたんだ、あの……」マイクはことばを切り、目をしばたたかせた。「クズ野郎を」

三人ともしばらく無言だった。ハンナもノーマンもマイクをなぐさめるために何を言えばいいかわからなかったし、彼がまだ妻の死を乗り越えられずにいるのはよくわかった。

「ぼくらは最善を尽くすしかない」ありふれてはいるが精一杯のことばを口にして、ノーマンはマイクの肩をぎゅっとつかんだ。「以前もきみはそうしているつもりだったんだよね。でも、このロニーの件では、きみは自分を抑えている。すごくつらいだろう。それはわかるよ。ぼくも、大切な人に悪いことが起きたとき、自分がしたことを長いこと後悔した」

マイクは弱々しく微笑んだ。「知ってるよ。きみがハンナとつきあいはじめたとき、経歴を調べさせてもらった。実のところ……ぼくが同じ立場だったとしても、きみと同じことをしていたかもしれない」

「ぼくだって、きっときみと同じ反応をしていたと思うよ」ノーマンが言った。

男同士の話がやたらと深刻になってきたので、ハンナはスツールから立ちあがった。

「正午に出かけるとリサに伝えてくる。ふたりとも、もっとクッキーがほしければ、どこにあるかわかってるわよね」

スイングドアを抜けて店頭に向かいながら、ハンナは複雑な気持ちだった。ふたりの元ボーイフレンドたちが絆《きずな》を感じているのはいいことだと思う。ふたりは友人同士なのだから。それはわかっている。でも、ふたりがさらに親しくなることで、ハンナとの三角関係はますます複雑になるのでは？

「大丈夫？」コーヒーショップにはいったところで立ったまま考えこんでいるハンナに気づいて、リサが声をかけた。

「えっ？　ああ、大丈夫よ。ランチタイムの手は足りてる？　ちょっとやることがあって出かけたいんだけど、忙しければまたにする」

「大丈夫よ」リサはすぐに言った。「アンドリアはアルのオフィスに書類を届けにいってるけど、すぐに戻ってくると思う。正午のラッシュにはマージが来てくれるし、手は足りてる。行ってきて、ハンナ。今日は戻ってこなくてもいいわよ。みんなあなたには自由に動きまわってほしいと思ってるから。ダーシーを殺した犯人を見つけられるように」

ハンナは微笑んだ。「あなたがいなかったらどうすればいいかわからないわ、リサ」

「そんなこと考えなくていいから。さあ、行ってきて。わたしたちのことなら心配いらないから」

ハンナは手を伸ばしてリサの肩をぽんとたたいた。「ありがとう。アンドリアが来たら、わたしが戻るのを待つように伝えてくれる？　遅くとも一時までには戻るから」

「わかった」

「アンドリアに時間があれば、今日の午後またいっしょにききこみに行ってもらいたいのよ」

「時間ならあるんじゃないかな。今度の事件を手伝わせてもらえて、アンドリアはすごくよろこんでるみたいよ。じつは……こんなこと言うべきじゃないかもしれないけど、このところ仲間はずれにされているように感じていたんだと思う」

ハンナはひどく驚いた。「そうなの？」

「たぶん。以前はよく殺人事件の調査を手伝っていたけど、最近は声をかけなくなったでしょ。あなたを手伝いたくてたまらないのよ」

「それはうれしいけど……アンドリアは不動産エージェントの仕事と家庭のことですごく忙しいでしょ。あんまり負担をかけちゃいけないと思って」

「アンドリアはあなたが好きなのね。それに、暇があっても何をすればいいのかわからないのよ。忙しくしているときがいちばん落ちつくって言ってたもの」

「それは知らなかったわ。今回はたっぷりとあの子に手伝ってもらうわよ。むずかしい事件だから」

「容疑者が多いってこと？」

「まあね。でも、ききこみをするたびに絞れてきてる。複雑なのは、ダーシーが……その……彼女のことがあんまり好きじゃなかった人がかなりいるってこと」

「やっぱり。ダーシーとは同じクラスじゃなかったけど覚えてるわ。姉のひとりはダーシーのことをすごく恨んでた。ボーイフレンドを取られたから」リサはハンナの〝それだ！〟という表情に気づいて小さく笑った。「今のは忘れて、ハンナ。ダーシーが殺された日、姉はシカゴにいたし、今は休暇でだんなさんとバハマに行ってるの。ここに戻ってきてダーシーを殺すのは不可能よ」

「よかった。じゃあ容疑者リストに書きこむ必要はないわね」

「ええ、でも手がかりになることはないか、みんなで聞き耳を立てているわね。運がよければ、見えないウェイトレスのトリックがまた役に立つかもしれない」

「幸運を祈るわ」と言って、ハンナはまた厨房に向かった。「ありがとう、リサ。戻ったら知らせるわね」

雪と氷のクッキー

- オーブンを190℃に温めておく

材料

グラニュー糖……2カップ

室温でやわらかくした有塩バター……227グラム

とき卵……大3個分（グラスに入れてフォークで混ぜる）

ベーキングパウダー……小さじ1

ベーキングソーダ（重曹）……小さじ1

塩……小さじ1/2

シナモンパウダー……小さじ1/2

おろしたてのナツメグ……小さじ1/2

カルダモンパウダー……小さじ1/2（なければシナモンパウダーで代用）

バニラエキストラクト……小さじ1

ココナッツエキストラクト……小さじ1/2

牛乳……1/2カップ

ココナッツフレーク……1/2カップ

ロールドオーツ……2カップ
（未調理のドライオートミール。1分でできるクイックタイプではなく、
調理に5分かかる昔ながらのもの）

中力粉……2カップ（きっちり詰めて量る）

⑨ ホワイトチョコチップを加え、木のスプーンで混ぜる。

⑩ 天板に〈パム〉などのノンスティックオイルをスプレーするか、
オーブンペーパーを敷いてからオイルをスプレーする。
天板にくっつきやすいクッキーなので、オーブンペーパーがお勧め。

⑪ スプーンですくった生地を、用意した天板に
充分間隔をあけて落とす。

ハンナのメモその2：
〈クッキー・ジャー〉では容量小さじ2のクッキースクープを使用。

ハンナのメモその3：
このクッキーは焼いているうちに広がるので、
つぶして平たくする必要はない。

⑫ 190度のオーブンで12〜15分、または表面がこんがり
色づくまで焼く（わたしは12分）。
色づきはじめるとあっという間に焦げるので、
わたしはいつもタイマーを10分にセットし、
あとの2分は注意深く見守る。

⑬ オーブンから天板を取り出し、ワイヤーラックなどの上で
2分冷ましたあと、天板からワイヤーラックに移して完全に冷ます。

⑭ お好みで仕上げに粉砂糖を振りかける。

みんなが好きなおいしいクッキー、5〜6ダース分。

ハンナのメモその4：
このクッキーをひとつでやめられる人には会ったことがない！

ホワイトチョコチップまたはバニラベーキングチップ……1カップ
（わたしは〈ネスレ〉のバニラベーキングチップを使用）

仕上げ用の粉砂糖……1/4〜1/2カップ

作り方

① スタンドミキサーのボウルにグラニュー糖と有塩バターを入れ、低速で1分ほどかき混ぜる。

② 中速にしてとき卵を加え、白っぽくふんわりするまでよくかき混ぜる。

③ 低速に戻してシナモンパウダー、ナツメグ、カルダモンパウダーを混ぜこみ、さらにバニラエキストラクトとココナッツエキストラクトを加えて混ぜる。

④ 低速で混ぜながら牛乳を少しずつ加える。

⑤ ミキサーをオフにしてココナッツフレークを加え、低速で混ぜる。

⑥ 低速で混ぜながらロールドオーツを加え、よく混ざったらミキサーを止める。

⑦ ミキサーを低速にして、中力粉を半カップずつ加え、その都度30秒ほど混ぜる。

ハンナのメモその1：
きっちり半カップずつでなくても目分量で大丈夫。
少しばかり多くても少なくても、
小麦粉警察がドアをノックすることはありません。

⑧ 中力粉が完全に混ざったら、ミキサーを止め、ボウルの内側をこそげてミキサーからはずす。
カウンターに置いて生地を木のスプーンでひと混ぜする。

20

ノーマンとマイクとともに〈スーペリア・ストレージ〉のオフィスにはいっていくと、チリンとベルの音がした。すぐに奥から女性が現れて、受付カウンターに立った。

「いらっしゃいませ、〈スーペリア・ストレージ〉へようこそ」女性は三人に微笑みかけて言った。「ご用件をおうかがいいします」

「小さいユニットをひとつ借りたいんです」ハンナは言った。

「よろこんでお手つづきいたします。店長のシェリルです。お手数ですが、写真つきの身分証を見せていただけますか？」

「はい」ハンナは運転免許証をシェリルにわたした。

「ありがとうございます、ミス・スウェンセン。少しお待ちいただけますか？　空きを確認いたしますので」

ハンナが見守るなか、店長はコンピューターのキーボードをいくつか打って小さくうなずくと、顔を上げた。「隣の建物内のユニットがひとつ空いています。建物を出た裏の壁沿いにもユニットがございます」

「オフィスに近いほうのユニットがいいわ」ハンナは言った。

「そちらがお勧めです」店長は微笑んだ。「建物内なら防犯カメラがありますし、オフィスは二十四時間開いています。夜間におひとりで来られるときなど、心配でしたらオフィスにいらしてお声をかけていただければ、目を離さないようにいたします」

「外のユニットの場合はそうじゃないのかな？」マイクが尋ねた。

「ええ、安全な施設ではありますが、セキュリティは建物の内部にかぎられます。これまでそういったことはありませんが、外には何者かがうろついている可能性がありますし、裏の壁沿いのユニットはほかの場所ほど明るくありません。そちらのユニットをお選びいただいた場合、暗くなってからは、どなたかにご同行いただくことをお勧めします」

「それがいいだろうね」マイクが言った。

店長はにっこりし、ハンナの情報をコンピューターに打ちこみはじめた。ほどなくして、彼女は眉をひそめながら顔をあげた。「あらたなユニットがご入用ということでしょうか、ミス・スウェンセン？　すでにご契約されているユニットにはまだ余裕がありますが？」

今度はハンナが眉をひそめた。「でも……ここのユニットは借りてないわ」

「ほんとうですか？　三百番台のユニットに、たしかにお客さまのお名前があります。もちろん、まちがいかもしれませんので、もう一度確認してみますね」彼女はさらにいくつかキーをたたき、得意げな笑みを浮かべて顔をあげた。「やっぱりそうです！　ミス・スウェンセンのお名前で借りたユニットのことを、フィアンセの方からお聞きになっていませんか？」

ハンナはぽかんと彼女を見たあと、首を振った。「いえ……き……聞いていません」

「まあ、そうですか！　出張を控えてお忙しそうでしたから、きっとうっかりされたのでしょう。まだここが開業するまえにいらして、お客さまのためにユニットを契約して、一年分のレンタル料を払われたんですよ」

ハンナはあまりのショックに軽いめまいを感じた。「いえ、彼からは……何も聞いていないわ」

店長はため息をついた。「それでしたら、今日ご来店いただいてよかったです。ご存じなかったのかもしれませんが、あのユニットには荷物がいくつか保管されています」

不意にこの貸し倉庫ユニットの謎が解け、ハンナはサドルバッグ大のバッグを開いた。キーリングを取り出し、貸金庫にロスが残していた〈スーペリア・ストレージ〉の鍵を見つけた。

「どういうことかわかったわ」ハンナは言った。「三一二番のユニットね？」

店長はコンピューターの画面を見おろした。「ええ、そうです。ミディアムサイズのユニットですが、わたしどもはわずかな荷物しかお入れしていません」

「あなたたちが入れたんですか?」マイクがきいた。彼は自分と同じぐらい驚いているようだ、とハンナは気づいた。

「はい。当時ここはまだ建設中で、ユニットの準備ができていませんでした。お荷物をお預かりするわけにはいかず、何週間かお待ちいただくようお願いしました。ですが、仕事ですぐにも旅に出ることになっているのでそれはできない、出発まえに手つづきをしたいということでした」店長はハンナに向き直った。「預けたいのは書類やそのほかのものがはいったスーツケース数個だけで、あなたにそれを引き出して送ってもらうことになるかもしれない、とうかがっています」

「それで、彼にユニットを貸したんですか?　まだ建設中なのに?」ノーマンがきいた。

「それがちょっと込み入ってまして。もしわたししかいなかったら、お断りしていたと思います。レンタル業務に関しての規則がありますから」

「でも、あなたはひとりではなかった?」マイクがきいた。

「ええ、その日はたまたま上司がいたんです」彼女はまたハンナを見た。「フィアンセの方は、ユニットの準備ができるまでスーツケースを安全に預かってもらえるとてもありがたい、とおっしゃいました」店長は小さく肩をすくめてからつづけた。「上司は、一年ぶんのレンタル料を先に払っていただけるなら、よろこんでそのとおりにいたします、とお答えしました」

「それで問題はないんですか？」ノーマンがきいた。

「なくはないですが、わたしにできることはあまりありませんでした。上司がイエスと言ったら、従うしかないんです。彼が借りたユニットが使用可能になるまで、荷物はすべてオフィスに保管しておくようにと上司に言われました。そして、準備ができたら三一二番のユニットに運ぶようにと」

「それで、そうしたんですね？」ハンナがわれに返ってきき返した。

「はい。フィアンセの方は書類に必要事項を記入してから、スーツケースをオフィスに持ってこられました。それでおしまいです」

「鍵と南京錠《なんきんじょう》はどうしたんですか？」マイクが聞いた。

「上司が建築状況の視察にきたとき、閉店になった支店から鍵と南京錠をいくつか持ってきたんです。もうすぐ完成予定だった建物のユニットが三百番台だったので、フィアンセの方に三一二番の鍵をおわたししました」

「そのスーツケースは今三一二番のユニットに？」マイクがまたきいた。

「はい」店長はハンナを見た。「ご案内しますので、どれくらい余裕があるかご確認ください。お客さまのお名前はもうリストにありますので、あとはサインしていただくだけでけっこうです」

ハンナはカウンター越しに押し出された書類を受け取り、サインをした。新しい情報に頭はくらくらしていたが、やっとの思いで尋ねた。「すぐに見られますか？」

「もちろんです。鍵が合うか確認するためにわたしもごいっしょします」店長はカウンターの向こうから出てくると、三人を先導してドアに向かった。

「ここはいいところですね」木立や手入れされた植栽を通りすぎながら、ノーマンが言った。「こういう施設は普通、必要最小限のものしかないんでしょう？」

店長は笑った。「ええ。まえの勤務地をお見せしたかったですよ。どこもかしこもアスファルトで、壁はシンダーブロック。木一本どころか草さえも生えてなくて、もちろんここに植えられているようなバラの灌木《かんぼく》もありませんでしたから」

「ここに異動になってよかったですね」ハンナは言った。

「ええ、ほんとうに！　キャンパスのすぐ近くなので、コミュニティカレッジの夜間講義をいくつかとっているんです。ほんものの田舎の風景が楽しめますし、住民の方々も親切ですし。デトロイトの工業地域よりずっとすてきです。ここでは窓の外を見ると、自然がありますからね。向こうでは建物が見えるだけですから」

店長が冬でもここがとても気に入っているようなので、ハンナは驚いた。だが、デトロイトにも冬はあるし、少なくともここには木があるし鳥もいる。

店長は三百番台のユニットがある建物の扉を開け、ハンナたちをなかに入れた。そして、廊下を半分ほど進んで立ち止まった。「こちらです」と言って、ハンナを見た。「鍵を試してみてください」

ハンナは鍵を出して南京錠に差しこんだ。鍵はすんなりはいり、彼女はその鍵をまわした。一同が無言で見つめるなか、かちりという音が聞こえ、南京錠がはずれた。

店長は微笑んだ。「問題ないようですね。では、なかをご確認ください。保管したい荷物を運ぶのに手が必要ならお知らせくださいね。大学生のアルバイトがふたりいますので。どんな荷物でも運びます」

ハンナにお礼を言われて店長はオフィスに引き返した。三人だけになると、ハンナはマイクとノーマンを見た。「用意はいい？　ロスが何を保管していたのかわからないけど、見てみましょう」

ノーマンとマイクがうなずき、ハンナは貸し倉庫ユニットの扉を押し開けてなかにはいった。「店長の言ったとおりね。荷物はそんなにない」

「スーツケースが三つだけか」マイクがユニット内に積まれているものに気づいて言った。

「あのスーツケースに見覚えは？」

ハンナは首を振った。「ないわ。発つまえにロスが買ったんだと思う。でも、どうしてスーツケース三つのためだけに、貸し倉庫を一年も契約したのかわからない。アパートのクロゼットに充分はいるのに」

「簡単なことだよ」マイクが言った。「ロスはきみにスーツケースを見られたり、中身についてきかれたくなかったんだ」

「でも、どうしてそんなに長くユニットを借りていたんだろう？」ノーマンが言った。

「それも明らかだ」マイクが答えた。「いずれ折を見てスーツケースを取りにくるつもりだったんだろう。ハンナを含めてだれにも、それがここにあることを知られたくなかったんだよ」

「それでわたしに鍵をよこせと言ったのね」あの日、ロスが夜明けまえに〈クッキー・ジャー〉に現れたときのことを思い出してハンナは言った。「彼はお金のほかに、この貸し倉庫の鍵もほしがってた」

「そうか」ノーマンが言った。「きっとあのスーツケースには価値のあるものがはいっているんだろう」

ハンナの頭のなかでは答えの出ていない疑問が渦巻いていた。「それを知るには開けてみるしかないわね」そう言って、重ねられたスーツケースに一歩近づく。

「待った！」マイクが彼女の腕をつかみ、ノーマンを見た。「きれいなハンカチを持ってる？」

「持ってるよ」ノーマンはポケットに手を入れて白いハンカチを取り出し、マイクにわたした。「ほら」

「ぼくが開けるよ、ハンナ」マイクは言った。「それでかまわないかな？」

「ええ、お願い」ハンナはすぐに同意した。なかに違法なものがはいっていたときに備えて、マイクはスーツケースについているかもしれない指紋を保存したいのだろう。

「さがって」マイクは手を振ってスーツケースからふたりを離れさせようとした。「できればドアの外に出てくれ」

ハンナとノーマンは倉庫のドアに向かいながら視線を合わせた。ノーマンも同じ結論に達したようだ。爆発物がはいっているかもしれないので、マイクはスーツケースにふたりを近づけまいとしているのだろう。

「よし。最初のスーツケースを開けるよ」マイクはハンカチを使ってファスナーを開けた。

ハンナはじりじりした。息を止めて、スーツケースが開かれるのを待った。通路は不気味なほど静かで、壁までもが意外な結果を期待しているかのようだった。ノーマンにわずかに身を寄せると、肩に腕をまわされた。温かい抱擁に心は安らいだが、脚が震えはじめるのがわかった。

「うわ！　またた！」マイクは最初のスーツケースの中身がふたりに見えるように、うしろにさがりながら叫んだ。

「お金」ハンナはつぶやいた。「ま、またお金だわ！」

「うん、でも今回はまえとちがう」マイクはなかにはいるようにふたりに示しながら言った。「二十ドルより大きい紙幣はないし、十ドル紙幣や五ドル紙幣もまじっている」

「それが意味するのは？」ノーマンがきいた。

「逃走資金だ。荷造りしてすぐに持ち出せるようになっている。両替してあやしまれることもない。百ドル札で持っていくのは危険すぎるからね。高額紙幣はあやしまれて記憶に残りやすい」

「なるほど」ノーマンがすぐに言った。「モーテルにはいって二十ドル札で支払いができる。低額紙幣は大量に流通しているから安全だ。百ドル札だと大量にお釣りをわたすことになって、記憶に残りやすくなってしまう。安いホテルやモーテルで百ドル札を出す客はそれほど多くないからね」

「そのとおりだ」マイクは最初のスーツケースを閉じて脇に置いた。「また外に出ていてくれ。つぎのスーツケースを調べるから」

「でも、最初のスーツケースは問題なかったのよね？」ハンナは指摘した。

「そうだけど、二番目もそうとはかぎらない。通路に出るんだ、ふたりとも。そんなに近くに立たれている状態でつぎのスーツケースを開けるつもりはないよ」

「わかったよ、そこまで言うなら」ノーマンが同意した。

「本気だよ。さあ、出ていって、ぼくに仕事をさせてくれ」

マイクの決意は固いようなので、反論しても無駄だろうとハンナは思った。そこで小さくうなずき、ノーマンのあとから通路に出た。

「ずいぶん慎重だね」ノーマンがひそひそ声で言った。

「そうね」ハンナもひそひそ声で返した。「マイクが爆発物処理班を呼ばなかったのを感謝しなくちゃ」

「うちに爆発物処理班はない」マイクが言ったので、ふたりは驚いた。「爆発物がはいっているかもしれないという疑いがなければこんなことはしないよ」

ハンナとノーマンがぎょっとしたように視線を合わせると、マイクは笑った。「ひそひそ声でも聞こえるんだよ。ここはほとんどからっぽだから、巨大な残響室みたいに音が響く」

「爆発物がはいっているとわかったらどうするの？」ハンナが彼にきいた。

「ミネアポリス市警に電話する。あそこは大きいから爆発物処理班がいる」

マイクが第二のスーツケースを開けてなかに呼び戻してくれるまで、ノーマンとハンナは待った。

ハンナは第二のスーツケースの中身を見おろした。「服？」マイクに尋ねる。

「ああ、きちんと荷造りされていて、持ち出せるようになっている。ここにある衣類に見覚えは？」

ハンナは首を振った。「ロスがこういうシャツを着ているのは見たことない」さまざまな色のポロシャツを示して言った。

「でも、新品には見えないね」ノーマンが気づいた。

「その赤と青のテニスシューズも」

「買ってからクリーニングに出したのかも」マイクが推測した。

「でも……」ハンナは眉をひそめた。「ロスはポロシャツを着ない人だった。それに、色つきの靴は好きじゃないと言っていたの。子どもっぽいからって。白のテニスシューズ以外は履いているのを見たことがなかった」

「ロスはあえてイメージを変えるためにこれらを用意したんだ」マイクが説明した。「頭がいいよ。逃亡者はたいてい新しい衣類を買うけど、服装のスタイルを変えようとは思わないからね」

「それはシカゴ・ベアーズのフットボールジャージー？」ハンナはシャツをよく見ようと近づいた。

「みたいだね」マイクが答えた。「ロスの好きなフットボールチームだったの？」

「ロスはフットボールが好きじゃなかった。スポーツが好きだったことはないし、見るのは大学のバスケットボールだけだって言ってた」

「すべて考慮ずみだったようだね」マイクは言った。「イメージを変えて、名前も変えるつもりだったんだろう」

「三つ目のスーツケースを開けて、マイク」ハンナがせかした。「ほかに彼が何を持っていくつもりだったのか知りたい」

マイクが最後のスーツケースを開けるあいだ、ハンナとノーマンはまたドアの外に立った。マイクの低い口笛を聞いて、ふたりはなかに急いだ。

「逃亡するつもりだったのはまちがいないだろうね」マイクはスーツケースのなかの大量の身分証、名刺、運転免許証、パスポートを示して言った。

「これを全部買ったのかな？」いちばん上にある、ロスの写真つきの運転免許証に気づいて、ノーマンは言った。「それなりのお金を出せば偽の身分証が手にはいるのは知ってるけど」

　マイクはその免許証を取って名前を見た。「ラスティ・バーゲン」声に出して読む。「買ったのかもしれないけど、自分で作った可能性もある」彼はハンナを見た。「ロスは大学で写真を専攻していたんだよね？」

「ええ、スチル写真と映像をね」

「そして、ロスは学生時代お金に不自由していなかったんだね？」

「いつもわたしたちに夕食をおごってくれたわ。朝食も。それに、リンにはすてきなアクセサリーを買ってあげてた」

「彼は身分証の偽造で大金を稼いでいたんだと思う。仕事はしていなかったんだろう？」

「わたしの知るかぎりはしてなかったけど、リンにきいてみて。彼女なら知ってるはずだから」ハンナはしばらく無言で、自分が愛した男性をいかに見誤っていたかに思いを馳《は》せ、マイクが持っている身分証を見た。「その身分証の名前は本名？」

「いいや」

「なんて名前？」ノーマンがきいた。

「ロイ・ベンソン」マイクは眉をひそめた。「意外だな」

「どうして？」ハンナがきいた。

「犯罪者の多くが犯すまちがいのひとつが、元のイニシャルを使いつづけることだから」

「彼がRBのイニシャルを変えたくなかった理由はわかると思う」ハンナは言った。「ロスはモノグラム入りのスウェットスーツを愛用していた。ベロア生地で、何着も持ってたわ。ローブには金の糸でイニシャルが刺繍《ししゅう》してあるの」

「全部のローブの胸にイニシャルがついていたの？」ノーマンがきいた。

「ええ、どこに行くにも持っていくんだって言ってた。仕事中に着ることもあるって」

「それが理由かもしれない」マイクはそう言って、衣類のはいっているスーツケースを引き寄せ、中身を調べはじめた。たたまれたスウェットシャツ、パンツ、ローブを調べて、確認するようにうなずいた。「ベロアのスウェットスーツとローブが四枚ずつ。ローブにはすべて胸にRBと刺繍されている」

「ほかにどんな名前を使っていたんだい？」ノーマンがきいた。

マイクは偽造身分証のはいったスーツケースを引き寄せて、パスポートの束を取り出した。「ラルフ・ブラック、ルディ・ブレイン、ローマン・ブッカー、ロニー・バーンズ、ロバート・ブラウン。ほかの男性の写真がついたものにはほかの名前も」

「全部にロスの写真がついていたわけじゃないのね?」ハンナがきいた。

「ああ、これでますます、ロスが身分証の偽造で稼いでいたのではという気がしてきたよ」

ハンナは苦労してつばをのみこんだ。「それは……たしかにそうね」

「ここがすんだらビルに電話して、このスーツケースを持っていってもらおう。保安官事務所に運んで、証拠品ロッカーに入れておきたい」

「でも……どうして?」ハンナはきいた。

「未解決の詐欺事件の証拠が含まれているかもしれないからね。そうさせてもらってかまわないかな、ハンナ?」

「え……ええ、いいわよ」ハンナはなんとか心の平静を保とうとしながら言った。

ノーマンは手を伸ばして彼女の腕を取った。「ぼくの車に行こう、ハンナ。しばらく座ってリラックスするといい。マイクとぼくできみの荷物を倉庫に入れるよ」

「そうだね、ハンナを休ませないと」マイクがすぐに同意した。「きみはハンナを〈クッキー・ジャー〉まで送ってくれ、ノーマン。そのまえにトレーラーをここまで移動させて置いていってくれないか。ビルが来たら荷物を倉庫に入れて、帰るまえに鍵をかけておくから」

「でも、ロニーのトレーラーはどうするの？」ハンナがきいた。

「連結具を持ってるから、ぼくがシリルの修理工場に戻しておく。ロニーはあそこからトレーラーを借りてきたんだ。とにかくハンナの世話をたのむよ、ノーマン。いいね？　まだ昼だけど、ハンナにとってはたいへんな日だったんだから」

21

「声をかけてくれてありがとう、姉さん」アンドリアはにこにこしながら、ダニエル・ワトソンのダンススタジオのまえで車を停めた。

「来てくれてありがとう」ハンナは返した。「このききこみにはあんたが必要なのよ、アンドリア。ダニエルはわたしの友だちでもあるけど、あんたのほうがずっと親しいでしょ」

「姉さんのペアー・アップルパイを食べたらそうはいかないかもよ」アンドリアは言ったが、その顔をちらりと見たハンナは、妹がとてもうれしそうにしているのがわかった。

「ダーシーが殺された夜のベントンのアリバイを、ダニエルが説明してくれるといいわね」

「わたしもそう願ってる!」ハンナは自作のパイを持って、アンドリアとともに建物の入り口に向かった。「このパイ重いのよ。ドアを開けてくれる?」

「了解」

アンドリアがドアを開け、ふたりはなかにはいった。すぐに階段の上から音楽の調べが聞こえてきた。

「これはワルツ？」ダニエルのダンススタジオにつづく階段をのぼりはじめながら、アンドリアがきいた。

ハンナは何秒か耳を澄ました。「そうみたいね。たぶん『アニバーサリー・ワルツ』だわ」

「父さんが踊れた唯一の曲？」

「そうそう。母さんによると、父さんと初めて踊ったのは、父さんの両親の金婚式のパーティだったそうよ。それからふたりはつきあうようになったんだって」

「父さんはダンスが好きじゃなかったのよね」

質問というより断定のように聞こえたので、ハンナは笑った。「ええ、大嫌いだったわ。母さんに言わせると父さんはすごくダンスがうまかったらしいんだけど、とてもそうは思えなかった」

「母さんもよく言うわ」アンドリアは言った。「ワルツを習ってたとき、父さんと一度踊ったけど、つま先を踏まれたもの」

階段をのぼっていくにつれて音楽が大きくなり、ワルツが終わりに近づいていることがわかった。「きっとアニバーサリーパーティを控えた人たちなのね」

「そうね」アンドリアは階段をのぼりきって、スタジオの待合室にはいると、「ようやく着いた」と言って、ソファのひとつに座った。

「やれやれ」ハンナは妹の向かいのソファに座り、荒い息を隠そうとしながら言った。階段をのぼったせいで息があがっているなら、そろそろ大嫌いなDではじまる四文字について考えなければ。

「息が切れちゃった」アンドリアが荒い呼吸をしながら告白した。「すごく急な階段ね」

「たしかに！」そう言いつつ、ハンナの気分はわずかによくなった。アンドリアは一グラムも贅肉《ぜいにく》がない理想的な体型なのに、息が切れたという。まだダイエット《DIET》はしなくていいかもしれない！

姉妹はそれほど待たずにすんだ。五分もしないうちに、ハンナの知らないふた組の年配カップルがスタジオから出てきた。彼らは笑顔でハンナとアンドリアにうなずくと、待合室を抜けて帰っていった。

「今の人たち、だれ？」四人に聞こえないことを確認してからハンナがきいた。

「知らない。このあたりの人たちならほとんど知ってるはずなのに」アンドリアはけげんそうな顔をした。「見たことないのはたしかだと思う」

「そうでしょうね」待合室に出てきたダニエルが、アンドリアのことばを聞きつけて言った。「アノーカから来たランズダウン家の双子たちよ」

「男性たちが双子なの？」ハンナは推測した。

「ええ、女性たちもね」

「つまり……双子同士で結婚したってこと？」

「そうよ。ミネアポリスの双子コンベンションで出会って、ロング・プレーリーに引っ越したばかりなんですって。もうすぐ結婚記念日で、合同パーティで踊るためにダンスを習いにきているの」ダニエルは話をやめて、ハンナが持っているパイをじっと見た。「すごくいいにおいね！　それは何かしら、ハンナ？」

「ペアー・アップルパイよ。チャーリー・ジェサップは知ってるわよね、ダニエル？」

「チャーリーと彼の犬ぞりのことならだれでも知ってるわ」

「チャーリーにはカリフォルニアに兄弟がいて、その奥さんのリン・ジェサップは最高においしいペアー・クリスプを作るの。前回チャーリーが兄弟を訪ねたとき、少しおみやげにもらったのよ。リサのおばさんのナンシーがそれを食べて、このペアー・アップルパイのレシピを思いついたの。上にのってるクランブルは、リンのペアー・クリスプにのっているのとほとんど同じものなのよ」

「アップル・クリスプって大好き！」ダニエルはにっこりして言った。「ペアー・クリスプも絶対好きだと思う。食べるのが待ちきれないわ、ハンナ」

「どうぞ遠慮なく食べて」ハンナはソファから立ちあがり、ダニエルにパイをわたした。

「つぎのレッスンがはじまるまで少し時間ある、ダニエル？」

「ええ、十五分ある。奥にどうぞ。コーヒーを淹れるわ」

ハンナとアンドリアはダニエルのあとからスタジオを通って、奥の住居部分に向かった。彼女がコーヒーを淹れているあいだ、小さなキッチンテーブルで待っていた。

「パイを切りましょうか?」コーヒーを運んでくると、ダニエルはきいた。

ハンナは首を振った。「今夜ベントンと食べて」

「ありがとう。ベントンがよろこぶわ。手作りのお菓子を焼いてほしいみたいだけど、わたしにはまだ当分無理そうだから」

ダニエルは自身もテーブルにつくと、ハンナに笑顔を向けた。「いつわたしの話を聞きにくるのかと思ってた」

「そうなの?」

「ええ、だれかがダーシーとベントンのことを話すだろうと思ったから。話してなかったら、明日あなたに電話するつもりだった」

「ベントンとダーシーのことって?」アンドリアが身を乗り出してきいた。

「あなたもゴシップは聞いてるでしょ、アンドリア」ダニエルは小さなため息をついた。

「ダーシーはいつもベントンの気を惹《ひ》こうとしていたの。自宅に誘う短いメモを彼のポケットにしのばせたこともあった」

「メモを見たことはある?」ハンナがきいた。

「全部見たわ。ベントンが見せてくれた。ダーシーを傷つけずにあきらめさせるにはどうすればいいかふたりで話し合ったの」

「結論は？」アンドリアがきいた。

「こうと決めたダーシーをあきらめさせるのは無理だという結論になった。そして……」ダニエルはそこまで言うとことばを切って、またため息をついた。「ダーシーがあんなことになったからあんまり言いたくないけど、わたしたちのちょっとした笑い話になったわ」

「嫉妬は覚えなかったの？」アンドリアがきいた。「ダーシーのような人がビルを追いかけまわしていたら、どんな気分になるか想像もつかないけど」

「あなたが賢い人なら、笑い話にできるはずよ。わたしたちはまさにそうしてきたの。正直、最初はちょっと嫉妬したわ、ベントンがダーシーに興味を持っていないと確信するまではね。きっとあなたもわたしと同じ反応をすると思う」

「そうね」アンドリアは言ったが、ハンナは妹が完全には同意していないことに気づいた。

「ダーシーに直接会ったことはある？　手を引くようにと言ったことは？」

ダニエルは首を振った。「ないわ。そんなことをしたらかえって彼女が調子に乗るんじゃないかと思って」

「でも、そうはならなかった？」ハンナがきいた。

「ええ。ベントンは来られるときは毎晩ここでわたしとすごしてる」

「ダーシーが殺された夜はどうだった？」ハンナはきかずにはいられなかった。

「いっしょだったわ。そうしておいてほんとうによかった！」ダニエルは心からほっとしているようだった。「夜じゅうずっといっしょにいたの。デルを交えて三人で〈レイク・エデン・イン〉で食事をしたわ。六時に予約を入れて、八時までそこにいた。そのあとデルは車で自宅に帰り、ベントンとわたしはここに帰ってきたの」

アンドリアはまだ安心できないという顔だ。「ベントンは夜じゅうあなたといっしょにいた？」

「ええ。ふたりでもう一杯ワインを飲んで、テレビで映画を見たわ」

「法廷で証言できる？」ハンナはきいた。

「ええ、できる」ダニエルは即答した。「でも、その必要はないでしょう」

アンドリアは不思議に思ったようだ。「どうして？」

「ハンナはいつだって犯人をつかまえてくれるもの。それに、ベントンがやってないのはわかってる」

ほどなくして、アンドリアとハンナはスタジオをあとにした。つぎのダンスのレッスンがはじまるまで、ダニエルが少しひとりですごせるように。階段をおりて通りに出るドアを開けると、アンドリアはハンナを振り返った。「責任重大ね、姉さん」

ハンナは当惑した。「何が？」

「ダニエルはベントンの容疑を晴らすために犯人をつかまえてもらいたがってるし、ロニーは自分の無罪を証明してもらいたがってるし、ミシェルはロニーを助けるために姉さんをあてにしてるし、シリルは息子を助けてもらいたがってるし、リックは弟を助けてもらいたがってるし、マイクは相棒を助けてもらいたがってるし、ビルはこの事件を担当する捜査員が新人しかいないから、姉さんに事件を解決してもらいたがってる」

ハンナは深いため息をついた。「あんたの言うとおりね、アンドリア。たしかに責任重大だわ」

「ダーシーを殺した犯人が見つからなかったらどうするの？」

ハンナはすこし考えてから肩をすくめた。「その責任については考えないようにするのがいちばんだと思う」

「どうすればそんなことができるの？」

「みんなに期待されていることに集中して、できるまでそれをつづけるだけよ」

レモン汁……小さじ1

有塩バター……57グラム

クランブルトッピング:

中力粉……1カップ(きっちり詰めて量る)

冷たい有塩バター……113グラム

ブラウンシュガー……1/2カップ(きっちり詰めて量る)

シナモンパウダー……小さじ1/2

準備:
パイ生地を手作りする場合は、
直径23センチにのばしてパイ皿に敷く。
冷凍パイ生地を使う場合は、パッケージの指示に従って解凍し、
付属のパイ皿に入れたままにしておく。

作り方

① グラニュー糖、小麦粉、スパイス類、塩を小さめのボウルに入れる。

② 芯を取って皮をむき、薄切りにしたリンゴと洋ナシを
大きめのボウルに入れる。レモン汁を加えて、手で軽く混ぜる。

③ ②のボウルに①を加え、手で軽く混ぜる。

④ ③のリンゴと洋ナシをパイ生地のなかに入れる。
左右対称になるように並べても、無造作に入れるだけでもよい。
その上に残った粉類を振る。

ペアー・アップルパイ

●オーブンを175℃に温めておく

ハンナのメモ:
このパイはリン・ジェサップの
ペアー・クリスプと基本のアップルパイから
着想を得たもの。

材料

パイ生地:

直径20センチから23センチの深皿型冷凍パイ生地……1個

フィリング:

グラニュー糖……3/4カップ

小麦粉……1/4カップ

おろしたてのナツメグ……小さじ1/4

シナモンパウダー……小さじ1/2

カルダモンパウダー……小さじ1/4

塩……小さじ1/4

皮をむいて薄切りにしたリンゴ……3カップ
(わたしはグラニースミスとフジとガラを混ぜた)

皮をむいて薄切りにした洋ナシ……3カップ
(わたしは熟しかけの生の洋ナシを使用)

⑤ バターを細かく切ってリンゴと洋ナシの上に散らす。

⑥ クランブルトッピングを作る。フードプロセッサーのボウルに
粉類と細かく切ったバターを入れ、全体が細かくなるまで
断続モードでかくはんする。

⑦ クランブルを手でつかんで④のパイの上にこんもりと盛る。

⑧ 焼いているあいだに蒸気を逃がすため、
よく切れるナイフで何本か切り目を入れる。

⑨ 縁のある天板の内側に、縁までアルミホイルを敷く
（焼いているあいだにパイから汁気があふれても、
天板が受け止める）。

⑩ 天板のまんなかにパイを置き、175度のオーブンで
50〜60分、またはナイフの先を刺したとき、
リンゴと洋ナシがやわらかくなって、
クランブルトッピングがきつね色になるまで焼く。

このパイは温かいうちに食べても、室温まで冷ましても、
冷蔵庫から出したばかりでもおいしい。
温かいうち、または室温で食べるときは、
バニラかシナモンのアイスクリームを添えるとさらにおいしい。
かならず濃いホットコーヒーか、グラスに入れた牛乳を添えること。

おいしいパイ、6〜8切れ分。

22

「ああ、よかった！　帰ってきた」ハンナは防寒コートを掛ける暇もなく、リサに迎えられた。「ケイ・ホーレンキャンプとご主人がコーヒーショップに来ていて、どうしてもあなたと話がしたいそうよ」

「了解」ハンナは防寒コートをフックに掛け、厨房のポットから三つのカップにコーヒーを注ぐと、作業台のお気に入りのスツールに急いだ。「準備できたわよ。ふたりに厨房に来てもらって」

「クッキーを用意するわ」リサはストロベリーとバニラの渦巻きクッキーを皿に盛り、コーヒー用のクリームと砂糖といっしょに作業台に運んだ。「ナンシーおばさんの作りたてよ。まだ温かいわ」

ハンナは手を伸ばしてクッキーをひとつ取り、ひと口かじって悦楽の笑みを浮かべた。

「すっごくおいしい！」

「でしょ。わたしなんか三つも食べちゃった。さっき少しコーヒーショップのほうに持っていったの。アンドリアにもひとつ食べてもらわなくちゃ。ホーレンキャンプ夫妻を呼んでくるわね」

「いいわよ」ハンナは言った。たしかケイ・ホーレンキャンプはロニーが話してくれたウエイトレスだ。彼女はロニーたちのテーブルを担当したので、殺人事件の調査の助けになるようなことを何か覚えているかもしれない。

「ハンナ！　こんにちは」若いきれいな女性がかなり年上の男性を従えてはいってきた。

「あなたがケイ？」ハンナは確認のためにきいた。

「ええ、そしてこっちは夫のジョーです」

「座って。コーヒーをどうぞ」ハンナは作業台の空いているスツールを示して勧めた。

「店にはまえにも来てくれてるわよね、ケイ？」

「ええ、何度も」ケイはそう答えてジョーのほうを見た。「ジョーにとってはよくないんですけど！」

妙なことを言うのでハンナがけげんそうな顔をすると、ケイが笑った。「ジョーは糖尿病なんです」彼女は説明した。「だから砂糖の摂取量に気をつけないといけなくて。でも、困ったことに彼は甘いものが大好きだから」

「そうだったのね」ハンナはあわてて言った。「クッキーは下げましょうか？」

「ひとつなら食べてもいいだろう、ケイ？」ジョーが妻にきいた。「今朝はトースト一枚しか食べていないし」

「たしかにそうだけど」ケイは夫にやさしく微笑みかけながら答えた。「でも、アイスクリームの大失敗を繰り返したくないの」

「心配いらないよ。もうあんなことはしないから」ジョーは約束した。「ただ、アイスクリームのことを考えると意志の力をすっかり失ってしまうんだ」

「そうね、それはわかるわ。ハンナの塩キャラメル・バークッキーをまえにするとわたしもそうなるもの」ケイはハンナを見た。「ジョーの砂糖摂取量に気をつける必要があると言ったのは、金婚式を祝いたいからなんです」

「そんなもの無理に決まってる」ジョーが反論した。「私はもう五十になるんだぞ、ケイ。百歳の誕生日を迎えられる人はそう多くない」

「迎えられるわよ、わたしを信じて」ケイはそう言い返して、夫の手をやさしくたたいた。

「ひとつならクッキーを食べていいわ、ジョー。でも、それ以上はだめですからね」

「わかってるよ」ジョーは深いため息をつくと、ハンナのほうを向いた。「健康に気を配ってくれる妻を愛するべきか、大好きな食べ物のほとんどを取りあげる妻を恨むべきか、悩ましいところだな」

「愛するべきよ。もうそうしてくれているじゃない」ケイは愛しげに夫に微笑みかけたあと、ハンナを見た。「ジョーがクッキーを味わっているあいだに、事情を少し説明させてください。わたしは〈ダブル・イーグル〉でウェイトレスとして働いているんですけど、ジョーはいつもわたしを店まで送ってから、ひと晩じゅうバーカウンターに座って、音楽を聞きながらビールをちびちび飲んでいるんです。そして、いっしょにうちに帰ります」

「彼女が清掃当番のとき以外はね」ジョーが口をはさんだ。「そのときは別々に帰るんだ。かなりチップがはいることを考えればいい仕事だが、それほど高級な店というわけじゃないんでね。週に五日もひとりであそこに行かせるのは心配なんだよ」

ケイは微笑んだ。「ジョーはすごく過保護なんです。でもありがたくもあるわ。〈ダブル・イーグル〉には荒っぽいお客さんも来るから」

「毎週末にね」ジョーが言い添えた。

「そうなんです」ケイは小さくうなずいた。「とにかく……ダーシーが殺された夜、わたしは彼女のテーブルを担当していました」

「くわしく話して」ハンナは先をうながした。

「彼女はそれほど飲んでいなかったけど、何かドラッグをやっていたのかもしれません。夜が更けたころにはまともな状態ではありませんでしたから。それに、フィアンセと大げんかしていました。彼はひどく怒って帰ってしまって、そこにロニーとブライアンとキャシーが加わったんです」

「そのとおり」ジョーが裏づけた。「私はバーカウンターにいて、すべてを見ていた。ダーシーとデニーは猛烈にやりあっていたよ。暴力沙汰になるんじゃないかと心配で、止めようと出ていきかけたとき、デニーが立ちあがったんだ」

「彼はわたしのところに来て、会計してくれと言いました。それから、お金を差し出しておつりを受け取ると、大股で店を出ていきました。気の毒に、ダーシーはあの夜彼と別れ話をしていたんです」

「ダーシーは帰る足もなく残された」ジョーが捕捉した。

「ロニーがダーシーを送ると言ってくれて、すごくほっとしました」ケイはつづけた。

「ブライアンはキャシーと別れていたあいだ何度かダーシーを送っていたんですが、あの夜そうしていたら、面倒なことになっていたと思います。キャシーの誕生日だったわけですし。それに、ダーシーが元彼のだれかと帰るのも心配でした。なかには……その……」

ケイはそこで助けを求めるようにジョーを見た。

「彼女はあまり評判のよくない男たちとつきあっていた」ジョーは言った。

「わたしが言うよりずっと上品な言い方ね」ケイはにっこりして言った。「ダーシーはすばらしく男性の趣味がいいというわけじゃなかった」

「うまい！」ジョーは妻を褒めた。「きみの表現も悪くないよ、ケイ」

「ありがとう。とにかく、ロニーが来てくれたからには、ダーシーは安全に家に帰れると思いました。ほっとしたわ。わたしがたのめばジョーが送ってくれたでしょうけど、彼女はろくに歩けない状態だったので、抱えて家まで運ばせたくなかったんです。ジョーは穴釣りをしているとき氷の上ですべって、腕を痛めているので」

「靭帯《じんたい》をね」ジョーがハンナに言った。「よくなってきてはいるんだが、治るまで重いものを持ったり伸ばしたりしないようにとドク・ナイトに言われているんだよ」

「そうなんです」ケイはうなずいた。「閉店後、わたしはもうひとりのウェイトレスと清掃をしました。すべて終わるまでいつもは一時間か一時間半かかるので、ジョーは先に帰ったんです」

「でも、まっすぐには帰らなかった」ジョーが説明した。「ベーコンを切らしていてね。朝食にベーコンエッグを食べるのが好きだから、必要なものを買いに〈クイック・ストップ〉に寄ったんだ」

「そしてジョーは明らかに必要ないものを買ったの」

「ああ」ジョーはうしろめたそうなため息をついた。「レジに向かおうとしていたとき、たまたまバナナ・ブリザードのアイスクリームが入荷していることに気づいたんだ。私はバナナ・ブリザードに目がなくてね。〈クイック・ストップ〉ではなかなか売っていないんだが、ありがたいことにその日は入荷していた」彼はケイを見た。「買わずにはいられなかったんだ。アイスクリームが私を呼んでいたから」

ケイは笑った。「わかったわよ。でもジョー……二カートンはちょっと多いんじゃない？」

「そうだな。店に三カートンなくて運がよかったよ」ジョーはハンナに向き直った。「スプーンも買ったんだ。とてもしゃれた大きな計量スプーンをね。ケイが空の容器を見つけてしまうかもしれないから、アイスクリームは持ち帰るわけにはいかない。だから家から一キロほどのところに車を停めて、車のなかでアイスクリームを食べたんだ」

「全部ね」ケイが付け加えた。「一度に二カートンを」

「そうだ。とんでもなくうまかった！」ジョーはうっとりとため息をついた。

「そしてあとでとんでもなく具合が悪くなった」ケイが言った。

「そうだった。とにかく……車のなかでアイスクリームを食べたあと、容器を捨てるためにダーシーの家の外にある大型ごみ容器《ダンプスター》に寄ったんだ」

「彼女の家はうちから一キロほどのところにあるんです」ケイは説明した。「ダーシーの家のドライブウェイはごみ回収車の通り道から離れているから、ダーシーのお父さんがダンプスターを買って路肩に置いたんです。ごみが回収されるように」

「車から降りたとき、ダーシーのガレージのまえに別の車が停まっているのに気づいたんだ」ジョーはつづけた。「彼女のフィアンセの車でないことはわかった。デニーの車はダークブルーのリンカーンだが、その車はとても妙な色をしていたからね」

「どんな色だったんですか？」ケイとジョーが話をしにきた理由がわかってきて、ハンナはきいた。

「ピンクがかったオレンジで、ケイがキッチンを塗るのに使ったペンキの色とほぼ同じだったよ。車の方が少し明るい色だったが、たいしてちがいはなかった」

「メロンと呼ばれている色です」ケイがハンナに言った。「ペンキを買った店の人が言ってました。カンタループメロンとスイカの中間のような色だって」

「そんな色の車、見たことがないわ」ハンナはかすかに眉をひそめながら言った。

「私もだ」ジョーが同意した。「念のために言っておくと、〈ダブル・イーグル〉ではビール一杯しか飲んでいないし、見まちがいじゃない。私が車に乗りこんだとき、家の玄関が開いて、だれかが出てきた」

「だれだかわかりましたか？」ハンナはきいた。

「いや、遠すぎたし、木の枝がじゃまをしていてね。だれにせよ、ダーシーのダンプスターにごみを捨てていると思われたくなかったから、見られるまえに車を出したんだ」

ストロベリーとバニラの渦巻きクッキー

材料

グラニュー糖……1カップ

やわらかくした有塩バター……227グラム

卵……大1個

塩……小さじ1/2

ベーキングパウダー……小さじ1/2

バニラエキストラクト……小さじ1/2

中力粉……2 1/2カップ
（きっちり詰めず、計量カップですくってナイフですり切りにする）

イチゴジャム……大さじ3

ストロベリーエキストラクト……小さじ1

赤の食用色素……小さじ1

中力粉……小さじ2

粉砂糖……適量

ハンナのメモその1：
食用色素はリキッドタイプのものがお勧め。
ジェルタイプはかなり色が濃いので使う場合は少量にとどめること。
混ぜながら生地の色を見て、充分あざやかになったと思ったら
加えるのをやめること。

ハンナのメモその2：
生地を混ぜるのはスタンドミキサーを使うと楽だが、泡立て器などで混ぜてもよい。

⑪ クッキー生地の約半量をワックスペーパーに置き、
パイ生地のように両手で押し広げ、さらに粉砂糖を振る。

⑫ 麺棒でのばして厚さ6ミリ程度の長方形にする。

⑬ ワックスペーパーで包み、ゆるく巻いてジッパーつき
ビニール袋に入れ、冷蔵庫へ。

これでクッキーのバニラ部分の準備が完了。
つぎにストロベリー生地を作る。

① イチゴジャム大さじ3を耐熱ボウルに入れ、
電子レンジ（強）で10秒加熱する。
大さじ1のジャム液ができればいいので、
足りないときはジャムを足してさらに電子レンジにかける。

② バニラ生地で使った残りのクッキー生地にジャム液を加え、
低速にしたミキサーで混ぜる。

③ 低速のままストロベリーエキストラクト、赤の食用色素を加え、
その都度よくかくはんする。

④ すべて混ざったらミキサーからはずし、ボウルの内側をこそげて
スプーンでひと混ぜする。

⑤ カウンターかまな板にワックスペーパーを敷き、粉砂糖を振って、
生地をのばす準備をする。

⑥ ストロベリー生地を丸めてから手でつぶし、
粉砂糖をさらに振ってから、麺棒でのばして
厚さ6ミリ程度の長方形にする。

⑦ ワックスペーパーで包み、ゆるく巻いて
ジッパーつきのビニール袋に入れ、冷蔵庫へ。
どちらの生地も少なくとも2時間冷やす。

作り方

① 大きめのボウルにグラニュー糖とやわらかくした有塩バターを入れ、白っぽくふんわりするまでかき混ぜる。

② 卵を加えて色が均一になるまでかき混ぜる。

③ 塩とベーキングパウダーを入れ、バニラエキストラクトを加えてさらにかき混ぜる。

④ 中力粉を半カップずつ加え、その都度かき混ぜる。最後の半カップを加えたら1分ほど混ぜつづける。

⑤ ボウルの内側についた生地をこそげ、ミキサーからはずして、最後にスプーンでひと混ぜする。

⑥ ワックスペーパーを60センチの長さに切り取る。

⑦ 水で濡《ぬ》らしてしぼったスポンジで、キッチンカウンターを湿らせる。

⑧ その上にすばやくワックスペーパーを広げ、縁が丸まってこないように押しつける。

⑨ 広げたワックスペーパーの上または下の縁を5センチほど湿らせ、その部分をのしりろにして、もう1枚の同じ長さのワックスペーパーを並べて置く。

ハンナのメモその3:
カウンターを湿らせるのは、クッキー生地をのばしているあいだワックスペーパーがすべらないようにするため。
パン用のまな板があれば、カウンターの上にまな板を置くだけでよい。

⑩ ワックスペーパーの上に粉砂糖を振り、清潔な手のひらで均等に広げる。

ハンナのメモその4:
この時点で丸太状の生地を冷凍してもよい。
ジッパーつきのビニール袋ごと冷凍庫に入れておけば1、2カ月はもつ。
焼く前日に冷凍庫から冷蔵庫に移してひと晩解凍し、翌日カットして焼く。

⑪ 2時間たったらオーブンを175度に予熱する。

⑫ 天板に〈パム〉などのノンスティックオイルをスプレーする。

⑬ よく切れるナイフで丸太状の生地を6ミリ程度の厚さにカットし、天板に充分間隔をあけて並べる。天板がいっぱいになったら、残りの生地は冷蔵庫に入れておく。

⑭ 175度のオーブンで8〜10分、またはバニラの部分が軽く色づくまで焼く。

⑮ オーブンから取り出し、天板のまま2分冷ましたあと、ワイヤーラックに移して完全に冷ます。

みんなに愛されるきれいでおいしいクッキー、4〜6ダース分。

ハンナのメモその5:
普通のクッキーより工程が多いが、手をかけるだけの価値がある。
ストロベリーとバニラの渦巻きクッキーをお皿に盛って出せば、
お客さまは見た目にも味にも満足してくれるはず。

クッキーの成形～仕上げ

① キッチンカウンターかまな板にあらたなワックスペーパーを敷き、粉砂糖を振る。

② クッキー生地を2時間以上冷やしたら、
冷蔵庫から出して生地を軽く広げる。生地が割れてしまうようなら、10～15分室温に置いてから再度挑戦すること。

③ クッキー生地からそっとワックスペーパーをはがす。

④ ①のワックスペーパーの上に、バニラとストロベリーの
2種類の長方形のクッキー生地を、
長辺を横にして上下に並べて置く。

⑤ ワックスペーパーの縁を持ち、ストロベリー生地をひっくり返して
バニラ生地の上に重ねる。

⑥ 重ねた生地の縁がそろっていなければナイフで切ってそろえる。
生地に穴があるようなら切り取った部分を使って埋める。

⑦ 重ねた長方形の長辺を清潔な手で巻いて、生地を丸太状にする。
これで切ったときに渦巻き模様ができる。

⑧ 丸太状の生地全体に粉砂糖をまぶしつける。

⑨ ワックスペーパーで丸太状の生地を包み、両側をねじる。

⑩ ジッパーつきのビニール袋に入れ、冷蔵庫でさらに2時間冷やす
（ひと晩冷やしてもよい）。

23

ハンナが焼きあがったクッキーをすべて業務用ラックに移動させたとき、リサが厨房にはいってきた。「またいいにおいがする。何を焼いたの?」

「チョコレート・カシューナッツ・マシュマロ・バークッキーよ」

「最高の組み合わせね!」リサはよく見ようとラックに近づきながら言った。「これを焼いてくれて助かったわ、ハンナ。今日はすごく忙しくて。これって普通のクッキーより手間がかからない……わよね?」

「ええ、だから作ったの。味見してみる?」

「もちろん! クッキーを持ってきて。わたしはコーヒーを淹れる」リサはコーヒーを注ぐために厨房のポットがあるところに向かった。「塩味のカシューナッツは大好き」

「わたしもよ……マカデミアナッツはもっと好きだけど」

「でもあれってすごく高いでしょ」

「ええ、庭にマカデミアナッツの木がないかぎり」

「マカデミアナッツの木はこのあたりでは育たないわよね？」

「残念ながらね。でも、サンディエゴに住んでいるリンの友だちの家には、前庭にマカデミアナッツの木があるんですって」

「すごい！　実はどんな形なの？」

「外皮はゴルフボールぐらいの大きさで、緑色をしているの。そのなかにある実を割って、取り出したナッツにオイルと塩をかけて、オーブンでローストするのよ」

「けっこう手間がかかるのね」

「リンもそう言ってたけど、庭で採れるなら材料費はかからないでしょ。二百五十か五百グラムのマカダミアナッツを贈り物にすれば、相手はみんなすごく高価なものをもらったと思ってくれる」

「リンの友だちはそうしたの？」

「ええ、でもそれが裏目に出た」

リサは明らかに困惑していた。「どうして？　だれでもマカデミアナッツは好きでしょう？」

「そうだけど、高価なものだってことはだれでも知ってる。リンの友だちは、クリスマスに代数の先生にわたすようにと、塩味のロースト・マカデミアナッツを五百グラム、息子さんに持たせたの。ところが、その先生は成績を上げてもらうためのわいろだと思った」

リサは笑った。「何それ！　それで、どうなったの？」

「息子さんは先生を家に連れてきてマカデミアナッツの木を見せて、ローストするところも披露したの」

「息子さんは代数でいい成績をとれたの？」

「うん、Aだった。マカデミアナッツがあってもなくても、息子さんにはその価値がありますと先生は言ったそうよ」

リサはコーヒーをひと口飲んで、バークッキーを取った。クッキーをかじって天を仰いだあと、ため息をついた。「最高！　バレンタインデーにこれを焼いて、ピンクのサテンでできたハート形の箱に入れて売るべきよ。だれもが恋に落ちるのはまちがいないわ」

「そうかもしれない」ハンナは自分でもバークッキーを一本取りながら言った。これを作るのは初めてだが、古いレシピをもとに試行錯誤したものなので、リサの意見はうれしかった。「このクッキーは危険よ」

「危険？　どうして？」

「ダイエットをしている人には危険ってこと。癖になると思うから」

「たしかにそうね。チョコレートとカシューナッツの組み合わせは最高だわ。マシュマロが加わることでさらに無敵になってる」

裏口でノックの音がして、ハンナは微笑んだ。ノーマンだ。

「ノーマン？」リサがきいた。

「そうよ。あなたも彼のノックがわかるようになったの？」

「ええ、男らしいけど礼儀正しい。すてきなノックよね」

ハンナはリサの洞察力に驚いた。「そのとおりよ、リサ。男らしいけど礼儀正しい。ノーマンの人となりがよく表れているわよね」

「座ってて、ハンナ。わたしが出るから。そのあと彼のコーヒーを用意する。アンドリアがもうすぐ戻ってくるはずよ。電話を二本かけるために不動産会社のオフィスに行ってるの」

「ハイ、ノーマン」ハンナは作業台にやってきたノーマンに声をかけた。「どうしてた？」

「たいしたことはやってない」ノーマンは腰をおろしてコーヒーを持ってきてくれたリサにお礼を言った。「マイクがここにいないなんて驚きだよ」

「お皿の上に新作のバークッキーがあるのに？」

「きみが新作クッキーを焼くといつもマイクがやってくるだろう？」

「そうね」ハンナは笑って認めた。「わたしがマイクと同じくらい食べたら、体重が百キロを超えちゃう」

「ぼくも同じさ」

「バークッキーをどうぞ、ノーマン。食べて感想を聞かせて」

ノーマンはハンナの新作クッキーをひとつ取ってかじった。満足そうにもごもごとつぶやいたあと、口のなかのものを飲みこんでから言った。「すごくおいしいよ、ハンナ……チョコバーを食べてるみたいだ」

ハンナがお礼を言うより先に、裏口で威圧的なノックの音がした。

「マイクだ」ノーマンが言った。「きみが食べ物を出すとかならず駆けつけるという彼のずば抜けた才能について話していたら、やっぱり現れたな。彼の名前が悪魔を呼び出す呪文のようだと思ったことはない？」

ハンナはそれを聞いてぎょっとした。「そんなこと言っちゃだめよ、ノーマン！」

「わかってるって。ただの冗談だよ。でも、ちょっと意地悪だったね。そんなこと考えただけでも申し訳なかった。ぼくがマイクのためにドアを開けるよ！」

「謝罪は受け入れたけど、あなたの言うことにも一理あるわね」ハンナが立ちあがってマイクのためにコーヒーを取りにいってから作業台に戻ると、マイクがスツールに座ろうとしていた。

「これはこれは！」マイクがバークッキーの皿を目ざとく見つけて言った。「うまそうだ！」

「見た目どおりうまいよ」ノーマンが言った。

「おひとつどうぞ」ハンナは皿をマイクに近づけた。「ひとつと言わず、ふたつでも三つでも」

「そうさせてもらうよ」マイクはバークッキーをふたつ取った。ひとつをかじり、もうひとつをハンナがコーヒーといっしょに持ってきたナプキンの上に置いた。「うーーん！」

「うまいだろう？」ノーマンがきいた。

「うーーん！」マイクはひとつめの残りを全部口に入れた。それを飲みこんだあと、ハンナに尋ねた。「それで、ダニエルからは何が聞けた？」

一瞬、マイクは心が読めるのだろうかとハンナは思ったが、午後の予定を彼に話していたことを思い出した。「ベントンにはアリバイがあった」

「やっぱり。でも、聞いておいて損はないからね。裁判になったら、ダニエルは証言するかな？」

「ええ、でもあまり乗り気じゃなかった」

マイクはふたつ目のバークッキーを取り、大きくかじって飲みこんでからうなずいた。全部で二、三秒しかかかっていない。「彼女の宣誓証言が必要なくなるかどうかはきみにかかっているということだね」

ハンナはため息をついた。「わかってる。アンドリアにも指摘されたわ」

「今日はほかに何がわかった？」マイクがもくもくと二本目のバークッキーを食べているあいだに、ハンナは午後にあったことを説明した。ケイ・ホーレンキャンプとジョーに会ったこと、ジョーがダーシーの家で奇妙な色の車を見たことに話が及ぶと、マイクは一瞬食べるのをやめた。

「興味深いな。そんな色の車はこのあたりでは見たことがない」彼はノーマンを見た。「きみはどうだい？」

「いいや。特注の塗装をしたようだね」

マイクはハンナに向き直った。「シリルに電話して、その色の塗装に心当たりがないかきいてくれ」

「アンドリアが今きいてくれてる。もうすぐ戻ってくるわ」

「じゃあ、わかったら知らせてくれ」マイクはそう言って立ちあがった。「食い逃げみたいで申し訳ないけど、帰るまえにやることがあるんだ。それをすませておきたいんでね。今夜は友人とディナーの予定がはいってるから」

「捜査とは関係ないのよね？」ハンナはきいた。

「うん、完全にプライベートだよ」

マイクが帰ってドアが閉まると、ノーマンがハンナを見た。「今のはなんだったのかな？」

「わたしも気になったけど、そのうち話してくれるわよ。完全にプライベートだと言ったとき、うそをついているようには思えなかったし」

「そうだね」ノーマンも同意した。「ところで、今夜食事に行かないか、ハンナ？」

「ええ、よろこんで」ハンナはすぐに返事をした。

「リンもどうかな？」

「さあ。電話できいてみるけど、まだ母さんとステファニー・バスコムとお茶を飲んでいるかも」

「じゃあぼくがメールするよ。それなら迷惑じゃないだろう。それで、ちょっと思ったんだけど、レディたちをディナーに連れていって……」ノーマンはそこで眉をひそめた。

「どうかした？」ハンナはきいた。

「思いついたことがあるんだ。ジョー・ホーレンキャンプが見た車はダーシーのガレージのまえに停められていたと言ったね？」ノーマンはハンナがうなずくのを待ってつづけた。

「ガレージの外にはアーク灯があったんじゃないかな」

ハンナは驚いてあんぐりと口を開け、急いで閉じた。「それは思いつかなかったわ！アーク灯の光はたしかにオレンジ色ね」

「うん、車の色がベージュで、アーク灯の真下に停めていたなら、ピンクがかったオレンジに見えるはずだ」

ノーマンは携帯電話を出してすばやくメールを送ると、作業台に電話を置いた。「今夜ディナーの帰りにダーシーの家のまえを通ってみよう。ああいう明かりはたいていタイマーでつくようになっているから、ダーシーのお父さんもそう設定したかもしれない。アーク灯がついていたら、どんな色か見ることができる」

また裏口でノックの音がした。これもハンナには聞き覚えのある音だった。「アンドリアよ」妹を迎えようと立ちあがった。「ダーシーの家の明かりについて何か知っているか、きいてみましょう」

「きみさえよければ、彼女もディナーに加わってもらおう」ノーマンが提案した。

「それがいいわ！」ハンナは笑顔でそう言うと、裏口に急いだ。スイッチが家のなかにあった場合、手動でアーク灯をつけることになるかもしれない。アンドリアにダーシーの家の鍵を持ってくるようにたのもう、と早くも考えていた。

「ハイ、ノーマン」アンドリアは作業台のまえに座った。「あらっ！　これは何？」皿を示して言った。

「チョコレート・カシューナッツ・マシュマロ・バークッキーだよ」ノーマンが教えた。

「どうぞ、食べてみて」ハンナがコーヒーのカップを運んできて、バークッキーの皿を示した。

「おいしそうなにおい！」アンドリアは厨房に広がる香りを吸いこんで言った。

「味もおいしいよ」ノーマンが言った。「さあ、アンドリア。ひと口食べてごらんよ」

「何カロリーかきくべきかしら？」アンドリアがきいた。

「ぼくならきかないね」ノーマンが言った。

「教えたくても知らないわ」ハンナが言った。「それに……エルサひいおばあちゃんがクッキーやパイやケーキについて言ってたことを覚えてる？」

アンドリアはぽかんと姉を見た。「ううん、小さかったから覚えてない」

ハンナは微笑んだ。「そうでしょうね。じゃあ教えてあげる。すべてのカロリーはオーブンで焼けば消える、ひいおばあちゃんはそう言ったのよ」

「それは覚えておくことにする」アンドリアは言った。「そして信じる。だって、ひいおばあちゃんがうそを言うわけないでしょう？」

ハンナとノーマンはアンドリアがクッキーを大きくかじるのを見守った。もぐもぐかんで飲みこむと、その顔に至福の笑みが広がった。「最高！　カロリーがないことも教えてもらえてよかったわ」アンドリアはもうひと口かじったあと、ハンナに向かって言った。

「姉さんの殺人事件ノートはどこ？」

「ここよ」ハンナは隣のスツールに置いてあったメモ帳を取りあげた。「容疑者リストを確認しようと思って」

「それなら……また容疑者をふたりリストから消せるわよ」アンドリアは言った。

「ふたり？」ハンナはきき返した。

「ええ、ビルはデニー・ジェイムソンの容疑を取り下げたの」

「ダーシーのフィアンセの?」ノーマンがきいた。

「ええ、あの夜デニーは〈ダブル・イーグル〉を出たあと、何キロか離れた道の側溝に車がはまってしまったそうなの。バーまで歩くには遠すぎたから、お姉さんに電話して迎えにきてもらって、家に泊めてもらったらしいわ」

「つまり、移動手段がなかったから、ダーシーの家には行けなかった?」ノーマンが推測した。

「そういうこと。それに、彼は飲みすぎていたから、お姉さんは車を貸さなかった。朝になって酔《よ》いが醒めるまで弟を引きとめて、車でアパートまで送ったんですって」

「お姉さまさまね!」ハンナは言った。「彼にとっては大きな助けになったわけだから」

「そして容疑者がひとり減った」ノーマンが指摘した。

「そうね」ハンナはアンドリアに向き直った。「容疑者はふたり消えたと言ったわね」

「ええ。ダーシーの家を買いたがっていたわたしのクライアントはあの夜、姪の結婚式でノースカロライナにいたそうよ。朝八時に飛行機で発って、翌日の午後まで戻らなかったって。ちなみに……彼は、今日レイク・エデンに来て、ダーシーの家を彼女の兄弟から買ったわ」

「残った容疑者は何人?」ノーマンがハンナに尋ねた。

「ロニーを入れて三人だけ。全員可能性は低いわね。この事件はこれまで取り組んできたなかでもっともむずかしいものになってきたわ」

「姉さんなら解明できるわよ」アンドリアが言った。その声は自信たっぷりに聞こえた。

「今日ダニエルも言ってたでしょ。姉さんはいつもやってくれるって」

準備：
22センチ×33センチのケーキ型の内側に〈パム〉などの
ノンスティックオイルをスプレーする。
型にアルミホイルを敷いてオイルをスプレーしてもよい。

作り方

① チョコレートを耐熱ボウルに入れ、電子レンジ（強）で1分加熱し、そのまま1分おく。電子レンジから取り出して耐熱のへらでかき混ぜ、チョコレートがとけているかたしかめる。とけていなかったら電子レンジでさらに20秒加熱し、20秒おく工程をとけるまで繰り返す。とけたら冷ましておく。

② スタンドミキサーのボウルに中力粉、グラニュー糖、塩を入れ、低速で混ぜる。

③ やわらかくした有塩バターを加え、よく混ざるまで低速でかくはんしたあと、中速にして白っぽくふんわりするまでかき混ぜる。

④ 卵を1個ずつ割り入れ、その都度中速でかくはんし、白っぽくふんわりするまでかき混ぜる。

⑤ ①のチョコレートの粗熱がとれていることを確認してボウルに加え、よくかき混ぜる。

⑥ ミキサーを低速にして、バニラエキストラクトと刻んだカシューナッツを混ぜ入れる。

⑦ 用意したケーキ型に流し入れ、表面をゴムべらでならす。

⑧ 175度のオーブンで20分焼く。

⑨ オーブンからケーキ型を取り出し、すぐにミニマシュマロを散らす。できるだけ均等にすばやく広げる。

チョコレート・カシューナッツ・マシュマロ・バークッキー

●オーブンを175℃に温めておく

材料

無糖チョコレート……28グラムのもの2個
（わたしは〈ベイカー〉のものを使用）

中力粉……3/4カップ（きっちり詰めて量る）

グラニュー糖……3/4カップ

塩……小さじ1/2

室温でやわらかくした有塩バター……113グラム

卵……大2個

バニラエキストラクト……小さじ1

刻んだ塩味のカシューナッツ……1/2カップ（刻んでから量ること）

ミニマシュマロ……283グラム入り1パック
（使用するのは3/4量。わたしは〈クラフト〉のジェットパフを使用）

セミスィートチョコチップ……2カップ（わたしは〈ネスレ〉を使用）

ハンナのメモその1：
スタンドミキサーを使うとずっと簡単だが、
泡立て器などで混ぜてもできる。

⑩ 厚手のアルミホイルで覆って縁をしっかり留めるか、
別のケーキ型をかぶせてそのまま20分おく。
そうするとマシュマロがいい感じにとけて一体化する。

⑪ セミスィートチョコチップを別の耐熱ボウルに入れて、
電子レンジ（強）で2分加熱する。
そのまま2分おいてから取り出し、とけていることを確認する。
とけていなければ、さらに30秒加熱して30秒おく工程を
とけるまで繰り返す。

⑫ ⑩のマシュマロの上に⑪のとかしたチョコレートを流し入れ、
耐熱のゴムべらでできるだけ均等に広げる。

⑬ 型ごとワイヤーラックに置いて冷ます。

⑭ クッキーが冷めてチョコレートが固まったら、
ブラウニーのように棒状に切り分ける。
急いでチョコレートを固めたいときは、
30分ほど冷蔵庫に入れてから切り分ける。

⑮ きれいな大皿に並べて、甘美なおやつとしてテーブルへ。
残ったらふたつきの容器に入れて保存できるが、
残ることはないとリサとわたしは見ている。

ケーキ型1個で約24本分。

24

「ディナーをごちそうさま、ノーマン！」アンドリアはそう言うと、グランマ・マッキャンの車に乗りこんだ。「じゃあ、ダーシーの家でね」

「うん、現地で会おう」ノーマンはリンのために後部のドアを開け、ハンナのために助手席のドアを開けた。そして、運転席に乗りこむと、アンドリアの運転する車のあとから〈レイク・エデン・イン〉の駐車場を出てハイウェイに乗った。

「おもしろくなってきたわね」リンが後部座席から言った。「アーク灯のせいで本来とはちがう色に見えるのは知っていたけど、ピンクがかったオレンジに見える色があるとは思ってもみなかったわ」

「わたしもよ」ハンナも言った。

「決めつけるのはまだ早いよ」ノーマンが注意した。「まちがっているかもしれないんだから」

「だから調べにいくんじゃない」ハンナは言った。「あなたが正しいことを願ってるわ、ノーマン。ベージュの車のほうが、ジョー・ホーレンキャンプが見たというピンクがかったオレンジ色の車よりもずっと見つけやすいもの」

「ベージュの車を運転している人はたくさんいるんじゃない？」リンがきいた。

「ええ、シリルに電話したら、ベージュは白と同じくらい人気があると言ってた」

「でも、ロニーの車はダークブルーだったのよね」リンは言った。「これで彼の容疑は晴れるの？」

「いいえ。ロニーはダーシーのガレージに車を停めていた。ジョー・ホーレンキャンプが見た車は外に停められていた。道路脇でビールの六缶パックを分け合っている若者たちの車かもしれない。あるいは、運転の途中で一時間の仮眠をとる必要があった人の車かもしれない」

「それも考えられるわね」リンが認めて言った。

「それに、ジョーがその車を見たとき、ダーシーはすでに死んでいたことがわかっている」ノーマンが付け加えた。

「ややこしいわね」リンは深々とため息をついた。「わたしはミステリーをよく読むけど、これはさっぱりわからない。手がかりがほとんどないんだもの」

ジョーが車を停めたというダーシーのダンプスターの横に、ノーマンも車を停めた。小さく控えめにクラクションを鳴らし、定位置についたことをアンドリアに知らせると、三人とも車から降りて、ダーシーのガレージと、アンドリアが停めたグランマ・マッキャンのベージュの車を木の枝越しに見た。

「ピンクがかったオレンジ色だわ」リンが言った。

「ほんとだ！」ハンナは手を伸ばしてノーマンの肩をたたいた。「あなたが言ったとおりだったわね、ノーマン！」

三人は急いで車に戻った。ノーマンがまた控えめにクラクションを鳴らすと、アンドリアの車が発進する音が聞こえた。車はダーシーの家のドライブウェイを出て、ノーマンの車に並んだ。

「ピンクがかったオレンジ色だった？」アンドリアがきいた。

「うん」ノーマンが答えた。「手を貸してくれてありがとう、アンドリア。車を貸してくれたグランマ・マッキャンにもお礼を言っておいて」

アンドリアは手を振って車を発進させ、Uターンして町に戻っていった。ノーマンはエンジンをかけて反対方向に向かった。

「今夜わかったことは調査に役立った？」リンがハンナにきいた。

ハンナは少し考えてからうなずいた。「ええ、いくつかの可能性が消えたから」

車が田舎道を走るあいだ、三人は無言だった。ハンナはシートに背中を預けて目を閉じた。わたしの人生にノーマンやリンやアンドリアのような人たちがいてくれてよかった、と思いながら。

ハンナはとけた温かいキャラメルのプールのなかで、競技会に向けて水泳の練習をしていた。急がなければならないのはわかっていた。大気は冷たく、すぐにキャラメルは固まりはじめるだろう。早くプールから出なければならない。

巨大なボウルの縁まで泳ぎ、曽祖母のものだった木のスプーンが添えられた縁を蹴って、平泳ぎに切り替えた。しかし脚はバタ足のままだ。沈まないようにするためにはすばやく脚を動かさなければならない。

キャラメルはどんどん固く、どんどん重たくなってきた。すぐにべたべたの糊《のり》のようになるだろう。そうなったら脚を動かせなくなってしまう。背泳ぎに切り替えてでも泳がなければならない。

冷めつつあるキャラメルのなかで体が動きづらくなっていたが、なんとか泳ぎきった。ボウルの縁を蹴って最終ラップにはいったが、腕も脚もそう長くはもたない気がしていた。ハエ取り紙にかかったハエのように、キャラメルのなかで動けなくなってしまうだろう。ボウルから体を引きあげるのはもう無理だ。ここで死ぬのだ、ハエと同じ運命をたどって。

「いやあああ!」彼女はうめき、涙が頰を伝うのがわかった。「ここから出なくちゃ! 勝たなくちゃ! 助けて!」

「ハンナ？」名前を呼ぶ声がした。「ハンナ、起きて！」

「起きる？」それは場ちがいなことばに思えた。「最後までやらないと！　すべてはわたしにかかっているのよ！」

力強い腕に抱かれてキャラメルのボウルから引きあげられた。ゆっくりと目を開け、何度もまばたきをした。

「気を楽にして、ハンナ。ただの悪い夢だ。もう大丈夫だよ」

「ノーマン？」彼の顔に焦点が合った。「わたしの……大きなボウルはどこに？」

彼が体を震わせて笑い、ハンナの髪をなでるのが感じられた。「きみのボウルだって？」

「ボウルのなかで泳いでいたの！」彼女は説明しようとした。「あと一往復しなくちゃならなかったのよ。でもできなかった……キャラメルがあまりにべたべたしていて」

「それはまたひどい悪夢だったね！」ノーマンはそう言って、さらに強く彼女を引き寄せた。ベッドサイドテーブルのティッシュの箱からティッシュを引き出して、彼女の涙を拭いた。

「わたしの声が……聞こえたの？」そんなにうるさかったのだろうかと思いながら、ハンナはきいた。

「いいや、モシェが起こしにきたんだ。彼に連れられて来てみたら、きみが泣き叫んでいた」

「じゃあ、リンはまだ寝ているのね？」

「そうだと思うよ。起きだしたような音は聞こえなかったから」

「ああ、よかった。今、何時？」

「朝の五時を少しすぎたところだよ」

ハンナはため息をついた。こんなに早くノーマンを起こしてしまって、ひどく申し訳ない気分だった。「モシェがあなたを起こしてしまってごめんなさい」

「いいんだよ。ここはすごく寒いね、ハンナ」ノーマンは窓のほうを見た。「窓を開けたの？」

「ええ。寝るとき体がほてっていたから涼みたかったの」

「ちょっと冷えすぎたようだね。このあたりは真夜中になるとひどく寒いんだ。暖炉に火を入れて暖めてあげよう」

暖炉で火が燃えはじめるとたちまち暖かくなり、楽しげな光が悪夢の名残を追い払ってくれるようだった。「ありがとう、ノーマン」ハンナは上掛けの下にもぐりこみながら言った。「起きるべきかもしれないけど、すごくあったかくて気持ちがいいから、また眠くなってきちゃった」

「よかった。もう少し眠るといいよ、ハンナ。ぼくの目覚ましは六時にセットしてあるから、その時間に起こしてあげよう。朝食の準備はしなくていいからね。リンにはもう話したけど、朝食はみんなで〈コーナー・タヴァーン〉にパンケーキとソーセージを食べにいこう」

「いいわね」ハンナはそう言って、上掛けをあごまで引きあげた。「ありがとう、ノーマン。朝五時のあなたってすてきよ」

「ほかの人にはそんなこと言っちゃダメだよ！」ノーマンは彼女をからかった。そして、かがみこんで頭のてっぺんにキスすると、部屋から出ていった。

頭の横にモシェが飛び乗ったのがわかった。体は暖かく、暖炉の火は明るく燃え、彼女は愛されている。モシェをなで、枕に頭を預けて、かたわらでモシェがのどを鳴らすのを聞きながら、笑みを浮かべて眠りに落ちた。

25

ハンナはいらだちを抑えきれずにメモ帳をパタンと閉じた。ダーシー殺害事件の調査は行き詰まっており、つぎにだれの話を聞けばいいのかわからなかった。

「姉さん」アンドリアがコーヒーショップからスイングドアを抜けて厨房にはいってきた。

「ロニーが来てるんだけど、時間があれば姉さんに会いたいって」

「時間ならあるわ。ありがとう、アンドリア。すぐにクッキーを用意するから、ここに来るように言って」

皿にクッキーを盛りながら、ロニーが調査の進捗状況を尋ねるために来たのではないことを願った。もし尋ねられても、何を言えばいいかわからない。さまざまな人が手がかりをくれたのに、どこにもたどり着いていない。そのことを、無実だと信じているとはいえ、第一容疑者に伝えるのは酷だろう。だが、向かう先は袋小路ばかりで、どこにもたどり着いていなかった。

ふたりぶんのコーヒーを注ぎ、作業台にクッキーの皿を置くと、ハンナはお気に入りのスツールに座った。殺人事件ノートをめくるのはこの日四度目で、思わずため息が出た。だれもが、マイクまでもが、彼女はいい調査員だと言ってくれるが、今回の事件ではあまりそれを証明できていなかった。

「どうも、ハンナ」ロニーがいきなりスイングドアを抜けてはいってくると、まっすぐ作業台に向かった。「忙しいところすみません。仕事のじゃまをしたくはなかったんだけど、もしかしたら……役に立つかもしれないことを思い出したんです。ミシェルに話したら、あなたに話すようにと言われて」

ハンナは彼に微笑みかけ、殺人事件ノートを手にした。有力な手がかり？　あらたな容疑者？　ダーシー殺しの動機がわかるかもしれない会話を耳にしたとか？

「ミシェルの言うとおりよ。あの夜かその翌朝のことを思い出したなら、なんであれすごく役立つわ」

「ぼくが持っていったケーキを覚えてます？　あの晩ダーシーのドレッサーにケーキの箱を置いたとき、ふたが開いてしまったんです。箱のなかにはケーキのほかに、キャシーの名前が書かれたバースデーカードが残されていました。今度キャシーに会ったらわたそうと思ったのを覚えています。でもぼくはカードを取り出すのを忘れてしまった」

「だから犯人はキャシーのバースデーカードを持っていったと思うのね？」

「ええ、それ以外に考えられません」

ロニーが出ていったあと、ハンナは殺人事件に集中しようとしたが、レイク・エデンに戻ってきてからのあらゆることで、頭のなかは混乱していた。

「オーブン仕事をしなきゃ」ハンナは声に出した。それこそ自分がやるべきことだ。オーブン仕事はひとつひとつの手順がはっきりしていて、何も考えなくてもいいから、さまざまな考えが浮かぶのだ。

何を焼こう？　クッキー、パイ、パン。どのメニューもいい。だが、ほんとうに作りたいのはクッキーだった。それも、頭のなかを整理して、事件について知り得た事実をつなげたり当てはめたりできるようにするたぐいのもの。

ジグソーパズルをはじめるまえに、ピースを色や形別に並べるようなものだ。調査で得た手がかりを整理して並べる作業に集中すれば、より大きくて重要なダーシー殺害事件というパズルを頭のなかで完成させることができるかもしれない。

ハンナはレシピブックをぱらぱらとめくった。雪と氷のクッキーのページに来ると、笑みが浮かんだ。みんなこのクッキーを気に入っていたし、もう一度作ってみよう。材料のリストに目をやってパントリーに行き、必要な材料を集めた。ウォークイン式の冷蔵庫にはいって有塩バターと卵を持ってきた。作業台の上にすべての材料を使う順に並べると、ハンナはクッキー生地を作りはじめた。それぞれの材料を加えるたびに、事件解明につながるかもしれない手がかりが思い浮かんだ。

　高校時代の友人であるブライアンとキャシーが、二度の流産と幼い娘を失うという悲劇を乗り越えてまたいっしょになったことを、ロニーはとてもよろこんでいた、そうミシェルは話していた。ようやく産んだ元気な赤ちゃんを、乳幼児突然死症候群《SIDS》で失うことになったキャシーの気持ちを想像し、ハンナは涙ぐんだ。キャシーとブライアンにとって心がつぶれるような出来事だったにちがいない。友だちや家族、専門家からの多くの支えやカウンセリングを受けていたならいいのだが。悲劇のせいでふたりが一時的に別れることになったのも気の毒だ。

　そのことに思い至ったハンナは、手を洗ってロニーの携帯に電話した。「キャシーとブライアンのことを考えていたんだけど、ふたりが赤ちゃんを失ったとき、カウンセラーにかかるように勧めた人はいた？」

「キャシーは精神科医にかかっていました。ドク・ナイトに勧められたんです。ブライアンもしばらくは通っていましたけど、彼女と別れてからは行くのをやめました」

「ブライアンはキャシーよりも早く立ち直ったということ？」

「そうです」ロニーの答えは迅速ではっきりしていた。「もちろんすごくつらい思いをしていたけど、キャシーほど思いつめていませんでした。仕事で昇進したし、新しい仕事はとても忙しかった。出張も多くて、別の町にいると気がまぎれると話していました」

「キャシーは？　ブライアンについていったの？」

「いいえ、産休の最後の二カ月間ずっと家にいました」

「それは気が滅入《めい》ったでしょうね！」

「ええ。ふたりがしばらく別れることになったのはそのせいもあったんです。彼女がうつを乗り越えたのは、週に三回通っていた精神科医のおかげだとブライアンは思っています。薬の効果もあったけど、もう薬を飲む必要がなくなってほっとしていると言っていました」

「どんな薬？」

「いろんな薬を試して、ようやくキャシーに効くものが見つかったそうです」

「キャシーはまだ薬を飲んでるの？」

「飲んでいないと思います。ブライアンと復縁したときは、昔のキャシーに戻っていました。また笑うようになって、ふたりで楽しむようにもなりました。ふたりが愛し合っているのはだれが見てもわかります。キャシーはブライアンにまた子どもを作ろうとさえ話していました」

電話を終えると、ハンナはクッキー作りの作業に戻った。天板を用意して、みんながおいしいと言ってくれたクッキーの生地を並べはじめた。作業をしているあいだじゅう、ダーシーのこと、彼女が妊娠していたことについて考えていた。

雪と氷のクッキーを焼く準備ができると、業務用オーブンに天板をすべりこませ、自分のためにもう一杯コーヒーを注いで作業台のまえに座った。

クッキーが焼けるあいだ、頭のなかで疑問がざわめいていた。そのほとんどは〝もしも〟のカテゴリーにはいるものだ。ケイ・ホーレンキャンプは、キャシーとひと悶着《もんちゃく》あるといけないから、ロニーがダーシーを送ると言ってくれてほっとしたと言っていた。ロニーもケイも、ダーシーは酔っているように見えたが、〈ダブル・イーグル〉ではそれほど飲んでいなかったと言っていた。キャシーが彼女を化粧室に連れていったとき、ダーシーが妊娠していると打ち明けたということはありうるだろうか？　キャシーは自分が持てなかった赤ちゃんをダーシーが持つことに嫉妬を覚えたのでは？

こじつけがすぎる？　そうかもしれないが、キャシーとブライアンからはまだ話を聞いていないので、できるだけ早く会ったほうがいいだろう。キャシーは〈コストマート〉のオフィス勤務に戻っていて、内勤の従業員は一時間のランチ休憩を与えられていることをハンナは知っていた。厨房の壁の時計を見ると、午前十一時を少しすぎたところだった。キャシーに質問しにいかない理由はない。キャシーはハンナを犯人に導いてくれる何かを知っているかもしれない。

ドアをノックする音がして、ハンナは急いで裏口に向かった。来たのがノーマンなら、思いついたことを彼に話そう。でも、キャシーの話を聞くときは、ノーマンを連れていかないほうがいい。個人的な話になるし、キャシーはノーマンのまえで話したがらないかもしれない。ここはガールズトークでいくとしよう。キャシーに電話してランチの約束を取りつけるのだ。今オーブンにはいっているクッキーがうまく焼けていたら、会話がはずむようにキャシーにささやかなプレゼントを持っていくこともできるだろう。

26

ハンナは十二時五分まえに〈コストマート〉の駐車場に車を入れた。キャシーに言われた場所に車を停め、車から降りてクッキーを入れた箱を持つと、従業員通用口に向かった。少し早いが、キャシーが出てくるまで、考えをまとめる時間ができる。

ハンナの思いはノーマンへ向かった。電話でキャシーをランチに誘ったものの、いっしょに来てとはたのまなかったので、ノーマンは心配そうにしていた。誘わなかった理由を説明するべきだったかもしれない。男性がいないほうがキャシーは気兼ねなく話してくれるかもしれないからと。

「ハイ、ハンナ！」と呼ぶ声がして、ハンナは振り向いた。

「こんにちは、キャシー。待たせちゃった？」

「ううん、早く来たからここであなたを待ってたの。二分ほどここに立っていたら、あなたの車がはいってくるのが見えたから。ダーシーが殺された夜のことでわたしに何かききたいんでしょう。ちがう？」

「そのとおりよ。ロニーは覚えていることを全部話してくれたけど、もっと正確に全体を把握したいの。それに、あなたはそれほど飲んでいなかったみたいだから」

「ええ、そうよ。ロニーがわたしにバースデーケーキを持ってきてくれたことは彼から聞いてる？」

ハンナは微笑んだ。「ええ、あなたの大好きなケーキだったとか」

「そうなの。あなたのココナッツ・レイヤーケーキが大好きで。レモンフロスティングがいいのよね。レモンとココナッツの組み合わせって大好き。その組み合わせでクッキーを作るべきよ」

「いいわね！　ありがとう、キャシー。新作クッキーのアイディアはいつでも大歓迎よ」

「しっとり系のソフトタイプがいいわ。ちょっと酸味があってもいいかも。どう思う？」

「おいしそうね」ハンナはもう一度考えを整理した。キャシーと新作クッキーの話をするためにここにいるのではないのだ。

「そうだ！　忘れないうちに言っておくわ……バースデーカードをありがとう」キャシーが言った。

「どういたしまして」

「あの場にいた人たちみんなの名前が書いてあって、すごくすてきなカードだった」

「カードに気づいてくれてうれしいわ。ケーキの箱に押しこんであったから、あなたは見なかったんだとロニーは思っていたみたい」

「あとになって気づいて、箱から出したの。マントルピースに飾ってあるわ。もらったほかのカードといっしょにね」

ハンナの頭のなかで警報のベルが鳴った。カードはケーキの箱のなかに残されていたとロニーは言っていた。それがほんとうなら、どうしてキャシーとブライアンの家のマントルピースにあるのだろう。もしかしたら……。

「箱のなかにあるのを見つけてくれてよかった」ハンナは言った。できるかぎりのさりげなさを装いながら。「お店のカードも入っていたでしょう?」

「ええ、あったわ。つぎの日の朝、朝食にケーキの最後のひと切れを食べたときに気づいた」

「ちょっと知りたいんだけど」ハンナは言った。「箱の内側にはフロスティングがたくさんくっついてなかった?」

「いいえ、リサかだれかが箱の内側にワックスペーパーを敷いてくれていたわ。きれいな箱だから取ってあるの。刻印のデザインがすてきね」

「じつは、またあなたにお菓子の箱を持ってきたのよ、キャシー」ハンナは箱を開けて言った。「今ひとつ食べてみて。気に入ってもらえるかどうか知りたいから。雪と氷のクッキーよ。ココナッツとホワイトチョコレートがはいってるの」

「うーん」キャシーはクッキーをひとつ取ってかじった。「この組み合わせもいいわ。おいしいクッキーね、ハンナ」

もうひと口クッキーを食べるキャシーを見て、ハンナは眉をひそめた。まったく計画どおりに進んでいない。ほかの従業員がまわりにたくさんいれば不安を感じずにすむだろうと思っていたのに、駐車場にいるのはハンナとキャシーのふたりきりだった。

「残念だわ！」キャシーが言った。「あなたがもうこれを作れないなんてほんとに残念。もちろん、これだけじゃなくて、ほかのどんなものも作れなくなるんだけどね。あなたが知ってることのせいで」

「知ってるって、何を？」ハンナは急いできき返したが、体に氷のような震えが走るのを感じた。キャシーはハンナに知られていると気づいていたのだ。これはまずい！

「何のことだかわかるでしょ。あなたは真相に気づいたのよね、ハンナ？　でも、おあいにくさま！　一時になるまでだれもここには出てこない。従業員は今ランチミーティング中で、みんないないから。ここにはあなたとわたしのふたりだけ。そして間もなくわたしだけになる」

ハンナの脚が震えはじめた。キャシーに話をさせておかなければ。ハンナがここにいることを知っているのはノーマンだけだ。しかも彼にはいっしょに来ないでほしいと言ってしまった！

「どうしてあんなことをしたの、キャシー？」ノーマンがハンナの無事をたしかめに車で駆けつけてくれるだろうという見込みのない希望を持ちつづけながら、ハンナは尋ねた。

キャシーは微笑んだあと、目を細めた。それは獲物にねらいを定めた猛々《たけだけ》しい猫科の捕食獣の目を思わせた。

「ダーシーったらわたしに話したのよ。ばかな女！　あんなやつ、生きる価値もないわ！」キャシーは言った。

「ダーシーは妊娠していることをあなたに話したのね？」

「ええそうよ。得意げにね」キャシーはポケットに手を入れて、小さなリボルバーを取り出した。「あんなことになったのは自業自得よ」

「どうして？」キャシーの指が引き金にかかっているのに気づいて、ハンナは急いで尋ねた。

「ブライアンの妻はわたしだからよ！　彼の赤ちゃんを産むのはわたし以外にいないからよ！」

驚きのあまりハンナはあんぐりと口を開けた。ダーシーはブライアンの子どもを身ごもっていたの？

「そうよハンナ。ブライアンはダーシーと寝たと白状したの。わたしは日付を計算した。ダーシーのおなかにいたのはブライアンの赤ちゃん、つまりわたしの赤ちゃんよ！　ブライアンの赤ちゃんはわたしが産むはずだったのに」

ハンナはだれかが駐車場にはいってきてくれますようにと心のなかで祈った。それまでキャシーに話をつづけさせなければならない。「ダーシーの赤ちゃんを引き取りたかったの？」

「まさか！」

「どうして？」

「ダーシーのおなかにいたんだから、半分は彼女のものでしょう」

「たしかにそうね」不意に、ある考えが驚くほど明確に浮かび、ハンナは自分の車の隣に停められている車にじりじりと近づいた。それは、〈デルレイ工業〉の駐車場で近づきすぎないようにとアンドリアに注意された車にとてもよく似ていた。ほかの車のアラームをすべて作動させてしまう、敏感なアラームが搭載された車に。

「どこに行くつもり？」キャシーが問いかけた。「わたしからは逃げられないわよ、ハンナ。あなたはもう袋のネズミなんだから。他人の人生に干渉するのもこれでおしまいね」

「車のボンネットにこのクッキーの箱を置こうとしただけよ」ハンナは説明した。「そのまえにもうひとつクッキーを食べる？」

「あなたを始末してからいただくわ」キャシーはそう言って、ハンナの不吉な未来を予言するようなゆがんだ笑みを見せた。

「それならやっぱりこれは置いておいたほうがいいわね。きっとわたしは箱を落として、クッキーは汚れた床に散らばってしまうでしょうから」

キャシーは一瞬動きを止め、うなずいた。「たしかにそうね。あなたのクッキーを無駄にしてしまうのは惜しいわ。ほら、さっさと置きなさい。でも、変な動きをしたら命はないわよ」

ゆっくりと車に近づきながら、ハンナは視線の端に動きを感じた。駐車場のずっと向こうにだれかがいる。キャシーに勘づかれるかもしれないので、あえてそちらを見ることはせず、そのだれかが助けにきてくれることを念じるしかなかった。

「娘さんのことはほんとうに残念だったわね、キャシー」ハンナは車の前方に近づきながら言った。「ブライアンの赤ちゃんを授かったのに失うなんて、どんなにつらかったでしょうね」

「あなたにはその半分だってわかるわけないわ」キャシーは言った。その声はわずかに震えていた。「あなたのような女には絶対に起こらないことだもの」

「じつは……起こったのよ。あなたが経験したこととはちょっとちがうけど、ロスがいなくなったとき、しばらくのあいだ妊娠したと思っていたの。でも、あなたを襲った悲しみとは比べものにならないと思う」

「そうよ。ダーシーがブライアンの子どもを身ごもっていると知ったとき、それがまた一気に襲ってきたの。あのときその場で死にたくなった」

「ダーシーを殺したいと思っても無理はないと思うわ」心から同情しているように聞こえることを願いながら、ハンナは言った。「あなたのものだったはずの赤ちゃんを、彼女が身ごもっていたなんて、とてもつらいことだもの」

「ええ、つらかったわ。たしかにわかってくれているみたいね。わたしはダーシーを殺さなければならなかった。心のどこかではやりたくなかったけど、あの女にブライアンの赤ちゃんを産ませるわけにはいかなかった。彼の赤ちゃんはわたしの赤ちゃんになるはずだったんだもの！」

「それであなたは彼女に薬を飲ませて殺したのね？」ハンナはきいた。ここに入ってきた人がキャシーの告白を聞いていますようにと願いながら。

「薬を飲ませる必要はなかったんだけどね。だってあの女、お酒を飲んでいたのよ、ハンナ！　立ちあがったときに、もう足元がおぼつかなかった。妊娠したらお酒を控えなきゃいけないことはだれでも知ってるのに」

「でも、いったいどうしてロニーにまで薬を盛ったの？」

「じつは、ロニーとブライアン、両方に薬を盛ったのよ！」キャシーは白状した。「ブライアンに薬を盛ったのは、彼に知られずに家を出る必要があったから。ロニーは、警察の捜査をまちがった方向に向けさせる必要があったから。彼らの仲間に被害者を発見させること以上にいい目くらましの方法なんてある?」

ハンナの頭は忙しく働いていた。キャシーは完全にどうかしている。それに、本気でハンナを殺そうとしている。話をつづけさせる方法を考えないと。「あなたが耐えなければならなかったことについては気の毒に思うわ、キャシー。わたしで力になれることがあったらよかったんだけど」

「あるわよ。じっとそこに立って、祈りを唱えてなさい。わたしがやったと絶対ブライアンに知られないようにしないといけないんだから」

今しかないとハンナは思った。例の車のボンネットに箱を落とすと、ほんの一秒後にアラームが鳴りだした。そこにほかの車のアラームがつぎつぎに加わる。ハンナは地面に伏せ、はうようにしながら車の後方に向かった。

「銃を捨てろ、キャシー」と叫ぶ声がして、ハンナはまた息ができるようになった。マイクだ!　マイクが来てくれた!　どうしてそうなったのか見当もつかなかったが、ハンナは助かったのだ。

「録音したか、ノーマン?」マイクがきいた。

「したよ」ノーマンが車の後部に走ってきて、ハンナを助け起こした。「きみのことが心配になってきて、ちょうどマイクが〈クッキー・ジャー〉に現れたから、いっしょに来たんだ。ちょうど間に合ったね!　大丈夫かい?」

ったのよ！」

「ええ……今は」ハンナはまだ恐怖に震える声で答えた。「彼女はわたしを殺すつもりだったのよ！」

「そのようだね。自白は録音したよ」彼はハンナの肩を抱いてマイクのところに連れていった。マイクはキャシーに手錠をはめ、パトカーのほうに連れていこうとしていた。

「彼女を保安官事務所に連行する」マイクはそう言うと、後部ドアを開けてキャシーを押しこんだ。「きみはハンナの車で彼女を送ってくれ、ノーマン」

「わかった」ノーマンは半ば抱えるようにして、ハンナを車まで歩かせた。そして、助手席のドアを開けて、彼女が乗るのに手を貸した。「キーをくれるかい？　きみはとても運転できる状態じゃない」

「イグニッションに……入れたままよ」ハンナは言った。「念のためにと思って……何を考えていたのかしら」

「もうどうでもいいことだよ。きみは安全なんだから」ノーマンは運転席に乗りこんでキーをまわした。だが、駐車スペースからバックで出るまえに、ハンナを引き寄せて抱きしめた。「こんなことはもう二度としないと約束してほしい。愛しているよ、ハンナ。きみは危ない目にあいすぎる。これからは、犯人はだれだかわかったと思ったら、ぼくに話してほしい。約束してくれる？」

「や……約束するわ」ハンナは言った。本心だった。少なくとも今のところは。

27

キャシーがダーシー・ヒックス殺害容疑で逮捕されてから二日がすぎた。ロニーの容疑が晴れたことを祝って、みんなが〈レイク・エデン・イン〉でテーブルを囲んでいた。ドロレスとドク、アンドリアとビル、ミシェルとロニー、リン、マイク、ノーマンを含めた全員が。ハンナはいつものようにマイクとノーマンのあいだに座った。

「ハンナに！」ビルがシャンパンのグラスを掲げて言った。「もしぼくがもっと賢かったら、ハンナをウィネトカ郡保安官事務所の刑事にスカウトしていたよ」

テーブルを囲むみんながグラスを掲げて乾杯し、ハンナは笑った。「ありがとう、でもわたしはただのお菓子職人よ。刑事じゃないわ」

「刑事じゃないにしては、すばらしい仕事をするけどね」マイクが言った。

予期せぬ褒めことばに、ハンナは顔を赤らめた。「ありがとう、でもわたしはクッキーを焼いているほうがいいわ。殺人犯をつかまえるよりずっと危険が少ないもの」

「つぎの事件まではね」マイクが小声で言うと、みんなが笑った。ハンナも笑わずにはいられなかった。

「疲れたかい、ハンナ?」ふたりで書斎に向かいながら、ノーマンが尋ねた。

「それほどでもないわ」ハンナは微笑んだ。ノーマンはいつもとても思いやりがある。

「あなたは?」

「平気だよ。シャンパンをもう一杯飲むかい? きみのためにミニボトルを開けてもいいよ」

ハンナは少し考えてから首を振った。「遠慮しておくわ。ディナーのときにグラス一杯飲んだから、今はノンアルコールのものが飲みたい」

「いいとも。ホットチョコレートはどう? 数分で作れるよ」

「いいわね! 言われてみれば、ホットチョコレートこそわたしが飲みたいものだわ」

「じゃあふたりぶん作ってすぐに戻ってくる。楽にしていて、ハンナ。忙しい一週間だったんだから」

「ほんとにね!」ハンナは小声で笑うと、ノーマンの快適なレザーソファに背中を預けた。ノーマンといっしょにいるだけでリラックスできた。気負わずにすむのだ。ノーマンが欠点もひっくるめてありのままのハンナを受け入れてくれているからだろう。

「お待たせ」思ったよりずっと早くノーマンの声がした。「このホットチョコレートの感想を聞かせてよ。フローレンスが〈レッド・アウル〉に仕入れたカプセルで淹れたものなんだ。便利だから試してみるように言われて」

「すごくいい香り！」ハンナはノーマンがコーヒーテーブルに置いたマグを手にして言った。ひと口飲んで顔をほころばせる。「おいしい！」

「ぼくもそう思う。店から帰ってすぐに飲んでみた」ノーマンはそこで口をつぐみ、咳払いをした。「ところで、きみに大事な話があるんだ、ハンナ」

ハンナはノーマンを見た。その顔つきはとても真剣だ。頭のなかで警報が鳴った。その表情は、彼の子供を産んだと主張するドクター・ベヴと結婚するから、もう会えないと告げられたときのことを思い出させた。

「ハンナ？」

ハンナは深く息をして気持ちを落ちつかせた。「いいわよ、なんでも話して、ノーマン」

「駐車場できみがキャシーに言ったことを聞いた。ロスがいなくなってから、彼の子どもを妊娠していると思っていたって。それはほんとうのこと？　それとも、彼女に話をさせて時間をかせぐために言ったの？」

「両方かな」ハンナは答えた。「彼女との絆を作れば殺されずにすむかもしれないと思った。それほどうまくはいかなかったけど、話をつづけさせることはできた」

「なるほど。でも、ほんとうに妊娠したと思っていたの？」

ハンナはうなずいた。「ええ、ほんとうよ」

ノーマンはホットチョコレートのマグを置いて、彼女の肩を抱いた。「ぼくに話すことだってできたはずだろう」

「ええ。そして……話すべきだったと思う。あのときは頭がちゃんと働いてなくて」

「ぼくはきみのそばにいるよ、何があろうと」ノーマンはそう言って、ハンナをさらにぎゅっと抱き寄せた。「愛しているよ。きみが妊娠しているなら、きみと子どもの力になりたい。きみの息子だろうと娘だろうと愛すると約束する。父親と同じように」

ハンナの目から涙があふれた。「ああ……」のどにこみあげたかたまりをのみこむ。「すごくうれしい！　愛しているわ、ノーマン。あなたを信じる」

ノーマンはさらにきつく彼女を抱きしめた。「それなら教えてくれ、ハンナ。きみは妊娠しているの？」

「いいえ」

ノーマンは深いため息をついた。「自分のためにがっかりすればいいのか……きみのためにほっとすればいいのかわからないよ」

「ドクに結果を告げられたとき、わたしも同じように感じたわ！　検査の結果、不調の原因はストレスで、しばらく日常から離れる必要があると言われたの。それで、母さんとカリフォルニアに行ったのよ、リンの荷造りを手伝うために」

「ほんとに？」ノーマンはひどくびっくりしているようだ。「きみのお母さんとカリフォルニアに行くことはストレスじゃなかったの？」

これにはやられた。ハンナは笑いだし、ノーマンもつられて笑った。ようやく話を再開できるまでに笑いが収まると、彼女は言った。「ドクも自分のストレスを緩和したかったのかもね」

それでまた笑いが起こった。あまりに笑ったので、階段の踊り場で眠っていた猫たちが起きてしまった。どこにもつづいていないその階段は、猫たちが天井に近い窓から鳥を眺められるように、ノーマンが作ったものだ。

「きみのせいだよ」カドルズに膝に飛び乗られながらノーマンは言った。

「わたしの？」モシェが膝に飛び乗った衝撃で、うっと声をあげながらハンナは言った。「あなたのほうが大声で笑ってたじゃない」

膝に落ちついた猫たちがのどを鳴らしはじめると、ふたりは顔を見合わせた。その音は心を癒し、ハンナは温かな心地よい気分に満たされた。わたしは愛する猫たちとここにいて、ノーマンに守られている。これより幸せな人生があるだろうか。

これまでこのクッキーは数百回と作ってきたが、もう一度レシピを見た。ハンナは〈クッキー・ジャー〉の作業台のそばに立ち、生地を混ぜるためのボウルと曽祖母の木のスプーンを手にしていた。

「パントリーから何を持ってくればいい、ママ?」

ハンナは横で踏み台の上に立つ少女を見おろした。赤いカーリーヘアと明るい笑顔の少女は、ハンナの縮小版だとみんなに言われている。「チョコチップとコーンフレークを持ってきてちょうだい、ハニー」

「またチョコチップ・クランチ・クッキーを作るの?」

「そうよ。まだあなたのいちばん好きなクッキーでしょう?」

「たぶんね。食べてみればはっきりすると思う」

ハンナに見守られながら、娘は踏み台から飛び降りて、踏み台の下段に座っていたモシェをあやうく踏みそうになった。

「行くわよ、モシェ」娘は猫に手招きして言うと、パントリーのドアに向かった。「材料を全部見つけるのを手伝ってくれたら、焼けたクッキーを少しかじらせてあげる」

すべての材料がそろうと、ハンナはクッキー生地を作りはじめた。ボウルを娘のほうに押しやり、木のスプーンをわたした。

「ひいひいおばあちゃんのスプーン?」少女がきいた。

「そうよ、ハニー」

「ひいひいおばあちゃんは死ぬまでずっとこれを使っておいしいものを作ってたんだよ

ね」

「そうよ」踏み台の下から悲しげな鳴き声がして、ハンナはモシェを見おろした。「この子、おなかがすいてるみたい。おやつを持ってきて、モシェにあげてくれる?」

「うん、わかった」

娘がモシェの好きな魚の形をしたサーモン味の猫用おやつを取りにいってしまうと、ハンナはボウルに手を伸ばして最後にひと混ぜした。クッキー生地は固く、木のスプーンは娘には大きすぎるのだが、これを使うのが大好きらしいので、ハンナは子ども用サイズのスプーンを買う気になれずにいた。

三十分後、母娘は作業台のまえに座っていた。ハンナはコーヒーを飲み、娘はミルクを飲んでいる。厨房は業務用ラックで冷ましているクッキーのチョコレートとバニラのおいしそうなにおいに満たされていた。モシェがあくびをし、ハンナも娘も笑った。

「もう食べられるくらいクッキーが冷めたかどうか、知りたがっているんだと思うわ」ハンナは言った。「行ってたしかめてみたい、ハニー?」

「うん。さあ、モシェ。行くよ!」

厨房を横切って業務用ラックに向かう娘とモシェを眺めながら、ハンナは微笑んだ。そのとき、厨房の風景がかすんでゆっくりと消えていき……ノーマンの家のマスターベッドルームになった。

ハンナは起きあがって目をこすった。夢。すべては夢だったのだ。そして夢は終わってしまった。やわらかな前足が頬に触れ、涙が頬を濡らしているのに気づいた。終わってほしくなかったのに、夢は終わってしまった。

「大丈夫よ、モシェ」ハンナはそう言って、猫のやわらかな毛をなでた。「いつか現実になるかもしれないもの。もしかしたらね」

訳者あとがき

〈お菓子探偵ハンナ〉シリーズ、邦訳第二十三弾『ココナッツ・レイヤーケーキはまどろむ』をお届けします。

元夫ロスに関する意外な事実がつぎつぎと明らかになり、ショックを隠しきれないハンナ。体調もすぐれず、もしや妊娠ではと思って検査を受ける場面で前作『チョコレートクリーム・パイが知っている』は終わっています。しかし、幸か不幸か不調の原因はストレスでした。転地療養とばかりに母ドロレスと向かった先はロサンゼルス。女優をしている友人リンの豪邸に滞在し、ゴージャスなカリフォルニアライフを（おもにドロレスが）満喫していると、末妹のミシェルから緊急連絡がはいります。ボーイフレンドのロニーが殺人事件の容疑者になってしまったというのです。いつも冷静なミシェルのあわてぶりにただごとではないと判断したハンナは急遽《きゆうきよ》レイク・エデンに戻り、仲間たちとチームを結成。殺人事件の解明に向けて調査活動を開始します。

ロニー・マーフィーはミシェルの高校時代の同級生で、ミネソタ州ウィネトカ郡保安官事務所で働く保安官助手です。兄のリックも同じ職場におり、父親のシリルは自動車修理工場と中古車店とリムジンサービスを営んでいます。これまでミシェルのボーイフレンドとしてしか登場してこなかったロニーが、事件の詳細をハンナに語るうちに回想シーンになる流れは臨場感たっぷりです。

くわしくは既刊を読んでいただきたいのですが、初めて読む方のためにざっくりと説明させていただくと、ロスとハンナの結婚は事情により無効になっており、ロス自身すでにこの世の人ではありません。しかし、自宅アパートメントのマスターベッドルームが凄惨な事件の現場になったため、ハンナはまだ自宅に帰れない状態なのです。さらに、本書では長いこと謎だったロスの過去の一部がようやく明らかになります。

ハンナを愛し支えつづけるボーイフレンドのノーマンとマイクも、それぞれつらい過去を抱えています。かつてノーマンは、突然現れた昔の婚約者ベヴに、娘のダイアナはあなたの子だと告げられ、結婚を迫られますが（『デビルズフード・ケーキが真似している』『シナモンロールは追跡する』）、父親ではないとわかって婚約を再解消。その後ベヴは事件に巻きこまれますが（『レッドベルベット・カップケーキが怯えている』）、ノーマンはベヴの母ジュディとその孫娘ダイアナとは親交をつづけているようです。

マイクはレイク・エデンに来るまえのミネアポリス市警時代に妻を失っています。抗争中のギャングの流れ弾に当たったためで、彼女はそのときマイクとの初めての子供を妊娠中でした。妻を殺されたマイクはいてもたってもいられず、刑事という立場にいながら捜査を台無しにしてしまったことが本書で明らかになります。

ハンナをめぐる恋のライバル同士なのに、ともにつらい過去があることで男同士の絆を感じているらしいノーマンとマイク。やさしくて思いやりがあり、着実にハンナとの距離を詰めているノーマンに比べ、マイクは相変わらずの食いしん坊キャラで、食べ物が食卓にのるとかならず姿を見せる人物としてからかわれています。母性本能をくすぐるイケメンとはいえ、プロポーズらしきことを口にしてもスルーされるし、外野から見るとかなりノーマンにリードされていると思うのですが……それにしてもなんですかあのラストは！これは今後の展開を暗示しているのか、それとも単なる夢オチなのか？　あとからじわじわくる意味深なシーンです。ふたりへの友情以上の愛の存在をかたくなに認めないハンナですが、ありのままの自分を受け入れてくれる献身的なノーマンに、無意識のうちに深い安らぎを感じているのはたしかなようですね。

ノーマンがハンナと初めて出かけたウッドリー家のパーティに言及するところも、ノーマンのハンナへの愛を感じます。これは一作目の『チョコチップ・クッキーは見ていた』のエピソードです。懐かしい！　ハンナとアンドリアはこのパーティを中座して殺人事件の調査のために〈コージー・カウ・デイリー〉に出かけ、あらたな死体を見つけることになります。このころのアンドリアは第二子のベシーを妊娠するまえで、ハンナの調査によく同行していました。その後は多忙なアンドリアに代わって、ミシェルがハンナの相棒を務めることが多かったのですが、今回はアンドリアが大活躍します。

今回もたくさんのレシピが紹介されていますが、興味深いのは料理にまつわるハンナの子どものころのエピソード。ミシェルがまだ生まれていなくて、アンドリアはプレスクールということですから、ハンナは十歳くらいのときでしょうか。お留守番中にパンケーキを焼こうとして大失敗し、キッチンが火事になりかけますが、ご近所さんが助けにきてくれてことなきを得ます。ご近所さんに口止めをしてだれにもばれずにすみましたが、今でも秘密にしているなんて、ハンナも意外と負けず嫌いなところがあるんですね。

シリーズのこのあとにつづく〝*Christmas Cupcake Murder*〟は、人助けに奔走するハンナとその仲間たちの奮闘を描いた心温まるクリスマスストーリー。そして、つぎの〝*Triple Chocolate Cheesecake Murder*〟では、なんとレイク・エデンの重要人物が殺され、その知られざる過去が明らかになります。ハンナとノーマンとマイクのトライアングルも気になるところです。ハンナに幸せはやってくるのでしょうか？

二〇二三年一月

〈ハンナ・スウェンセン・シリーズ〉
Chocolate Chip Cookie Murder 2001『チョコチップ・クッキーは見ていた』
Strawberry Shortcake Murder 2002『ストロベリー・ショートケーキが泣いている』
Blueberry Muffin Murder 2002『ブルーベリー・マフィンは復讐する』
Lemon Meringue Pie Murder 2003『レモンメレンゲ・パイが隠している』
Fudge Cupcake Murder 2004『ファッジ・カップケーキは怒っている』
Sugar Cookie Murder 2004『シュガークッキーが凍えている』
Peach Cobbler Murder 2005『ピーチコブラーは嘘をつく』
Cherry Cheesecake Murder 2006『チェリー・チーズケーキが演じている』
Key Lime Pie Murder 2007『キーライム・パイはため息をつく』
Carrot Cake Murder 2008『キャロットケーキがだましている』
Cream Puff Murder 2009『シュークリームは覗いている』
Plum Pudding Murder 2009『プラムプディングが慌てている』
Apple Turnover Murder 2010『アップルターンオーバーは忘れない』
Devil's Food Cake Murder 2011『デビルズフード・ケーキが真似している』

Cinnamon Roll Murder　2012『シナモンロールは追跡する』
Red Velvet Cupcake Murder　2013『レッドベルベット・カップケーキが怯えている』
Blackberry Pie Murder　2014『ブラックベリー・パイは潜んでいる』
Double Fudge Brownie Murder　2015『ダブルファッジ・ブラウニーが震えている』
Wedding Cake Murder　2016『ウェディングケーキは待っている』（ここまでヴィレッジブックス）
Christmas Caramel Murder　2016
Banana Cream Pie Murder　2017『バナナクリーム・パイが覚えていた』（mirabooks）
Raspberry Danish Murder　2018『ラズベリー・デニッシュはざわめく』（mirabooks）
Christmas Cake Murder　2018
Chocolate Cream Pie Murder　2019『チョコレートクリーム・パイが知っている』（mirabooks）
Coconut Layer Cake Murder　2020　本書
Christmas Cupcake Murder　2020
Triple Chocolate Cheesecake Murder　2021
Christmas Dessert Murder　2021
Caramel Pecan Roll Murder　2022

謝辞

泥沼にはまって書けなくなったとき、執筆に戻るよう励ましてくれた拡大家族に心から感謝します。全員にひとつずつココナッツ・レイヤーケーキを焼けるだけのオーブンがあったらいいのに。

レシピを提案し、いつも料理やお菓子作りについて進んで相談に乗ってくれるトルーディ・ナッシュにハグを。妻が不在のあいだは自炊しなければならないのに、わたしのブックイベントによろこんで彼女を同行させてくれるだんなさまのデイヴィッドにも感謝しています。

友人たちとご近所さんたち：メル&カート、リン&ビル、ジーナ、ディー・アップルトン、ジェイ、リチャード・ジョーダン、ローラ・レヴァイン、本物のナンシーとヘイティ、ダン、フォー・ライブラリーのマーク&マンディ、ダリルとグローヴズ会計事務所のみなさま、ＳＤＳＡのジーンとロン、サファリ・ルームのクルー、ホームストリート銀行のみなさまに感謝します。

ミネソタの友人たち：ロイス&ニール、ベヴ&ジム、ヴァル、ルサーン、ローウェル、ドロシー&シスター・スー、メアリー&ジムにハグを送ります。

最高の編集者であるジョン・スコナミリオにも大きなハグを。あなたの聖人のような忍耐力に何度助けられたか！

つねに支え、賢明なアドバイスをくれる、メグ・ルーリーとジェイン・ロトローゼン・エージェンシーのスタッフにハグを。

ハンナに探偵活動とおいしいもの作りをつづけさせてくれる、ケンジントン出版のすべてのすばらしいみなさまに感謝します。

わたしのへまを見つけて訂正してくれる制作のロビン、ありがとう。広報のラリッサにも感謝します。

信じられないくらいおいしそうなカバーイラストを描いてくれるヒロ・キムラに、ありがとう。ハンナシリーズのカバーを見るたびにおなかがすいちゃう！

いつもすてきなカバーデザインをしてくれるケンジントンのルー・マルカンジに感謝します。ほんとうに心が浮き立つようなデザインだわ。

ハンナの動画およびテレビの配信、ソーシャルメディアのプラットフォームの管理を手がけ、わたしのために何時間も費やしながら、息子ならやって当然のことと思っている Placed4Success のジョンに、ありがとう（ジョンに会っても、すべての息子が彼ほど一生懸命にやってくれるわけじゃないことは教えちゃダメよ）。

わたしのウェブサイト www.joannefluke.com を管理し、ハンナのソーシャルメディアにも目を配ってくれるルディに感謝します。ソーシャルメディアのアシストとウェブサイトの更新でお世話になっているタミにも。

ハンナのレシピの試作および試食をしてくれるキャシー・アレンにハグを。彼女、ココナッツが好きじゃないことをおくびにも出さなかったのよ！　イベントの手伝いをし、試食をしてくれたキャシーの友人たちと家族にも感謝します。

長いあいだハンナとわたしの力になってくれているＪＱに大きなハグを。

わたしたちの帽子や日よけやエプロンやトートバッグにゴージャスな刺繍を施してくれる、ベスと彼女のミシン軍団に賛辞を。

アリゾナ州スコッツデールのポイズンド・ペン書店での出版記念パーティで手腕を発揮し、フェニックスのＫＰＮＸテレビのお料理コーナーでベイキングをしてくれる、フードスタイリスト兼友人兼メディアガイドのロイス・ブラウンに、ありがとう。『アリゾナ・ミッドデイ』の何事にも動じない美しきプロデューサーにして司会者のドロシーにも。

デビー・ライジンガーをはじめとするチーム・スウェンセンにハグを。

医療および歯科医療に関する疑問に答えてくださった、ドクター・ラハール、ドクター・ジョゼフソン、ドクター＆キャシー・ライン、ドクター・レヴィ、ドクター・コスロウスキー、ドクター・アシュリー＆リーに感謝します。

本を読み、家族のレシピを教えてくださり、フェイスブックのページ JoanneFlukeAuthor に投稿して、わたしのデザートシェフ、裸足《ベアーフット》の熊《ベアー》のぬいぐるみスヴェンの写真を楽しんでくださったハンナファンのみなさま全員にハグを。